ハヤカワ・ミステリ

PAUL HALTER

死まで139歩

À 139 PAS DE LA MORT

ポール・アルテ

平岡 敦訳

TOKYO HAYAKAWA BOOKS

A HAYAKAWA

POCKET MYSTERY BOOK

À 139 PAS DE LA MORT
by
PAUL HALTER

Translated by
ATSUSHI HIRAOKA
First published 2021 in Japan by
HAYAKAWA PUBLISHING, INC.
This book is published in Japan by
arrangement with
PAUL HALTER
through BUREAU DES COPYRIGHTS FRANÇAIS,
TOKYO.

装幀／水戸部 功

死まで139歩

登場人物

ネヴィル・リチャードソン……法学士
ダグラス・マカリスター………引退した元大佐
チャールズ・ウィンズロウ……ロンドン警視庁の元主任警部。
マカリスター大佐の友人
ブライディ………………………チャールズの姪
アーサー・テイルフォード……歴史教師
ローラ・テイルフォード………アーサーの妻
ウォルター・リンチ……………ドイツ語教師
エマ・リンチ……………………ウォルターの妻
リチャード・フィディモント…不動産開発業者、エマの兄
ルイス・フィディモント………エマとリチャードの亡くなった
叔父
ジョン・パクストン
ローゼンウォーター夫人……メッセンジャー
アーチボルド・ハースト………ロンドン警視庁警部
アラン・ツイスト博士…………犯罪学者

1

ネヴィル・リチャードソンが《靴の怪事件》に足を踏み入れることになったのは、一九四〇年代末のひんやりした四月の晩、午後九時ちょうどだった。この先どんな運命が待ち受けているのか、まだ知る由もなかったけれど。彼はロンドン最古のパブと言われる《イ・オールド・マイター・タヴァーン》で、ほかの客たちからひとり離れて席につき、ウィスキーのグラスを水晶玉に見立て、自らの将来を占っていた。現在も過去も、なんだか曖昧模糊としている。店に立ちこめる紫煙の具合しだいで、くっきりとひらけたりぼんやり霞んだりする視界のように。脳裏にこびりついて離れない思い出とともに、答えの出ない疑問がいくつも続いた。

十三歳でウィンチェスター・カレッジに合格し、そのあとケンブリッジの入試も突破した。当時のネヴィルは勉学のみならずスポーツでも輝かしい成果を収め、もっとも将来有望な学生のひとりと目されていた。テニスのトーナメントでは、毎回のように大活躍をしたではないか。ラグビーの試合のあとには、チームメイトの肩に担がれ競技場を練り歩いたではないか。

順風満帆のなか、ネヴィルは文学士《バチュラー・オブ・アーツ》の免状を取得した。そんな彼の快進撃にも、やがて陰りが見え始めた。学業のほうはあいかわらず申し分なかったが、選んだ進路に自信が持てなくなったのだ。法律の勉強をするためにと、両親は無理して高い学費を払ってくれた。でも、本当にそれでいいのだろうか？　グレイ法曹院ですごした三年のあいだに、少しずつ疑念が心に湧いてきたが、それでも無事に修了した。伝統にのっとった礼服姿で院長から祝辞を受けたときも、心底誇らしいという気にはなれなかった。なぜならまさにその瞬間、ネヴィルは自分が決して弁護士にならないとわかったのだから。

　でも、どうして？　彼のなかで何が起きたのか？　それは本人にも説明しようがなかった。けれどもひとつだけ確かなのは、進むべき道はほかにあるということだった。複雑に入り組んだイギリスの法曹界ではなく、例えばくねくねと蛇行するアマゾン川に身を投じる道が。南米、インド、中東、南アフリカ、どこでもいい……冒険に満ちた人生――彼の屈強な体を持ってすれば、それも可能だろう――を送りたかった。しかしいくら心は逸《はや》ろうとも、どうしたらいいのかわからない。何か月も思案に暮れたものの成果はなく、むかうべき方向は見つからなかった。そうこうするあいだに両親が悪性のインフルエンザによりたて続けに亡くなってしまい、ますます途方に暮れるばかりだった。けれどもちょっとした遺産が入ったおかげで、幸か不幸か決断の時期をまたしても遅らせることができた。悪い遊び仲間とも、なかなか縁が切れない。

　ネヴィル・リチャードソンは三十代にさしかかろうとしていた。ロンドンの中心街に数あるパブでは日々、夜な夜な、悲しげな目をしたこの若者の姿が見られるようになった。涼やかな額に栗色の髪をたらし、そっと店の隅に腰かけて冒険を夢見ながら、わが道を見つけようともの思いに沈む姿が。

　冒険に恵まれないのを運命のせいにするならば、早計の誹《そし》りを免れないだろう。というのもこれから見るように、運命はついにネヴィル・リチャードソンの願いを聞き入れることになるからだ。しかもたっぷりと気前よく、と言いたくなるほど。なるほど《靴の怪事件》の舞台は、ヒバロ族やズールー族が住む遙か彼方の謎めいた国ではないけれど――こうして彼らの名を挙げるのは、その伝統に敬意を表すればこそである――奇怪極まるこの事件は、とおりいっぺんの謎では驚かないすれっからしの好事家をも満足させるものだったから。そもそも、登場する靴の数からして尋常ではない。しかも種類やサイズはまったくばらばらときているのだから、いやはや驚くに値する。そこに奇妙で無意味な仕事に就いた男の話が加わる。仕上げはあの、信じがたい出来事だ。ドアも窓もすべて内側から閉まっていた家から、不可解な状況で見つかった《もの》。幽霊ででもなければ、家のなかを歩きまわれたはずはないのに……

聖アンドリュー教会の鐘が九時を告げたところだった。鐘の音は《イ・オールド・マイター・タヴァーン》の喧騒に紛れてはっきりとは聞こえなかったが、最後の鐘が鳴り響いたときネヴィルはぶるっと身震いした。少し離れたテーブルに、たしか五分前まではいなかったはずの客の姿があった。彼のテーブルと同じく、まわりは閑散としている。それは簡素でエレガントな服を着た、若くてきれいな女性客だった。ネヴィルは彼女にいっぺんで魅了された。残念ながら、むこうはネヴィルのことなどまるで眼中になかったけれど。彼のことも、ほかの客たちのことも一顧だにしない。彼女に目をとめる男たちは何人かいたものの、まったく隙のない態度を見て、みんなすぐにあきらめた。

女はたのんだポルトを、苛立たしげにちびちびと飲み干した。なにか悩み事があるようだ。恋の悩みだな、とネヴィルは思った。それならこのぼくが慰め役を買って出ようかなどと、彼は想像をたくましくした。

ネヴィルは心底魅せられてしまった。夢見るような遠い目には、どことなく謎めいたところがある。ネヴィルはその目に心を掻き乱され、自分を見て欲しいと切に願った……

女が二杯目のポルトを注文したとき、もしかして見立て違いだったかもしれないとネヴィルは思い始めた。彼女の魅力的な顔に浮かぶのは、悲しみとは別物のようだ……恐怖だろうか？　それとも不安？

　ネヴィルがそんなふうに考えていると、女は意を決したように立ちあがった。あいかわらず、彼のほうはちらりとも見ない。ネヴィルは、女が店の出口へ遠ざかるのを目で追った。背筋をぴんと伸ばして力強く歩くさまに、感嘆せずにはおれなかった。細身のスーツが際立たせる優美な体型に、彼はすっかり魅了された。店内は客でごった返している。女はそのあいだをすり抜け、見え隠れした。ネヴィルは彼女が店を出ていくのを、ただ漫然と眺めていた。

　さあ、どうする？　ぼくも席を立とうか？　追いかけていって、あなたを熱烈に愛していますと告げるとか？　ネヴィルは思案に暮れるあまり、出口のドアをただじっと見つめるばかりだった。しばらくして、彼は突然眉をひそめた。

　たった今、いきなり店を出ていった者がいる。ちらりと人影が見えただけだったが、たしかにドアのむこうへ姿を消した。帽子の形からして男なのは間違いないが、それ以上のことはわからなかった。妙だぞ、これは。若い女のあとをつけるみたいに、あんなふうにそそくさと出ていくなんて。

　ネヴィルはどうしようかと、もう一度自問した。若い女の身に、危険が迫っている。彼は真剣にそう思い始めた。さっき彼女のあとを追っていった男は、その危険と無関係ではないだろう。考えれば考えるほど嫌な予感がした。彼は騎士道精神を奮い立たせ、敢然と店の出口にむかったものの、折あしくどやどやと入ってきた客に行く手を阻まれ、貴重な数分間を無駄にしてしまった。今や彼女に追いつくチャンスはほんのわずかだが、このあたりは路地のひとつまで熟知している。ネヴィルは大急ぎでコートを着ると、危うく帽子を忘れそうになるほどの勢いで店をあとにした。

パブの看板を照らす二つのランタンの下で一瞬考え、とりあえずホルボーン・サーカス交差点へむかうことにした。いくつもの通りが集まっている、戦略拠点のようなものだ。その時間、車はほとんど走っていなかったし、人の姿もまばらだった。だからハイ・ホルボーン通りを、ほかの通行人よりもあわただしく（とネヴィルには思われた）歩く人影はすぐに目についた。人影はさっと右に曲がった。

ネヴィルは風が吹き抜ける大通りを急ぎ足で進み、人影が消えた地点まで行ってみた。そこはちょうど、ステイプル・インの先だった。木骨造りのファッサードと持ち出し式バルコニーが特徴的なので、すぐにそれとわかった。ということは、ゲイトハウスの古いポーチもすぐ近くに違いない。たぶん、次の路地あたりだろう。

ほどなくネヴィルは自信なげに、ベッドフォード・ロウ通りを進み始めた。あたりは静まり返っている。道の両側に立ち並ぶ陰気な建物は、なんだか敵意に満ちているような気がした。窓にはまだちらほら明かりが灯っているけれど、通りには人っ子ひとりいない。彼はためらいがちにプリンストン・ストリートに入った。追いかけている相手が見つかる可能性は——たとえ道が間違っていなくとも——刻々と低くなっていく。

レッド・ライオン・スクエアの前まで来たとき、近くで教会の鐘が九時半を告げた。ネヴィルはほとんどあきらめかけながら、小さな公園《スクエア》にむかってのろのろと歩いていった。鉄柵の入口を抜けて数歩進んだところで、彼は突然立ち止まった。公園のむこう端から声が聞こえる。しわがれて耳障りな、奇妙な声。うめくような風の音が、ときおりそれをかき消した。暗闇のなかに見えるのは、木々と垣根の黒い輪郭だけ。けれども耳をそばだてると、ただのおしゃべりとは思えない途切れ途切れの声を聞き取ることができた。

「言われたとおりにしろ。わかったな……おまえに質問させるために、金を払っているんじゃない。いいか、来週まで顔を見せるなよ」

そのあと、嫌らしいせせら笑いが長々と続いた。やけに威嚇するような口調だ、とネヴィルは思った。あとに続いた言葉は、その印象をさらに強めた。

「最後に言っておくが、ちゃんと自分の仕事をしろ。さもないと……」

言葉が途切れて沈黙が続いたあと、ぞっとするようなせせら笑いがまた聞こえた。

闇に目が慣れてくると、声の聞こえたあたりに人影が見えた。通りの街灯が放つ薄明かりに照らされ、人影は公園を出ていった。

コートを着て、帽子をかぶっている。

若い女を追いかけて店を出た男だろうか？　断言はできないけれど、ネヴィルはそうに違いないと直感した。近くの路地を抜けてこそこそと逃げていくのは、いかにも怪しいではないか。

ネヴィルのすぐ近くに、生垣に囲まれたベンチがあった。三十メートルほど離れた生垣のむこうにも、もうひとつベンチがあるらしい。声はそこから聞こえてきたのだろう。今度は、しゃくりあげるようなすすり泣きが響いてきた。さっきとは、似ても似つかない声だ。もう一度会いたいと熱望している若い女のものだ、とネヴィルは信じて疑わなかった。

彼は芝生のうえを歩いて公園のむこう側にまわり、ちょうどいい位置に生えている木の陰に身を潜めた。

はたして、あの美しい若い女がベンチに腰かけていた。顔を覆う両手のあいだから、涙があふれている。いくつもの疑問が、ネヴィルの脳裏に渦巻いた。とりわけ気にかかったのは、さっきそそくさと立ち去った男が口にした奇妙な言葉の意味だ。しかしとりあえずは、どうやって彼女に話しかけるか考えなければ。彼は思案のあまり、身がすくんでしまった。しばらく逡巡が続いた。女はもう泣きやんだらしいが、あいかわらず顔を伏せたままだ。こうなったら、覚悟を決めなくては。出たとこ勝負で、きっと気の利いたせりふを思いつくだろう。彼は大きく深呼吸をした。木の陰をそっと抜け出て、芝生のうえを数メートル、ゆっくりと歩く。そして若い女の隣に悠然と腰かけた。

けれどもまるで声が出ない。ネヴィルは平静を装おうと、煙草に火をつけた。何をしてるんだ、このドジ、とんちき、大間抜けが、と心のなかで自分に毒づいた。これが紳士の自然なふるまいだろうか？　夜、ひとりきりでいる若い女の隣に、しれっと腰かけるなんて。しかもあたりは、人気《ひとけ》がないときている。誘惑する気ならもっとうまくできるだろうにと、軽蔑されるのがおちだ。

なにより奇妙なのは、彼女が微動だにしないことだった。ネヴィルから一メートルと離れていないのに、ちらりと見もしない。さっき顔をあげたので、彼に気づいていないはずはないのに。女がか細い、不安げな声で話し始めたとき、ネヴィルは驚きを露わにしないよう必死にこらえた。

「あなたが今夜来るとは思ってなかったわ」

ぼくを誰か別の人と間違えているんだな、とネヴィルは思って、一瞬ほっとした。ロープに足をおろした瞬間に動きが乱れ、危うくバランスを取り直した綱渡り芸人の気分だった。誤解したのも無理はない。この一角は薄暗いし、夜気が冷たかったので、彼はコートの襟を立て、帽子を目深にかぶっていたから。それに彼女は、まさか見ず知らずの人間がこんなふうにずけずけと隣に腰かけると思っていなかったのだろう。公園には、ほかにもベンチならいくらでもあるはずだし。

「まさか命令は取り消しじゃないわよね」女はしばらく沈黙を続けたあと、突然そう言った。

ネヴィルは返事の代わりに、ごほごほと小さく咳をした。

「十六日の午後九時でいいんでしょ？」

「ああ、そうだ……」ネヴィルは気づいたらそう答えていた。さらにそのあと、思いもしなかった言葉が口をついて出た。ミステリ小説を山ほど読んでいたせいで、無意識のうちに反応したのだろう。「場所はちゃんと覚えているな？」

「ええ、もちろん。奥のドアよね。《鳥》《バード》の……《鳥》のうえの……」

そこで女が言葉を濁したので、ネヴィルは反射的に彼女のほうを見た。女は彼の顔と自分の握り拳のあいだに、視線を行ったり来たりさせている。握り拳の親指が伸びているのは偶然ではない、彼女が今言った言葉と関係しているはずだ、とネヴィルは思った。そのときは深く考えている暇がなかったが、あとになって何度もそのことを思い返し、重要な意味があると確信するようになった。

「違う……」と女は引きつったような声で言った。

「あいつじゃなかった……」

彼女は驚きのあまり目を大きく見ひらき、ぽかんと口をあけて言葉を切った。

ネヴィルは一瞬、彼女をじっと見つめ、あとを追ってきたわけをためらわずに説明した。どうしてそんなに心配になったのか、そこのところをとりわけ強調して。

「……さっきここから立ち去った、しゃがれ声の男なんですね、パブからあなたのあとをつけてきたのは？」

「しゃがれ声の男……」と女は虚ろな目をして繰り返した。「でも、あれは……」

「ところどころ、話が聞こえてしまいました」とネヴィルは申しわけなさそうに言った。

「でも……あれはわたしが……」

「あなたの身に、危険が迫っている。そうなんですね？」

女は再び当惑したように、おどおどと目をそらした。

「いえ、わたしは。でも……」

「それじゃあ、別の誰かですか？」とネヴィルは勢いこんでたずねた。女の美しい目が、涙でいっぱいになるのが見えた。「あなたにとって大切な誰かの身に、危険が迫っていると？」

　女は両手で顔を覆ったけれど、すすり泣きは容易に抑えられなかった。

「聞いてください。ぼくは心から……」

　やがてネヴィルは彼女を腕に抱いた。なんて大胆なことをと、われながら驚くほどだった。彼女を励ますためという口実で、ぼくはこの状況につけこんでいるんじゃないか？　彼女は今、ぼくの腕のなかで、じっと身をすくめている。けれど、まともな精神状態にないのは明らかだ。ネヴィルは彼女を安心させようと、精一杯努力をした。そして落ち着きが戻ったころ合いを見計らい、思いきってまたたずねた。

「もちろん、無理に答えなくともかまいません。でも、ぼくを信じてください。あなたをぜひとも助けたいんです。決して秘密は洩らしません。あなたは危険を冒そうとしているに違いないと、ぼくは確信しています。あなたか、あるいはほかの誰かかもしれませんが……なにかとても重大なことが、行われようとしているのでは？　今月の十六日、午後九時に？」

　女は黙ったまま、いつまでもじっとネヴィルの目を見つめていた。そして唇を、そっと彼の口もとに近づけた。もちろんネヴィルはそれを拒絶したりしなかったけれど、突然の出来事にびっくりするあまり、甘美で望外の僥倖《ぎょうこう》を十二分に味わう余裕はなかった。

「わたしのことは、忘れてください」女はしっかりした声でそう言うと、立ちあがった。「わたしのことも、今夜の出来事も忘れてください。約束してくださいますね？」

「ええ、あなたがそう望むなら……容易なことではありませんが」

女は感謝の笑みを浮かべた。そしてくるりとうしろをむき、立ち去った。

ネヴィルは呆気に取られ、女が遠ざかるのを見つめていた。

やがて女は通りの角に姿を消した。夢でも見ていたんじゃないか、とネヴィルは一瞬思った。けれども彼は、すぐに疑いを撥ねのけた。間違いない。彼女は恐怖に囚われている。しゃがれ声の不気味な男が掻き立てる恐怖に。それに十六日の午後九時、なにか怪しげで重大な出来事が、《鳥》と関係のある場所で準備されているのも疑いの余地はない……

2

四月九日

電話が鳴ったのは、ちょうどアーチボルド・ハースト警部が仕事を終え、安堵のため息をつきながらコートを手にしたときだった。ルーティンワークが続いたうんざりするような一日が、ようやく終わったというのに。警部は電話が鳴り続けるのをしばらく放っておいたが、結局あきらめてデスクに引き返した。さっききれいに撫でつけたばかりの前髪が、目のうえにぱらりとたれさがっている。それが彼の機嫌を示す、一風変わったバロメーターなのを、まわりの人々はよく知っていて、ほら見ろ、まただと面白がった。気づいていないのは、本人ばかり。残り寂しくなった髪をピンク色の頭にいくら掻きあげても、荒れ模様の機嫌が収まらない限り、髪は何度でも執拗にたれさがってくる。ロンドン警視庁のハースト警部は五十代前半の、太って息の荒い男だった。警部が苛立つ原因は数々あるが、とりわけ彼の神経を逆なでするのは、奇怪極まりない難事件がなぜかしつこく巡りまわってくることだった。しかも、警察官になったときからずっと。単に捜査が難しいという程度の話ではない。超常現象とまでは言わないものの、常識では考えられない不可思議な事件ばかりなのだ。パーマー事件など、いい例だろう。この若い三文役者は目に見えない襲撃者と大立ちまわりを繰り広げた末、何人もの証人の目の前で、十一か所を刺されて殺されたのだった。あるいは、ドーセット村の怪事件というのもあった。そこでは謎の《じょうろ蒐集狂》が、持ち主たちの驚きと憤慨をよそに、この大事な道具をひと晩で百二十四個も盗んだのである。

どうやらハースト警部は、そうした奇怪な事件を察知する第六感には自信があるらしい。しかしいくら危険に備えようとも、いざ警報が発せられたとき、つねにあわてずにいられるかどうかは意見が分かれそうだ。ともあれ受話器を取ったとき、警部の頭のなかでは警報が鳴っていた。だから彼はついつい語気を荒らげて、こう言ったのだった。

「ああ、もしもし……わたしだ。もちろん、かまわんさ、ジョンソン。お通ししろ」

アーチボルド・ハースト警部はほっとして電話を切り、喜色をあらわにして両手をこすり合わせた。さっきは一瞬、最悪の事態を覚悟した。彼は葉巻に火をつけると肘掛け椅子に腰かけ、勝ち誇ったように空を眺めた。霧雨に霞むビッグベンのうえに広がる空は、すでに暗くなり始めている。

ほどなくノックの音がして、ドアロに見慣れた長身痩軀の人影があらわれた。それを目にしただけで、いつでも元気が湧いてくる。

「よく来てくれました、ツイスト博士。こいつは嬉しい驚きだ」

　すると相手も、愛想のいい笑みを浮かべた。

「この時間だから、もういないかと思ったんだが」

「なにか重大事じゃないでしょうね？」

「いやいや、ちょっと顔を見に寄っただけさ。とても元気そうじゃないか」

　電話がかかってきたとき嫌な予感がしたことを、ハーストは珍しく正直に打ち明けた。

　ツイスト博士はじっと考えこんだ。鼻眼鏡のうしろで、悪戯っぽい目がきらきらと輝いている。歳は六十を越えているだろう、立派な口ひげをたくわえた顔からはわからないが、彼は高名な犯罪学者だった。その並はずれた推理の才には、ハースト警部も一目置いていた。

「なにごとも一心に願えば実現すると、言われているからな。きみも聞いたことがあるのでは？」

　警部は額にしわを寄せた。

「何をおっしゃりたいのか……」

「簡単な話さ。強く願えば願うほど、それが実現する可能性は高くなる」

「まだよくわかりませんね……」

「本当に？」

「いえ、お話はわかりますよ。でも博士は、理解しておられないようだ。なにもわたしは忌まわしい事件が毎回決まってまわってくるのを、願ってなんかいません」

「だったら、余計なことは口にしないほうがいい。できるだけ黙っているんだ。さもないと……」

　ハースト警部はもったいぶったような笑みを浮かべた。

「またまた、ご冗談を。まさかそんなことを本気で……」

そのとき突然電話のベルが鳴って、警部は立ちすくんだ。それでも彼は受話器を取ると、大声で怒鳴るようにこう言った。

「もしもし。今度は何だ？　なるほど、たしかにおかしな話だな。でも、どうしてわたしのところへ言ってきたんだ？　この種の事件なら、わたしが得意だからだって？　言うは易しだがね……まあいい、通してくれ」

　ほどなくジョン・パクストンなる男がハースト警部のオフィスにやって来て、机をはさんで正面に置かれた来客専用席に腰かけた。それは五十がらみの、痩せぎすの男だった。けれども筋肉は引き締まり、過酷な肉体労働にも耐えられそうだ。日焼けした肌、もじゃもじゃの頬ひげ、不安そうな目つき、擦り切れた上着。なるほど、どれもこれも、彼が手短に述べた履歴を裏づけている。男は長年にわたり商船の機関士をしていたが、二年前から失業中なのだという。

「よくわかりました」ハースト警部は力いっぱい咳払いをして、相手の言葉を遮った。さもないと、船員時代の思い出話がえんえんと続きかねなかったから。

「それじゃあ、さっそくご用件をおうかがいしましょうか」

「実は妙なことがありまして」と男はうなずきながら言った。「もしかしたら、警察が関わるような事柄ではないのかもしれませんが、地元の警察署に出むいて相談したところ……ここへ行くようにと言われたものですから」

「それで？」

「ええ、はい」とジョン・パクストンは言って、ツイスト博士のほうをちらりと見た。博士は少し離れた椅子に腰かけ、目をつむって悠然とパイプを吹かしている。「二か月ほど前のこと、新聞にこんな求人広告を見つけました。《求む、軽作業にあたれる者。真面目で口が堅く、身体強健で健康な方希望》って。それならわたしにぴったりだと思い、指定された住所へむかいました。ピカデリーのすぐ近くです。待っていたのは、おかしな感じの男でした。どこがとはっきりは言えませんが、たぶん声のせいでしょう。あるいは、事務所がやけに狭くてうらぶれていたので、そんな印象を抱いたのかもしれません。彼はまずわたしの前職をたずね、体力があって健脚かを確かめました。脚には自信があるので、いつでも、どこまででも、思うぞんぶん歩けるとわたしは答えました。とても簡単な仕事だ、と彼は続けました。毎朝、事務所に手紙を取りに来て、それを決まった場所に届ける。そこでまた別の手紙を受け取り、もとの事務所に持ち帰る。毎日、ぴったり同じ時間にそれを繰り返すだけ。服は貸与されるものを着て、決められた道筋を、必ず徒歩で移動すること、というのが仕事の内容でした。少しでも余計な詮索をしたり、規則に違反するようなことがあれば、即刻解雇するから、と彼は顔を合わせるたびに繰り返しました」

「なにもたずねず、指示に従えってことか」とハースト警部は皮肉っぽく言った。

「ええ、もらえるお金はわずかですが、仕事の内容からすれば文句はつけられません」

「それであなたは引き受けたと？」

「失業中の身ですから、選択の余地はありません。さっそく、翌日から働き始めました。ところが、手紙を届けに行く道筋が……」

「ふむ、そこを詳しく聞かせて欲しいな」ツイスト博士が、穏やかな口調で言った。

　ジョン・パクストンは博士を見つめてうなずいた。

「その道筋というのが、なんともけったいでして……わざとややこしくしてあるんです。だって、目的地にいちばん短時間で着くルートじゃないんですから。それどころか、曲がりくねってでこぼこの路地を山ほど抜けていくんです。わたしくらい足腰が丈夫でなけりゃ、とても務まらないでしょうね。わたしだって往復するのに、たっぷり一日かかるほどでした」

「そのルートを地図で示せますか？」

「もちろんです」

ハーストが机に地図を広げると、パクストンはフリート・ストリート、キャノン・ストリート、ラドクリフ・ハイウェイを主要な軸として、ピカデリーから狭い路地をいくつも抜けてシャドウェルまで行く複雑なルートを指でたどった。

「ふむ……たしかに妙だな」ハーストは思案顔で言った。「それで、目的地はどんなところでしたか？」

「今にも崩れ落ちそうなビルです……そもそもむかいの建物は、すべて空襲で吹き飛ばされていましたし。あのあたりにある建物は、半分以上が無人でしょうね」

「手紙の受け渡しはどのように？　誰かに封書を手渡し、別の封書を受け取るのですか？」

「いえ、そうじゃありません。一階の廊下にある三つ目の郵便受けに、入れておくんです。持ち帰る封書も、そこに入っています。着くのは昼すぎです。それからすぐに、来たときと同じ道を反対方向にたどって引き返します。昼食は、サンドイッチをかじるくらいの時間しかありません。こうして午後五時ごろ、ようやく事務所に帰りつきます。はっきり言って、脚はもう棒のようです。いちばんつらかったのは、五階まであがることでしたね……事務所に入って手紙を引き出しに入れると、それでようやく一日が終わります」

「事務所には誰も？」

「ええ、いませんでした」

「朝もですか？」

「そうです」

ハーストは助けを求めるような目をツイスト博士にむけ、それからジョン・パクストンをふり返った。

「つまり、その事務所は……」

「事務所なんていう、立派なものではありませんがね。小さな部屋に椅子が二脚、戸棚とテーブルがひとつずつ。それだけです……」

「なるほど。誰もいないってことは、錠はかかっていなかったんですか？」

「かかっていましたよ。でも、すぐ脇の物置をあけると、ドアの裏側に鍵が引っかけてあるんです。屋根裏部屋に面した物置です。留守にするときは、そうするように決めてありました」

「そして、まるで偶然であるかのように、毎回事務所には誰もいなかったと……」

「いえ、正確には……木曜日の午後は別です。その日は、雇い主が事務所で待っていました。給料の支払日なんです。彼はお金を手渡して、問題はなかったかたずね、いつもの注意を繰り返します」

「同じルートで行くこと、質問はなにもしないこと。さもなければクビだって？」

「そのとおりです」

「つまりあなたは二か月前から、指示にきちんと従って、メッセンジャーの仕事を続けているわけですよね。だったら、どうしてここへいらしたんですか？」

「それが、実は」と元船員は、狡猾そうな表情で答えた。「さすがにわたしも、こいつはおかしいって思い始めたんです（パクストンの目がさらに輝いた）。シャドウェルの郵便受けから持ち帰り、事務所の机の引き出しに入れておいた手紙と、翌日そこからまたシャドウェルへ持っていく手紙は、同じものじゃないか。その逆も、またしかりで」

「つまり、二通の手紙が行ったり来たりしていただけってことですか」とハーストは、頭のうしろを掻きながら言った。「あなたは初めから、二通の手紙を往復させていただけだと？」

「初めから？　それはわかりません。疑念を抱いたのは、先週の火曜日ですから。そこでわたしは、封筒に小さな折り目をつけておきました。翌日確かめると、案の定、同じ折り目がありました」

「ふむ、どう思いますか、ツイスト博士？」警部は友人のほうを見てたずねた。

「ちょっと待って。まだ続きがあるんです」とジョン・パクストンは、ぐっと身を乗り出して叫んだ。「そこでさらに翌日、わたしは手紙を運ぶ途中、蒸気でそっと糊をはがし、封をあけてみました……」

「謎めいた手紙の中身を、確認するために」とツイスト博士があとを続けた。

「そういうことです。で、何が書かれていたと思います？　いや、おわかりにならないでしょうね」

「何も書かれてなかったんだね」と名探偵は静かに答えた。「真っ白な便箋が一、二枚、四つに折って入っていただけで」

「いやはや、おっしゃるとおり、便箋は白紙でした。そりゃもう、驚いたのなんのって……」

3

「それが理の当然というものだ」とツイスト博士は、名探偵の慧眼を前にびっくり仰天しているジョン・パクストンに説明した。「ここまできみの話は奇妙なことだらけだったからね、続きも意表をつくものに違いない。ハースト警部も、きっと同じ結論に達していたんじゃないかな。そうだろ、アーチボルド？」

　警部は口をあんぐりとあけて呆気に取られていたが、あわてて勢いよく首を縦にふった。

「そうとも、それが理の当然さ」とツイスト博士は繰り返した。「封筒のなかには、なんのメッセージもなかった。きみは毎日、同じ白紙の手紙を、同じ場所に運んでいたというわけだ。だがそれ以上のことは、わたしにもわからないな。どうしてそんなことをさせたのか。まったく意味不明だと言わざるを得ない」

「それからどうしたのか、続きを話してください」

ジョン・パクストンは思案顔でうなずいた。

「ここまでが数日前の出来事です。わたしはどうしたものか、思案に暮れました。先週の木曜日、雇い主の男と会ったとき、余計なことは口にすまいと思いながら、こんな仕事は初めてだとつい漏らしてしまいました。その場はそれきりですみましたが、男は次の日も事務所に来ていました。いつもはそんなことないのに。そして、しばらく仕事はなしだ、十日ほどしたらまた連絡すると言いました。それから、服を返すようにとも……」

「服を？」

「貸与されていた帽子と靴、それにオーバーです。手紙を運ぶときは、必ずそれを身につけることになっていたので」

「特別な服なんですか？」

「いいえ、茶色い普通の服ですよ。そりゃまあ、わたしの服よりは上等ですよ。新品ですし。あんまり見苦しくないようにってことなんでしょう。わたしは借りた服を返し、戸棚に入れっぱなしになっていた自分の服を着ました。とまあ、そういうわけです。わざわざ警察にお話しするべき事柄だったかどうかわかりませんが、あまりに奇妙だったものですから……」

「いいえ、とても参考になるお話でした」とハースト警部は言って、ペンを取った。「あなたの住所をうかがっておきましょう。もちろん、雇い主の住所も。ところで、雇い主の名前は？」

「わかりません。わたしの名前はたずねたのに、自分は名のらないんです」

「外見は、どんな？」

「背は中くらいですが……よほどの寒がりなのか、いつも黒いオーバーを着て手袋をはめ、黒っぽい帽子をかぶっていました。たしかに事務所は、冷え冷えとしてましたが」

「なるほど。で、顔の特徴は？」

ジョン・パクストンはあごを撫でた。

「ほら……帽子を目深にかぶっているものですから。風で飛ばされないか、心配しているみたいに。手入れの悪いもじゃもじゃの口ひげを生やし、眉も太かったですね。それを別にすれば、これといった特徴はありません」

「声はどうでした？」とツイスト博士がたずねた。

「そうそう。あの声は、一度聞いたら忘れられませんよ！　なんと言うか……耳障りなしゃがれ声なんです。背筋がぞっとするような声ですね。とりわけ、せせら笑いをするときなんか」

4

四月十二日

午後十時。ネヴィル・リチャードソンはトッテナム・コート・ロードの家具つき二間のアパートのなかを、行ったり来たりしていた。レッド・ライオン・スクエアでの一件があってから、四日がすぎていた。その四日間、彼は頭を絞って必死に考え続けた。けれども、いまだに答えは見つからない。あの女が言った《鳥《バード》》とは、何のことなんだ？　すべての謎が、それで解き明かされるわけではないだろう。けれども、事件が起こる場所がどこかはわかるはずだ。彼はそう確信していた。彼女と出会った晩は、ひと晩じゅうまんじりともできなかった。そして翌日、公園に戻って手がかりを探したが、成果なしだった。さらにそのあと、二晩続けて《イ・オールド・マイター・タヴァーン》へ足を運んだ。あの女に再会できるかと、虚しい期待を抱いて。そのほかの時間は、やたらに煙草を吸いながら部屋を歩きまわってすごした。

彼は机に大きな紙を何枚か並べ、今あるわずかな手がかりと、そこから引き出した結論を書き出した。

しゃがれ声の男　言われたとおりにしろ……おまえに質問させるために、金を払っているんじゃない……いいか、来週まで顔を見せるなよ（長いせせら笑い）。ちゃんと自分の仕事をしろ。さもないと……（せせら笑い）

アリアドネ　あなたが今夜来るとは思ってなかったわ……まさか命令は取り消しじゃないわよね。十六日の午後九時でいいんでしょ？（場所を覚えているか訊かれて）ええ、もちろん。奥のドアよね。《鳥》の……（言葉を濁す）《鳥》のうえの……（再び言葉を濁し、握り拳の親指を伸ばす）

彼はこんなふうに、聞こえたとおりをほとんど一語一句、正確に再現した。記憶力は抜群だし、あの晩のことは脳裏にしっかり焼きついている。目をつぶるだけで、細かなところまで正確に思い出すことができた。どうしてあの女を、アリアドネと名づけたのか？　最初は、自分でも不思議だった。でも今なら、思いつきのわけがよくわかる。彼女のおかげで、暗い迷宮に光が射したのだ。ただ待っているだけの迷宮に。

しゃがれ声の男が言った言葉から察するに、アリアドネが怪しげな事件に巻きこまれているのは間違いない。初めは彼女も、ことの重大性に気づいていなかったのだろう。けれども不穏な気配を察知し、今は不安がっている。彼女はしゃがれ声の男に見張られていた。パブでは姿を見せなかったものの、男はずっとあとをつけ、人気《ひとけ》のないところを狙って話しかけてきた。脅し文句の意味は明らかだ。もし彼女が命令どおりにしなければ、どんな目に遭わされるかわからない。

隣に腰かけたぼくを、彼女は別の誰かと間違えた。それも疑いの余地はない。おそらく、しゃがれ声の男が引き返してきたと思ったのだろう。だからこそ、あのとき彼女はぼくのほうをちらりとも見なかったのだ。《あなたが今夜来るとは思ってなかったわ》というのは、男があらわれるのはいつも夕方だという意味だろう。いずれにせよ、十六日午後九時に、なにか重大な出来事が準備されているような気がする。

十六日午後九時、《鳥》のうえ、奥のドア。

でも、《鳥》とは何のことなんだ？

「何のことなんだ？」ネヴィルは不機嫌そうにつぶやきながら、腕を背中にまわして部屋を歩きまわった。「《鳥》だけじゃ、わけがわからない。十六日は四日後……つまり九十六時間後だ。いや、正確にはあと九十四時間と五十分。もう十時すぎだからな。そのとき、何が起こるのだろう？　盗み？　誘拐？　それとも殺人？　《アリアドネ》はそうした事件に巻きこまれるのか？」

アリアドネ……彼女の面影が頭から離れない。彼女の面影と、短い口づけが。もちろんネヴィルは、少しもうぬぼれてはいなかった。そう、わかってるさ。彼女がぼくにキスしたのは、体よくぼくを追っ払うためだったって。あそこで見聞きしたことを忘れる代わりに、お礼の前払いということなのだろう、たぶん。でも彼女は、誰に対してでもあんなふうにふるまうのだろうか？　そうは思いたくなかった。ともかく、あれが特別だったのは明らかだ。ネヴィルは希望を捨てなかった。十六日の午後九時に彼女と再会して、うまくすれば窮地から救ってあげられるかもしれない。そんな淡い期待も、《鳥》の意味がわかるかどうか次第だ。

《鳥》は場所を示している。それは疑問の余地がない。けれども、比喩的な表現だと捉えるべきだろう。《鳥》という言葉と親指を伸ばした握り拳は、なにかを象徴的にあらわしている。それはイメージ、暗示なのだ……でも、どんな？

ネヴィルは歴史好きだった。とりわけ、古代史に関心がある。鳥と親指が意味するものも、そちらの方面から探したらいいのではないか。例えば、どこかの場所を示すエピソードが、神話のなかにあるかもしれない。可能性はいくらでも考えられる。彼はこのジェスチャーが意味するものを、頭のなかにいくつも並べあげた。真っ先に思いついたのが、古代の闘技場で無慈悲に地面を指す親指だ。それは剣闘士の処刑を求めるしるしだった。

鳥と親指、親指と鳥、鳥と親指……

5

首都から列車で三十分ほどのところにある小村ピッチフォードは、イギリスの田舎特有のいい香りがした。ディケンズの小説やギュスターヴ・ドレの細密画から抜け出したような、と言ったら誇張の誹りは免れないだろう。ビクトリア朝時代やもっと新しい厳格な幾何学状の建物のほうが、古い木骨造りの中世風建築物を圧倒しているのだから。それでもこの村には、古色を帯びた心地いい雰囲気が満ちている。あたりを包む静寂を破るのは、雄鶏の鳴き声と教会の鐘の音だけ。そんな時代がかった静けさを、七百人ほどの村民は大切にしていた。彼らはすっかりこの地に溶けこんでいる。例えば牧師は、教会の脇にある荒れ果てた小さな墓地に満足しきっているようだった。たしかに彼なりのやり方で手入れはしているが、墓地にはびこるヒナギクやスミレ、ヒャクニチソウを抜かずに残している。それらはまだしもきれいに咲いているが、気難し屋の目からすればただ雑草にしか見えないもっとつまらない花まで、後生大事にとってあるようだ。ピッチフォード村には、なんとおもちゃ屋もあった。良質の品を取り揃えていると評判で、村の外からもお客がやって来る。ところが店のショーウィンドウときたら、少なくとも二世紀は経ている板張りのままだ。それに店内の古めかしい家具も、断固変えるつもりはないらしい。

　ダグラス・マカリスター大佐が退職後の生活場所に選んだのは、そんな環境だった。現役時代の活躍に見合った、なに不自由ない隠居生活。それでも彼は、まだまだ自分は《実戦に役立つ》と思っていた。七十前で、健康そのもの。剣を持たせれば怖いものなしだ。大柄でがっちりした体格、鋭い眼光。率直で毅然とした人となりは、長年にわたりインドで有能な士官として働いていたころの面影をとどめている。インドから戻ってきたあとの年月は、国防省勤めになった。なにやら胡散臭い部署で、書記官という怪しげな肩書だったが、インド時代の日焼けはそのままだった。これが彼について、ピッチフォード村で知られていることのすべてである。

　最後に触れたこと——というのはつまり、大佐が勤務していた部署に関すること——は、少なくとも表面上は間違っていない。問題の部署は実際、何をしているのかよくわからず、書記官という仕事に、周囲の人々はほとんど関心を示さなかった。

　しかしながら読者諸氏には、はっきりお教えしておいたほうがいいだろう。ダグラス・マカリスター大佐は、英国諜報部の腕利きメンバーのひとりだった。彼の秀でた額と鋭い視線は、強靭な精神力と人並はずれた知力をよくあらわしている。恐るべき知性と、祖国のために尽くそうという不屈の意志。その二つが結びついた男を、チャーチルは英国民の運命がかかったひと握りの者たちに加えようと思った。マカリスターは慎重で、冷静沈着だった。前大戦時に彼が演じた重要な役割を知っている数少ない者のなかには、老後の住処にピッチフォード村を選ぶきっかけを作った人物もいた。古い友人で、ロンドン警視庁の元主任警部チャールズ・ウィンズロウだ。

　三年前、二人は目前に迫った引退の日が、たまたま同じ月だと知ってびっくりした。《きみはこのままここで、汚れた空気を吸って暮らすつもりじゃないだろうな》とウィンズロウは、この偶然の一致を祝して杯を掲げながら言った。《ピッチフォード村に引っ越すといい。ここよりずっと静かに暮らせるぞ。ちょうどきみにぴったりの売家があるから》

　翌月、ダグラス・マカリスター大佐は公証人のもとを訪れ、その家の購入手続きをすませた。筋金入りの独身主義者には充分な広さがあり、値段も手ごろだったので、満足のいく買い物だった。

　彼がこの選択を後悔することはなかった。波乱に富んだ人生を送ってきただけに、ピッチフォード村の穏やかな暮らしはなににも増して心地よかった。お気に入りの気晴らしは、友人のウィンズロウと剣で一戦交えることだった。フェンシングは二人が情熱を傾ける共通の趣味で、彼らはその晩も試合に熱中していた。

　大佐の屋敷の地下室に、かちゃかちゃと剣が触れ合う音が響いている。大佐は地下室の一部を、わざわざフェンシング場に改装したのだ。二人とも顔をマスクで覆っているが、彼らをよく知る者ならば容易に見分けることができるだろう。ウィンズロウの動きはしなやか、かつ敏捷だ。そしてたちまちのうちに、相手を自分のペースに誘いこんでしまう。マカリスターのほうは、その点でやや劣っていた。

　ウィンズロウの巧みな剣さばきで、マカリスターの剣《フルーレ》が手から離れた。ちょうどそのとき、若い女が階段の下まで降りてきた。すらりとしたスタイル、鮮やかな金髪、猫のような目をした美しい顔。それにしなやかで用心深そうな身のこなしも、猫そっくりだ。彼女は二十三歳になったところだった。

「わたしもちょっとやってみたいわ」と彼女は言った。

「チャールズ伯父様、剣を貸して」

「何度言ったらわかるんだ、ブライディ。これは遊びじゃないんだぞ」チャールズ・ウィンズロウはマスクをはずしながら、ため息まじりに言った。

「お願い、伯父様、一度でいいから……」

「たのむよ、ブライディ。いくら言っても無駄だ。わかってるだろ」

「しかたないわね。じゃあ、帰るわ。失礼します、マカリスターさん」

ブライディはそう言うと、わざとらしくどたどたと音を立てて階段をのぼっていった。

大佐は愉快そうに口を尖らせた。

「なかなかお転婆だな」

ウィンズロウは考えこみながらグローブを脱いだ。

「母親にそっくりさ。ここじゃあ、退屈なんだろう……」

マカリスターはなにも言わず、マスク、グローブ、プロテクターをはずすと、床に落ちたままになっていた剣を拾って、賞賛の笑みを友人にむけた。

「これでも自分じゃ、まだまだ錆びついちゃいないつもりなんだが、チャールズ、きみの手首はあいかわらず完璧だな。足腰だってまだ二十歳並みだし。クラブの若い連中にも、たやすく勝てるんじゃないか。どんな秘密があるのか、ぜひ聞かせてもらいたいね」

「口を酸っぱくして言ってるじゃないか。毎日三十分の運動を続けることだって。わたしは長年それを、絶対に欠かしたことがない。どんなに忙しくてもね」

チャールズ・ウィンズロウは広い肩幅と若々しい体

つきをし、堂々たる気品に満ちていた。六十の坂を大きく超えているが、とてもそんなふうには見えない。輝く銀髪を頂く端正な顔に、人はまず目を引きつけられるだろう。そのあと視線は、非の打ちどころがない見事な手に注がれるに違いない。時計職人か彫金師の仲間だろうか？　細かな作業を忍耐強く、巧みになし遂げる手は、そうした難しい仕事にぴったりだ。けれども、さらにじっくり観察するならば、薄いブルーの目がときおりきらりと輝くのがわかる。それは毅然とした、強固な精神力のあらわれだった。

　鋭敏かつ老練。この言葉はウィンズロウの性格にも当てはまる。ロンドン警視庁での活躍ぶりは、ともあれそんなふうに評価された。かつて彼はそこで、やり手の主任警部として勇名を馳せていた。当時、世間を騒がせた大盗賊を、彼は軒並み捕まえた。そのなかには、敵ながらあっぱれだと彼に一目置き、潔く負けを認める者たちもいたほどである。

　二人が剣で一戦交えたあと、いつものように暖炉の前でコニャックをワン・フィンガー楽しんでいるとき話題になったのも、ウィンズロウがかつてロンドン警視庁の敏腕主任警部だったことについてだった。大佐は火を掻き立てた。暖炉の両側に飾られたすばらしい刀剣のコレクションが、きらきらと輝き始めた。

「わたしの予想が間違っていなければ、窃盗犯罪課ではきみがいなくなって、さぞかし残念がっているだろうな」とマカリスターは、少し皮肉っぽい口調で言った。

「かもしれん」とチャールズ・ウィンズロウは冗談めかして答えた。「だったらきみが勤めていた諜報部でも、同じことだろうが」

「たしかに。でも、戦争はもう終わったからね。しかし、世に盗人の種は尽きまじだ」

「人間が人間である限り、たしかに泥棒はいなくならんだろう」ウィンズロウは冷めた調子で言った。

「だからこそ、あらためて言わせてもらうよ。警視庁ではきみがいないのを残念がっているだろうって」

ウィンズロウはコニャックを味わう前に、まずは香りを心ゆくまで楽しみながら、微かに眉をひそめた。

「ところで」と大佐は続けた。「最近、新聞には目を通しているかね？」

「新聞？　いつものように、読んでいるとも。でも、どうして？　特に気になるニュースでもあったかな」

「ここ最近、盗難事件が続いているようだが……」

「そうだったかな。でもわれわれが、たった今話していたように、盗難はこれまでもずっとあったし、これからもずっとあるだろう。だからって、警視庁がわたしを呼び戻すなんて思わんでくれよ。どうやらきみは、そう言いたいらしいが」

「盗難事件のうち」とダグラス・マカリスター大佐は表情を変えずに続けた。「二件はドルリー・レーン劇場で起きている……」

「たしかに、それはわたしも気づいたさ。だが、話がまだよくわからんな。わたしの記憶違いでなければ、大した被害ではなかったかと」

「大した被害ではないって？　自称ロシア人伯爵夫人の真珠のネックレスと、石油王令嬢のダイヤモンドのブローチだ。ダイヤモンドなら、それなりの価値はあるだろう。持ち主にとっては些細な品かもしれないが、それでもね」

「わたしが何を言いたいのか、わかってるだろう。それは大事件と呼ぶようなしろものじゃないってことさ」

「なるほど。些細な盗みでも、積み重なれば見すごせないが。だが、問題はそこじゃない。日付に気づいたかね、ウィンズロウ？」

「いや、はっきりとは……」

「先月の第一土曜日と、最終土曜日だった。そう聞いてもまだ、思いあたることはないだろうか？」

チャールズ・ウィンズロウはため息をつきながら、肘掛け椅子の背もたれにそっくり返り、ゆっくりとした口調で言った。

「そうか、事件が起きた晩は、われわれも《古きロンドン友の会》のメンバーといっしょにドルリー・レーン劇場にいたんだ……」

ウィンズロウはしばらく考えこんだ。

「まさか、メンバーの誰かを疑っているんじゃないだろうな？」

「偶然の一致を指摘しただけさ。だが、きみがそこに気づかなかったというのは驚きだな」

ウィンズロウは率直そうな笑みを浮かべた。

「なにをぼんやりしているんだと、きみは思っているんだろう、マカリスター。たしかに今回は、きみの慧眼に遅れをとったようだ。二件とも些細な事件じゃないかと思って、重視しなかったんだな。ところできみの推理について、ひと言言わせてもらおうか。きみの言う奇妙な偶然の一致に基づけば、容疑者はわれわれの仲間にほぼ限られることになる。しかし知ってのとおり、あの劇場の観客はほとんど常連ばかりだ。だから客席の四分の一は、両日とも観に来ていただろう。だとすると、潜在的な容疑者の数はぐっと増えることになる。きみもそう思うだろ……」

われながら見事な論証だった。反論の余地はない。チャールズ・ウィンズロウはそう思って満足感に浸りながら、通りを二つ隔てた自分の家へとむかっていた。マカリスターの指摘に確たる根拠はないものの、どうも気になってしかたない。ひんやりとした明るい晩だった。霧が立ち始めたが、月は時間どおりに顔を見せている。

ほどなく、彼は家に着いた。まず最初にしたのは、火を掻き立てることだった。そうしながら、二つのボトルシップに目をやった。それは彼の手作りだった。

自慢げに眺めるのも当然というものだ。けれどもこのところ、この趣味にはご無沙汰していた。完成までにどれくらい時間のかかるものか、人は考えてみたことがあるだろうか？　思いきり多めに見積もったつもりでも、たいていは現実にほど遠い。ウィンズロウが作った帆船模型はこの二隻だけではないが、もっともうまくできたものだった。時間ができたらまた始めようと、彼は心に決めていた。数か月先になるかもしれない、いや数年先になるかもしれないと、よくわかっていたけれど。《古きロンドン友の会》のために、昔の通りやモニュメントのミニチュア模型を作ると約束していたから。忍耐と細心を要する、息の長い仕事だ。思っていた以上に大変な作業だと、始めてすぐにわかった。もう半年以上もかかりっきりになっているのに、ひとつめの模型もまだ完成していない。テンプル・バーに通じるブッチャーズ・ロウ通りの一部を再現した模型だ。だから今夜もこれからすぐ、仕事に取りかかるつもりでいた。とそのとき、彼は姪の姿が見えないことに気づいた。

　名前を呼んでも返事がない。あわてて一階を捜してみたが、ブライディはいなかった。それに二階の寝室やほかの場所にも。たちまちウィンズロウはパニックに陥った。

　ブライディがどこかへ行ってしまった！

　ブライディは彼の姪で、たったひとり残った血縁者だ。

　ウィンズロウは喉が締めつけられる思いがした。こうして姪を引き取るに至った経緯が、一瞬にして脳裏に甦る。

　ブライディがまだ赤ん坊だったころは仕事に追われて忙しく、だっこする機会もあまりなかった。やがて彼女の母親は、娘を捨てて家を出た。弟は絶望と怒りでいっぱいになったが、かわいそうな娘のことはかわいがった。隣家の親切な婦人が、昼間は彼女の面倒を見てくれた。そして一九四〇年の春、ダンケルクで弟が戦死したという恐ろしい知らせが届いた。大陸に遠征中のイギリス軍が、船に乗りこもうとしていたときのことだ……ウィンズロウはブライディを寄宿舎に入れることくらいしかできなかった。

そんなわけで彼は姪に対して、精神的な負い目を感じていた。彼女のことを心配していなかったわけではないが、警察官という仕事柄、それに独身だったこともあり、存分に世話をしてあげることができなかったのだ。ようやく数週間前から、彼女を家に引き取ったのだが……

チャールズ・ウィンズロウはすぐに落ち着きを取り戻した。ブライディはフェンシングをさせてもらえなかったことに腹を立て、気分転換に散歩に出たのだろう。たしかに、頭ごなしにだめと言いすぎたかもしれない。彼はさっそく外に出て、静かな小路を急ぎ足で抜けた。直感的に村の出口にむかったが、それでよかったとすぐにわかった。牧場や野原に出る手前の、最後の家の柵の前にほっそりとした人影を見つけ、ウィンズロウはほっと胸を撫でおろした。ブライディはその家に、じっと見入っているようだ。彼が黙って近づくと、ブライディはふりむきもせずにこう言った。

「伯父様、ここは誰の家？」

「空き家さ。見ればわかるじゃないか……」

「ええ、たしかに……誰が住んでいたのかって訊きたかったの」

「フィディモント老人だ。おまえは会ったことも、名前を聞いたこともないだろうが……」

「ずいぶん前に亡くなったのかしら？」

ウィンズロウは眉をひそめた。妙なことを訊くものだ。

「もう、何年にもなるな。でも、こんなあばら家にどうしてそんなに興味があるんだ？　夜も遅いっていうのに、ここで何を？」

「散歩していただけよ。ほかにすることなんて、ここにある？　おかしな家だなと思って……立ち止まっただけよ」

　そう言われて、ウィンズロウも古びた家に目をやった。木蔦《きづた》が鉄柵の門だけでなく、建物全体を覆っている。それはレンガでできた、二階建ての家だった。正面は三つの切り妻壁になっている。かつては二本の円柱に支えられた白い柱廊玄関が美しい、瀟洒《しょうしゃ》な家だったに違いない。けれども今はその柱廊玄関も、ペンキが剝げおち色褪せて、月明かりの下に不気味な姿を晒していた。闇のなかにじっとうずくまる家は、まるで敵意に満ちた目で彼らを見つめているかのようだった。

「チャールズ伯父様は古い家の前で立ち止まり、その来歴に思いを馳せたことはない？　あのなかで、どんな出来事があったのだろうって考えたことは」

「あるとも。おまえが思っている以上にね……」とロンドン警視庁の元主任警部はつぶやいた。夜の闇に包まれた古い廃屋を前にして、こんなふうに震えあがるなんて、生まれて初めてのことだ。彼はなかなか立ち直れなかった。

「でもこの家は、どうして誰も住まなくなったの？」

　ウィンズロウはゆっくりとうなずいた。

「そこには、妙な経緯《いきさつ》があってね……（彼はわざとらしく明るい口調で続けた）さあ、わが家に戻ろう、ブライディ。いつまでもこんなところにいないで」

　ブライディは驚いたように大きく目を見ひらき、伯父をふり返った。

「こんなところにいないで？　どういうこと？」

「帰ったほうがいいってことさ」ウィンズロウは煙草を一本抜き出し、ゆっくりと火をつけた。「おかしな噂が流れているんでね……この家については」

6

四月十四日

「気に入らないな、この時間に電話がかかってくるのは……いや、まったく気に入らん」とハースト警部は不平たらしく言いながらも、手を伸ばして受話器を取った。

いっしょにいたツイスト博士は、ドアのうえにかかった時計に目をやった。もう午後五時四十五分だ。

「何だって？」とハースト警部は、前髪を乱して怒鳴った。

それから数秒間、ひと言も発しなかったが、やがて承諾と思しき唸り声をあげ、怒りを抑えかねるように電話を切った。

「またひとり、話を聞いて欲しいと来た者がいるそうです」と警部は不満たらしくつぶやいた。「しかもこんな時間に。まるでみんなして、示し合わせたようじゃないですか（彼はしつこく額にたれさがる前髪を苛立たしげに掻きあげると、口調を変えて続けた）。ツイスト博士、どうも嫌な予感がします。なにかとんでもない災難が、この身に降りかかってきそうな気がしてしかたないんです。頭のおかしな連中が起こす呪われた事件が、またひとつありそうな気がして。そんなもの、小説のなかだけの出来事だと言う者もいますがね。ここ数週間、平穏にすぎていたっていうのに。でもそれが、むしろ悪い兆《きざ》しなんです。嵐の前の静けさってやつですか……（警部はそこで額をぴちゃぴちゃと叩き、小声で続けた）。わたしにはレーダーが備わっていましてね。厄介事が訪れる前には、決まって小さな警報音が鳴る。それが今、聞こえるんですよ」

ツイスト博士は遠まわしにたずねた。

「ところで、先週、ジョン・パクストンとかいう男から聞いた話については、確認が取れたのかね？」

「そうそう、白紙の手紙を持ったにわか郵便配達人の件ですね？　もちろん調べましたとも。しかし、収穫なしです。あいつが言っていたシャドウェルの住所については、なんの証言も得られませんでした。無人のビルがあるだけで、郵便受けはどれも使われていません。ピカデリーの不動産屋にも話を聞きましたが、結果は似たようなものでした。問題の部屋を借りたのはモーガンなる人物です。最初に一度だけやって来て、三か月分の家賃を前払いしていったとか。事務所とは名ばかりのちっぽけな部屋で、手がかりはまったく残っていませんでした。ビルのなかでモーガンを見かけた者もいません。なにせ同じ階にあるのは、物置部屋だけですし。モーガンが契約のときに伝えたのも、無人の住所でした。数週間前から誰も住んでいないアパートです。時間がなくて充分な捜査はできていませんが、はたしてそこまでする必要があるのかどうか」

ツイスト博士は目を閉じ、悠然とパイプを吹かしている。

「それで、きみの見解は？」

「いや、見解もなにもありませんよ。ここだけの話、モーガンとやらは別段、罪を犯したわけじゃありませんからね。家賃も給料も、ちゃんと払っているんだし。人を雇って白紙の手紙を持たせ、町をうろつかせたからって、わたしが文句をつける筋じゃありません。法律的にも問題ありませんし」ハースト警部はそう言うと、いかにも鷹揚そうな表情でつけ加えた。「博士、あなたのほうでご意見があるなら、拝聴いたしますが」

「そうむきになるなよ、アーチボルド。わたしにもさっぱりだ。さもなければ、とっくに話しているさ」

ハースト警部は疑わしそうに眉をひそめた。

「失礼ながら、にわかには信じられませんね。本当は、わたしを焦らして楽しんでいるんじゃないかと……」

「おいおい、子供の喧嘩みたいなことはやめようじゃないか、アーチボルド。今、重要なのは、どうして白紙の手紙なんか持たせて……おや、廊下から足音が聞こえた。訪問客のおでましじゃないか……」

ノックの音がして、若い男が入ってきた。

「なにか重大な事件が起こりそうなんです。おそらく、殺人事件が」男は自己紹介をしたあと、いきなりそう切り出した。

ハースト警部とツイスト博士は、びっくりしたように目を見合わせた。

「殺人事件、とおっしゃいましたか？」警部はわざと落ち着いた口調で訊き返したが、内心は大あわてだった。そして紙とペンを取り、冗談めかしてこう続けた。「とても興味深いですな。それで、ご予定はいつ？」

「明後日の、午後九時ぴったりです」

聞き手が啞然として黙りこんでいるあいだに、ネヴィル・リチャードソンは自らの奇妙な体験について語った。

話が終わるとハースト警部は気を取り直し、ほとんどにこやかな顔になった。そして鷹揚にかまえ、こう言った。

「たしかに、なんともはやおかしな出来事だ。だからって、殺人が計画されていると結論づけるのは……いささか早計なのでは」

「なにかが起こるはずです。それは間違いありません」ネヴィルは顔を真っ赤にして言い返した。

ハースト警部は葉巻に火をつけながら、訪問客をしげしげと眺めた。

「けっこう」と彼は言った。「最悪の事態を想定しましょう。たしかに、なにか事件が起こるのかもしれません。でも、われわれにどうしろと？　あなたはその男を、ちらりと見ただけなんですよね。女が何者なのかもまったくわからない。あなたのお話からでは、どこから捜査に手をつけたらいいものやら」そこで警部はネヴィルのほうに身を乗り出し、打ち明け話でもするみたいにつけ加えた。「失礼ながら、その晩は少しばかりビールを飲みすぎていたのでは？」

「ええ、一、二杯は飲みましたよ」とネヴィルは苛立ったように答えた。「パブに行ったら飲まないわけにいきませんからね。腰かけるだけなら公園に無料のベンチがあるって、体よく追い払われるのがおちです」

「まあまあ、そう怒らないで」ハーストはツイスト博士を見習い、なだめるような口調で言った。いくら警部が頭に血をのぼらせてもつねに穏やかな博士は、こんなときいい手本になる。「一杯引っかけたせいで思い違いをされたんじゃないか、と思っただけですから」

「そんなことありません」

「ええ、わかりました……だったらあとは待ち合わせの場所に、期待をかけるしかありませんな。鳥、と彼女は親指を示しながら言ったんですよね」

　ネヴィルはがっかりしたように肩をすくめた。

「はい……彼女はそのとき、親指を突き出しました。間違いありません。鳥と親指……そこにどんな意味があるのか考えながら、何度この言葉を頭のなかで繰り返したことか。説明は必ずつくはずなんです」

　ハーストは、夢見るようにパイプを吹かしている友人をふり返った。

「どう思われますか？　博士好みの難問じゃないですか。何かお考えは？」

　ツイスト博士にも、見当がつかなかった。ネヴィルが危惧するとおり、危険が迫っているのは疑いえない。《鳥と親指》の意味もあと少しでわかりそうな気がするのに、灰色の脳細胞は押し黙るばかりだ。

・リチャードソンは住所を書き残して、帰っていった。

　ネヴィルは通りに出ると、ニュー・スコットランド・ヤードの建物を憤然と眺めた。ロンドン警視庁の名声は看板倒れなんじゃないだろうか？　そんな気がする。ハースト警部は馬鹿正直を装っているが、本当はずる賢いデブ猫のようだ。あいつには期待できないな。いっしょにいた長身痩軀の男は、もう少しましそうだ。ぼくが経緯《いきさつ》を説明しているあいだも、居眠りしているようだったけど。

　雨がだんだん激しくなってきたので、ネヴィルは急ぎ足になった。ビッグベンには目をむけないようにした。豊かな想像力が災いして、有名な文字盤のうえに死神の姿が見えてしまいそうだったから。草刈り鎌を持つ骸骨という、これまた有名な死の寓意が。時は無慈悲なカウントダウンを、すでに始めている……誰に対してかはわからない。だったら、どこで？　その問いには、どうしても答えを見つけなければ。彼は決然たる思いを胸に、地下鉄エンバンクメント駅の入口にむかった。頭のなかでは親指が、倦むことなく円を描いている。その脇では鳥が、翼を激しくばたつかせていた。

　警視庁ではハースト警部が、口もとに白けた笑みを浮かべて、レインコートに袖を通していた。

「いつか回想録を書かねばなりませんね。でも正直、こんな話は容易に信じがたいですよ。やれやれ」彼はため息をついた。「どこかで腹ごしらえをしても、ばちはあたらんでしょう……」

　返事が返ってこないので、警部は友人をまじまじと見つめた。ツイスト博士は顔を曇らせている。

「博士、ご気分でも悪いんですか？」と警部は心配そうにたずねた。「どうしました。お腹がすいていないんですか？」

「さっきの青年の話を聞いて、なにかひっかからなかったかね？」

「いえ、べつに……」

「わたしはちょっと、気になったことがある。またしても、しゃがれ声の男が出てきた点だ。一週間のうちに二人が奇妙な証言をし、そのどちらにもしゃがれ声の謎めいた男が登場した」

「たしかにそのとおりでした！」とハースト警部は、目を丸くして叫んだ。「こいつはまた、すごい偶然の一致ですね」

「信じられないくらいのね。わたしの考えすぎならいいが、もしかして二つの出来事には関連性があるのかもしれん。だとすれば、青年の言ったことは作り話なんかじゃない。あと数十時間後に、なにか忌まわしい事件が起こることになる」

7

「鏡よ鏡、もっとも美しいのは誰？」

鏡はただ黙っているだけでなく、そこに映る姿はあまり満足のいくものではなかった。少なくとも、ローラ・テイルフォードの目にはそう見えた。ずいぶんと判断基準が厳しいのは、気分が落ちこんでいるせいだろう。とはいえローラは——まだ三十そこそこだ——充分美人だった。だから彼女の夫は皆に羨ましがられ、秘かに妬まれていた。ベネチアブロンドの豊かな髪が、魅力的な顔を縁どっている。けれども夫のアーサー・テイルフォードは、彼女の魅力に鈍感な数少ない人間のひとりらしい。彼のようすを見ていると、どうしてもそう思わざるを得なかった。ローラより十歳以上も年上で、年がら年中机にかじりつき、専門書を一心に読んでいる。眼鏡のうしろから、年齢を経ても衰えない好奇心に満ちた目を輝かせて。アーサーはロンドンのパブリックスクールで、歴史を教えていた。熱心な教師ぶりだったが、彼にとってそれは余技みたいなものだった。つい最近、《古きロンドン友の会》の副会長に任命されたのだ。

　ざっとこんなふうに人物像《ポートレート》を描き出してみると、年齢よりも老けこんだ陰気な人物が想像されるかもしれない。ぶ厚い眼鏡をかけ、いつも難解な本に顔を突っこんでいる、腰が曲がった男を。けれども実際は、まったくそんなことはなかった。体格は中肉中背で、スポーティーな外観を失っていない。銀縁の丸眼鏡のおかげで、陽気な目と感じのいい顔つきがいっそう若々しく感じられた。ときおりその目が、二、三世紀過去の虚空に迷いこむことがあるけれども。そんなとき、まわりの人々は対処に窮した。

　今のところローラは、夫のことまで頭になかった。見るも《悲惨な》顔のことで手一杯だ。白粉をはたこうが口紅を引こうが、どうにもならない。彼女は腹立たしげに鏡に背をむけると、寝室を出て居間にむかった。すると驚いたことに、夫が本も持たずグラスに一杯注いでいた。

「きみもなにか飲むかい、ローラ？」と彼は妻にたずねた。ローラはそんな心づかいにびっくりした。

「そうね、いただくわ。でも……」

「でも？」

「今夜はやけに嬉しそうね。なにかいいことがあったの？」

「いや、べつに。ただ、帰りにウィンズロウさんの家に寄ってきたんだ。彼の作品を見たことがあるだろ？」

「ええ……作り始めてすぐのころに。何週間も前のことよ」

「いやはや、実にすばらしい出来だ」とアーサー・テイルフォードは、目を輝かせて言った。「友の会のみんなも、さぞかしびっくりすることだろうな。木骨造りの古い建物なんか、見事なものだ。色合いといい、細部の正確さといい、まるでそこにいるような気がしてくる」

「ひとかどの芸術家よね、ウィンズロウさんは」とローラは言って、夫が差し出したグラスを素早く受け取った。

「まさしくそのとおり。とりわけテンプル・バーは、一見の価値があるぞ。弓形の切りこみ、四つのコリント式つけ柱。壁龕《ニッチ》にはそれぞれ、チャールズ一世と二世の像が収められている。これほど細密に作ってくれるとは、正直思っていなかったよ。もちろん、すべてが完璧とはいかないけれど（彼は熱意にあふれる弟子の作品を前に、鷹揚にかまえる師匠のような笑みを浮かべた）。横たわっているジェイムズ一世の伴侶はエリザベスに似ているが、あれはアン・オブ・デンマークだって、何度もウィンズロウさんに言ったんだが。でも彼はまたしても、ウォルターのアドバイスに従ってしまった。いつだって彼が……」

そこで玄関のベルが鳴り響き、アーサーは言葉を切った。

「もしかして、やつが来たのかも」とアーサーは笑みを浮かべて言った。「噂をすればなんとやらだ……見てきてくれないか」

はたしてそれはウォルターだった。ウォルター・リンチ。歳は四十を超えたところ。がっちりとした体格に自信たっぷりな態度。黒いあごひげと探るような目が、全身から発散される力強い印象をさらに際立たせている。

「こんばんは、ローラ……」

「こんばんは、ウォルター」ローラは彼の視線を避けて答えた。「アーサーがお待ちかねみたい」

アーサーはさっそく訪問客を書斎に連れていった。ローラはひとりになると、男たちが姿を消したドアをしばらく見つめていた。そしてもう一杯、グラスに飲み物を注いだ。虎狩りに出発する象を描いた版画を目にしたら、気持ちが過去にひとっ飛びした。九年前、アーサーと結婚したときは、将来の希望に満ちていた。それがまさか、こんな小村に閉じこもりっきりの、味気ない生活を送ることになるなんて。アーサーがヨハネスブルグにポストがありそうだとか、もうすぐ中東へ赴任することになるとか話すのを、馬鹿正直に信じて聞いていた。けれども彼がこの先首都を離れることはないだろうと、今はよくわかっていた。そこにはもう、なんの幻想も抱いていないが、夫の同僚ウォルターのことは、どう考えればいいのだろう？　重箱の隅をほじくるような話で、アーサーと論戦を繰り広げているようだが、要は彼も同じタイプの人間ということだ。いずれにせよ、ウォルターについては覚悟が決まっている。

三十分ほどすると、二人は書斎から出てきた。

「いやいや、ウォルター。あの彫像に関しては、絶対にきみの間違いだ。そもそもあれは、きみが情報源なんだからな。まあいい、それについては、また今度話そう。一杯、やらないか？　ローラ、友人になにか注いでやってくれ。ぼくはマカリスターさんの家にちょっと行かねばならない。十五分かそこらで戻るから……」

ウォルター・リンチは咳払いをした。

「ぼくもすぐに帰るから、アーサー……」

「じゃあ、またあとで。大佐はスイス時計みたいに時間に正確な者しか、友人と認めないからな。急がなくては」

玄関のドアがばたんと閉まると、長い沈黙が続いた。ローラは椅子にゆったりと腰かけ、ツイードのスカートを苛立たしげに引っぱった。ウォルターは薄笑いを浮かべて彼女に近寄り、手をつかんだ。けれどもローラは、すぐにその手を引っ込めた。

「どうしたんだい、ダーリン。今日はぼくのことを、怖がってるみたいだな」

「どうしたのかって、わかってるでしょ、ウォルター。なるべくここへは来ないで欲しいのよ、研究という名目でも……」

「大丈夫さ。アーサーは歴史の話を始めると、ほかのことは目に入らなくなるからね」

「だからって、今はちょっと」

ウォルターはシガレットケースから悠然と煙草を抜き出した。

「急に来なくなるほうが、かえって怪しいじゃないか」

「なるべくって言ったでしょ」

「きみはこのところ、すっかり変わってしまったな」

ウォルターはそう言って、もの思わしげにローラを見つめた。

「どうだっていいでしょ。今からはわたしたちはもう、ただの友達に戻るんだから」

ウォルターは彼女をじっと見つめたまま、笑みを浮かべた。相手をさげすむような、傲慢な笑みだった。

「どうやら」と彼は落ち着き払った声で言った。「ぼくはお払い箱ってことらしいな。誰なんだ、後釜にすわった果報者は？」

ローラは彼に平手打ちを喰らわした。ウォルターの耳にはその音がいつまでも響き続け、頬がひりひりと痛んだ。それでも彼は笑ったまま、同僚の妻が居間から出ていくのを眺めていた。

8

「ところで、おまえとウォルターはうまくいってるのか?」

「もちろんよ……」

ウォルター・リンチの妻エマは、兄の問いかけにそう答えた。けれども声に力がなく、やけにそそくさとした口調だった。兄のリチャード・フィディモントはすぐにぴんときたけれど、妹の夫婦仲がどうだろうと知ったことじゃない。ただ話の接ぎ穂にたずねただけだ。あるいは、エマがわざわざロンドンの仕事場まで訪ねてきたわけを訊くために。いつもは週末にしか、顔を合わせることはない。もしかしてエマは、ウォルターの浮気で夫婦喧嘩の真っ最中なんじゃないか。なにしろ妹は嫉妬深いからな。人にたずねられたら、エマは《雌虎のような女》だと彼は躊躇《ちゅうちょ》なく答えるだろう。リチャードほど彼女のことを知らない者には、なかなか想像しがたいことだけれど。洗練された服装をし、しゃれた小さな帽子をかぶって、机の前にもったいぶって腰かけているさまを見たら、とてもそんなふうには見えない。彼女は夫にどことなく似ていた。美人だが険がある。丸くまとめた濃い栗色の髪、端正な顔つき、溌溂《はつらつ》とした顔色。四十の坂は越えているが、まだ充分若々しい。けれどもリチャードは、エマが怒りに歪んだ顔でウォルターを口汚く罵っているようすを思い浮かべた。がっちりとした体格のウォルターも、妻の勢いに気おされておたおたしている。

「何を笑ってるのよ、兄さん?」

「おれが笑ってたって? べつに……客のことを考えていたんだ。そいつときたら……まあ、それはどうでもいい」

「仕事はうまくいってるの？」

「もちろんだ」

さっきエマが答えたのと、まったく同じ言葉だった。彼女だって兄のことはよくわかっている。商売繁盛だと口では言っているが――彼は不動産開発業者だった――本当はそれほどでないのは明らかだ。でも、すべては比較の問題だ。リチャードは大金を稼いでいるのだから。最近、失敗があったのだろう。順風満帆だった経営の障害になるような、ちょっとした失敗が。

「そうそう簡単にはいかないけど」とリチャードは、いきなり吐き捨てるように言った。「例えば、断固おれたちの足を引っぱろうとする、口先だけの石頭どもがいるからな。やつらのボロ屋を取り壊して新しい家に建て替えるときだって、下手をすれば人殺し扱いされる。伝統を重んじるだの、祖国を守るだのと繰り返して、うんざりするったらない」

リチャード・フィディモントは額に汗をにじませ、ネクタイをゆるめた。苛立ちのあまりか、シャツの首もとのボタンが弾け飛ぶ。彼は思わず罵声を発したが、なんとか気持ちを静めてこう続けた。

「おまえだって、いろんな問題があるのはわかるだろ。今日日《きょうび》、金を稼ぐのも楽じゃないからな」

「百も承知よ。でも兄さんは、精一杯がんばってるわ……」

「何が言いたいんだ？」

「ウォルターには努力する気がないのよ。暮らしむきをよくしようという気が。文句を言っても始まらないけど、お先真っ暗って感じ。でもそんなこと、わかってるわよね」

リチャードは考えこみながら煙草に火をつけ、声を潜めて言った。

「他人《ひと》のことに口を挟むのは好きじゃないが、ここだけの話、ウォルターの交友関係はあんまり感心しないな。まずはピッチフォード村の連中がそうだ。マカリスター大佐、ウィンズロウ、テイルフォード。あいつらみんな、視野が狭い。ものごとの一面しか見ようとしないんだ」

「でもあの人たちのことは、あまりよく知らないじゃない」

「それでも、どういう連中かはわかる」

「ウィンズロウさんやマカリスター大佐は、魅力的な人たちだわ」

「魅力的じゃないとは言ってないさ。でも、彼らの考え方や影響力が、ウォルターにとって有害なんだ」

「ピッチフォード村で思い出したけど」ローラは兄をちらりと横目で見た。「数か月後にルイス叔父さんの遺産が手に入るわね……あの屋敷を、ようやく好きに処分できるわ」

リチャード・フィディモントはもの思わしげにうなずいた。

「やっとか。叔父さんが死んで何年になるんだ？」

「あと三か月で、まる五年よ」

不動産開発業者はおどけたようにうなずいた。

「さっき言ったとおりだろ。今日日、金を稼ぐのは難しいって」

エマ・リンチは表情を変えた。

「あそこをどうしようかしらね？」

「ボロ家を壊して別の家を建て、できるだけいい値段で売ろう。前にもそう話し合ったじゃないか。おまえが、まだそれでいいなら」

「ええ、いいけど……（エマは顔を曇らせ、ためらいがちに続けた）。でも、心配じゃない？　ピッチフォード村では妙な噂が流れているらしいわ。そのせいで、わたしたちが被害を被るんじゃないかしら」

リチャード・フィディモントは大声で笑い飛ばした。

「くだらない与太話さ。おれにまかせておけ。目いっぱい儲かるよう、うまい取引きをするさ。そうそう、あの爺さん、イカレてたからな。靴のことを、覚えているだろ?」

「ええ、靴のことね……どうしてあんなことをしたのか、いつか理由がわかるかしら。わたしもときおり考えるけれど……兄さん、五年前からあの家には誰も足を踏み入れていないわ。つまりあそこは、ずっと侵されずにいたってこと」

「侵されずにだって? まるで墓所の話みたいじゃないか」とリチャードは、わざと明るい声で言った。「ほらほら、心配するな、エマ。よほどおかしな事件でも起きない限り、有利な取引きを進められるさ」

9

四月十五日

じっとりとして肌寒い一日が始まろうとしていた。太陽はまるでのぼるのをためらっているかのようだ。ツイスト博士はトラファルガー・スクエア近くのアパートの窓辺に立ち、そんなことをつらつら考えていた。とそのとき、電話のベルが鳴った。

博士は夢想から覚め、受話器を取った。

「もしもし、ツイストですが……ああ、きみか、アーチボルド。どうしたんだ?」

「まったくもう」とハーストは鼻声でぶつぶつ言った。

「朝っぱらからひどい目に遭いましたよ。ええ、八時からですよ。わたしがここに着くと、もう待っていたんです。ローゼンウォーター夫人とやらがね。歳は四十あまりで、わたしと同じくらいの背があるワルキューレみたいな女です。彼女も手紙を手に、でこぼこ道を通って町を往復する仕事に就いていたとか。しかも事務所の番地や雇い主の外見は、ジョン・パクストンが言っていたのと同じときている。ひとつだけ違うのは、雇い主に会った曜日です。それは木曜でなく金曜でした。彼女もおかしな仕事だと思ったものの、雇い主が姿を見せなくなって初めて、警察に相談すべきではないかと考えたのだそうです。もちろんそれは、ジョン・パクストンが雇い主の男に会わなくなったすぐあとのことでした。どう思われますか、博士？　びっくりしたのでは？」

「ちょっとばかりね。男が何人もの人間を雇っていたからって、それは驚くにはあたらない。これでもう、ジョン・パクストンの狂言説はなくなった。ところでその女も、貸与された服を着ていたのかね？」

「わかってますとも、何を考えておられるのか……答えはイエスです。ジョン・パクストンにはたずねそこねた質問も、しっかりしておきました。戸棚のなかには、ほかにも服があったのかってね。自分のものも含めて、コートが三着あったと彼女は証言しています。だとすると、さらにもうひとり、第三の人物がいたことになります。でも二人だろうが、三人だろうが、問題は変わりません。そうですよね」

「役に立ちそうな手がかりはなさそうだな、アーチボルド。そのあいだにも、時間が過ぎていく。気がつけばもう、明日が問題の日じゃないか……」

「《鳥と親指》の謎ですね？　どこかで事件が起きると、まだ信じているんですか？」

「きみの話を聞いたあとでは、ますます確信を強めたとも」

「けれども謎解きは、指一本分も進んでないと？」

「うまいことを言うじゃないか。明日の晩もユーモアを忘れず、ゆったりかまえてことにあたってくれたまえよ。きみにはそれが必要になる。そんな予感がしてならないんだ」

10

居間の柱時計が九時を打つのを聞いて、チャールズ・ウィンズロウはそろそろ作業を切りあげ、姪のいる居間に戻ることにした。彼は木の薄板で作った屋根組みを最後にもう一度ひと塗りしたあと、色合いをざっと確かめ絵筆を置いた。赤色とくすんだ黄褐色が主調となって、まるで古色を帯びた本物の屋根を目の前にしているかのようだ。実にうまく仕上がった。しかしこれらの家々に、スレートが使われることがなかったか、いちおうアーサーとウォルターに確認しておくべきだった。マカリスター大佐とは今日の午後、それについて話したが、案の定大佐は助けにならなかった。マカリスター大佐ときたら……

ウィンズロウは彼のことを思い浮かべて顔をほころばせた。

あいつも歳を取り始めたな。それにいったんこうと思いこむと、いくら意見をしても頑として譲らない。このところ続いている宝石盗難事件のことを、あんなに何度も繰り返して……

居間に入ると、姪は肘掛け椅子にすわり、暖炉の前で丸くなって小説を読んでいた。ウィンズロウは黙って隣の肘掛け椅子に腰をおろした。ブライディは読書に夢中になっている。ウィンズロウはその隙に横目でちらりと盗み見した。なんてほっそりして、きれいな手なんだろう。長い、絹のような髪に暖炉の光が反射して、きらきらと金色に輝いている。

「ここの暮らしは退屈なんじゃないか、ブライディ？」と彼はたずねた。

「それほどでもないわ」

それならいいのだが、というようにウィンズロウはうなずいた。

「同じ年頃の友達と、楽しみたいだろうに」

「適当な王子様を紹介してくれるなら、いつでもいっしょにゲームをするわ」

「ゲームって、どんな？」

「チェッカーよ。ほかにないでしょ」

ウィンズロウはそれ以上、なにも言わなかった。面白いもんだ。若者もすっかり変わったと、彼は少しノスタルジーに浸りながら思った。

「この村でまんざらでもない男はひとりだけ」とブライディは、冗談めかしたぞんざいな口調で言った。

「ほら、奥さんが、赤みがかったブロンドの軽薄そうな女で」

「アーサー・テイルフォードか？　歴史教師の？」

「彼は悪くないわ……でも見たところ、歴史の本にしか興味なさそうね。奥さんのほうは反対に、ずいぶんと……」

「ブライディ」ウィンズロウは姪の言葉をぴしゃりと遮った。「そんなふうに他人《ひと》を決めつけるもんじゃない。よく知らないのに、勝手な印象だけで」

　ブライディはびっくりしたように目をあげた。

「何をそんなに怒ってるの？」

「怒ってなんかいないさ」とウィンズロウは言い返したが、その口調は言葉と裏腹だった。

「わたしは人々をしっかり観察しているわ。みんなと同じように。いちばん観察眼が鋭いのは、マカリスター大佐じゃないかしら、伯父様のお友達の」

　ウィンズロウは必死に自分を抑えた。ブライディの意図はよくわかっている。姪に気に入られるならどんなことでも喜んでしてきたが、些細なことで腹を立てる老伯父を演じてやるつもりはない。しかしマカリスターについては、彼女の言うとおりだ。彼は今でも無意識に、まわりに蜘蛛の巣を張っているに違いない。そこにドイツ軍のスパイが引っかからないものだから、欲求不満が高じているのだろう。彼はいたるところに悪の臭いを嗅ぎつける癖《へき》がある。問題は、彼の嗅覚がいまだ衰えていないかどうかだ。姪の放言をうわの空で聞いているうち、胸に疑念が芽生えてきた。

「ブライディ、先月、二回ほど芝居を観に行ったのを覚えているかい？」

「もちろん、覚えているわ。伯父様のお友達もみんないて……」

「ところがどちらの晩にも、劇場で宝石の盗難事件があったんだ。事件のことは新聞で報じられていたが、まさかわれわれもその場にいたとは。しかし大佐は、そこに関連性があるかもしれないと踏んだ」

　ブライディは閉じた本にほっそりした指をあて、しばらく黙っていた。やがて彼女は、おもむろに口をひらいた。

「ほらね、言ったとおりでしょ。大佐はなにひとつ見逃さず……」

「しかも、真珠のネックレスを盗まれたリトヴィノフ伯爵夫人の席は、われわれのすぐ近くだったというんだ」

「誰ですって？　リト……」

「リトヴィノフだ。もっともこれはマカリスターが言っていることで、わたしは気づかなかったのだが」

「そんな騒ぎが近くであったなんて、わたしも覚えていないけれど」

「伯爵夫人は、劇場を出たあと盗難に気づいたのだろう。だから盗まれたのは、観客が出口にむかって殺到したときかもしれない。それがいちばんよくある手口だからな」

　再び沈黙が続いた。聞こえるのは、ブライディがぱらぱらと本のページをめくる音だけ。また読書に戻りかけ、彼女はなにげなくたずねた。

「誰か、怪しいと思う人がいるの？」

「いるわけないだろ。わたしが誰を怪しむっていうんだ？」

　けれどもウィンズロウは心のなかで、言葉とは逆のことを思っていた。考えれば考えるほど、胸に芽生えた疑念は確信に変わっていった。

11

四月十六日

ネヴィル・リチャードソンが息を切らしながら、コンドゥイット・コートで立ち止まったとき、すでにあと少しで午後九時になろうとしていた。彼は狭い路地の奥を、注意深く覗きこんだ。二つのガス灯がか細い光で、虚しく闇と戦っている。レンガの高い外壁のあいだに漂う霧も、ガス灯の光を無慈悲に遮っていた。あたりには人っ子ひとりいない。ネヴィルは不安そうにトレンチコートの襟を立てた。目的地まで、あと数十メートルほど。けれどもそこに近づくにつれ、気力が萎えるのを彼ははっきりと感じていた。そう、目的地はすぐそこだ。間違いない。それにしても、ぼくはなんて馬鹿だったんだろう！　もっともらしい説明をつけようと、何日間も無為に頭をひねっていたなんて。謎解きの鍵を見つけるには、電話帳をひらくだけでよかったのに。情け容赦なく時を刻む時計を、ただ眺めていてもしかたない。ともかく彼は最後の望みを託し、ツイスト博士に会いに行くことにした。

「これはどうも、リチャードソンさん」名探偵は一時間前、彼を出迎えそう言った。「よくいらっしゃいました。そんなに恐縮しなくてけっこう。お気持ちはよくわかります。けれども、まず言っておかねばなりません。あなた同様わたしにも、今のところうまい答えは見つかっていないと。いろいろ考えてはみたのですが。おや、もう八時すぎだ。でも、まだあきらめるのは早い。ハースト警部から聞いて、ここにいらしたのですか？」

「いいえ、ブリッグスさんとかいう、同僚の方に。ハースト警部はお留守でした」

「なるほど。さあ、おかけになって、気つけに一杯やってください。心配でたまらないというごようすですね」

そのあと三十分ほど、女が口にした謎の言葉について、二人は熱心に話し合った。ツイスト博士は時間を無駄にすまいと、ここ最近あった出来事についてネヴィルに話すのは控えた。ツイスト博士の膨大な知識と鋭い洞察力を前に、ネヴィルは言葉もなかった。博士の謎解きは彼のずっと先まで見通していた。

「これでもまだわからないとなると」とツイスト博士は疲れきったように言った。「もとになる手がかりにミスがあるのかもしれん。鳥とか親指とか。例えば、《鳥《バード》》という言葉を聞いたのは確かなんですね？」

「間違いありません」

「じゃあ、親指は？　それも確かですか？　その女がした身ぶりを、再現してくれますか？」

ネヴィルが握り拳から親指を突き出すと、ツイスト博士もそれをまねた。彼はそのままのかっこうで、しばらくじっと考えこんでいた。

「もしかすると」と博士は続けた。「親指だけでなく手全体を示したかったのかも。手を握れば、自然と親指が突き出るから」

「そうかもしれないと、ぼくも思いました。だったらどうして、手を握ったままだったんでしょう？　ぼくだったら手を見せるとき、そんなふうにはしませんよ」

「ちょっと待って。鳥、握った手。それはつまり、鳥を握っているジェスチャーなのでは？　ほら、彼女はこんなふうに手を握り、《鳥》と言ったんですよね……小鳥が握った手のなかから、ちょこんと顔を出しているように見えませんか？」

「ええ、確かに。でも、それだけではまだ……」

「小鳥を握った手と聞いて、なにか思いつきませんか？」

　ツイスト博士は目をあげた。ネヴィルはその重々しい顔つきを見て、博士が重大な発見をしたのだとわかった。彼は不思議そうに、《小鳥を握った手》と何度も繰り返した。そして突然、はっと気づいて声をあげた。

「そうか！　小鳥を握った手！　手のなかの小鳥《バード・イン・ハンド》？　そんな名前のパブがあったような」

「そのとおり。コヴェント・ガーデン地区のロング・エイカー通りにあるパブです。もしかすると、間違った手がかりかもしれません。でも、なおざりにはできない。いずれにせよ、選択の余地はありません。もう八時三十四分なのだから……」

　大急ぎで戦略が練られ、ネヴィルが現地に直行することとなった。くれぐれも注意するように、とツイスト博士は言った。博士は急いでハースト警部と連絡を取り、二人でできるだけ早くネヴィルと合流する手筈になっている。

　暗いコンドゥイット・コートの奥へと忍び足で進みながら、ネヴィルは心のなかで自分を責め続けた。何をやってるんだ、ぼくは！　あれこれ小難しい考えにかまけて、真っ先に検討すべき基本的な可能性に気づかなかったなんて。けれども反省はあとまわしだ。もう手遅れかもしれない。近くの教会の鐘が、九時を打ったところだ。ランタンに照らされたパブの看板が、路地の奥に見えた。ネヴィルは、心臓が締めつけられるような気がした。コンドゥイット・コートは途中から狭いアーケードになっていて、その先の建物がまさしく《バード・イン・ハンド》だった。金色の文字がはっきりと見える。ネヴィルは薄明かりのなかでじっとドアに寄りかかり、目の前の外壁を観察した。窓が二つずつ、三段に並んでいる。

　彼はいちばんうえの二つ、つまり屋根裏部屋の窓に注目した……

《鳥のうえの、奥のドア》

あそこだ。間違いない。屋根裏部屋に沿って廊下が走り、その奥に……

ネヴィルはどきっとした。今、あそこに光が見えなかっただろうか？　マッチを擦ったような、か細い光が。すぐさま行動に移らねば。

建物の一階に、ようやくあいているドアが見つかった。そのあとは、ばたばたとことが進んだ。闇に沈んだ廊下のむこうから、階段を駆けおりる足音が聞こえる。人影がネヴィルの脇をかすめ、遠ざかった。と同時に、廊下の奥に光が射してささやき声が聞こえたかと思うとドアが閉まった。

あの人影は、パブの奥へ逃げこんだらしい。そのあとを追うべきだろうか？　いや、あいつがうえで何をしていたのか確かめるのが先だ。ネヴィルは暗闇のなかで、螺旋階段をのぼった。思ったとおり、階段は屋根裏に通じていた。真っ暗な狭い廊下を、すきま風が吹き抜ける。何本もマッチを擦って、ようやく奥のドアがどれかわかった。ドアはわずかにあいている……

つかの間の明かりだけで、あたりのようすをとらえるのに充分だった。ここにはもう、ネズミしか住んでいないようだ。ネヴィルは手さぐりしながら、問題の部屋に近づいた。

なにごともなく、ドアの前までたどり着いた。物音ひとつ聞こえない。ネヴィルのこめかみがぴくぴくと脈打った。彼はドアを蹴っていっきにあけた。

あいかわらず、なにも起こらない。通りの青白い光が、部屋の奥にあいた二つの窓から射しこんでいる。部屋は埃と蜘蛛の巣に包まれていた。ネヴィルはなかに入って足を止め、もう一本マッチを擦った。

屋根裏部屋の真ん中あたり、埃の積もった床に男の死体が横たわっていた。腕をまっすぐ左右に伸ばし、帽子のつばとコートの襟のあいだから覗く顔を苦悶に引きつらせて。肩甲骨のあいだには、ナイフが根元まで刺さっている。

　ネヴィルが驚愕のあまり茫然自失したと言ったら、言いすぎになるだろう。彼はしばらく前からすでに、最悪の事態を覚悟していたが、それでも震えを抑えることができなかった。わけのわからない異様なものに、すぐさま彼の注意は引きつけられた。殺人の現場と、なにか結びついているのだろうか。禍々しい光景を際立たせる突飛なもの。ほとんど空っぽの部屋だけに、それはいっそう目についた。壁の端と被害者の頭のあいだに、六足の靴がきれいにそろえて並べられていたのだ。

12

四月十七日

「どうぞ！」とアーチボルド・ハーストは大声で叫んだ。殺人事件から一夜明けた日の昼近く、机のうえに山積みになった書類を引っかきまわしているところだった。

　ドアがあいてツイスト博士が、うしろに若い警官を従え顔を出した。警官は腕に抱えた箱の山が崩れないよう、あごの先で押さえている。

「机の空いているところに置いてくれ、ウィリアム。それで、なにかわかったのか？」

「いえ、まったく」ウィリアムと呼びかけられた警官は、困ったような顔で答えた。「現場にあったのは、ごく普通の靴です。新品ですが安物で、サイズもいろいろです。女ものも二足ありました。わかったのはそれだけです。べつに警視庁がのり出さなくても、わかることでしょうが」

「いい指摘だな、ウィリアム。出世するぞ」と警部は、軋むような声で言った。「もうさがっていい」

警部は閉まったばかりのドアを腹立たしげに眺めていたが、やがて箱をひとつあけて靴を取り出した。そして苛立たしげに首をふりながらしばらく見つめていたが、また箱に戻した。

「これをどう思いますか、ツイスト博士？」ハーストは疲れきったようにつぶやいた。

ツイストはパイプに火をつけたあと——その入念な手つきは、いつもながら警部の神経を逆なでした——こう答えた。

「わたしもきみに、同じことをたずねようとしていたところさ、アーチボルド。なにか新たにわかったことはないかってね」

「すでにご存じのことだけです。昨晩の捜査状況は、わたしといっしょにご覧になったとおりです。なんの手がかりもありません。もちろん、指紋も検出されませんでした。床の足跡はかなり踏み荒らされていて、犯行の経過を再現するのは難しそうです。わたしたちだけでなく、リチャードソンの足跡もありますから。彼はわれわれの到着を待つ十分ほどのあいだ、部屋を歩きまわっていたようです。だから、はっきりとしたことはわかりません。ひとつだけ確かなのは、犯行時刻です。およそ午後八時三十分ごろだと思われます。背中をいきなり刺され、それが致命傷になりました。凶器はありふれたナイフで、犯人につながる手がかりにはなりそうもありません。それにしても、惜しかったですよね」と警部は、拳を握りしめて続けた。「事件が起こるのは《バード・イン・ハンド》だって、もう少し早くわかればよかったのに。そうすれば、殺人を未然に防げたかもしれません」

ツイスト博士は最後の指摘について、なにも言わないでおいた。

「きみは部下が到着するなり、リチャードソン君を追い返したが、彼は気を悪くしたんじゃないだろうかね。この事件が判明したのも、彼の助力があったからこそじゃないか。もし彼が、昨晩わたしの家を訪ねようと思い立たなければ、死体はいまだあの寒い屋根裏部屋に放置されていただろうから。ネズミのほかは、誰にも知られずに」

「リチャードソンは十一時に呼び出してあります。もうすぐ来るでしょう」ハーストはちらりと置時計を見ながら短く答えた。「そうそう、さっきファー巡査から報告を受けました。《バード・イン・ハンド》の客から話を聞くようにと、言ってあったんです。客のうち何人かは、とてもあわてているらしい女を見たと証言しています。女はちょっと寄っただけで、飲み物の注文さえしなかったとバーテンも言ってました。一回目は午後八時四十五分ごろに顔を見せ、二回目は午後九時ごろだったそうです。リチャードソンがレッド・ライオン・スクエアで会った女だと思って、ほぼ間違いないでしょう。彼女が待ち合わせにやって来たんです」

「リチャードソン君が階段の近くですれ違った人影も、その女だろうな」

「……ええ、そそくさと逃げ出した人影です」と警部は、ずる賢そうな笑みを浮かべてつけ加えた。「彼女は、リチャードソンが入ってきた裏口の存在を知らなかったんでしょう。ただ困ったことに、目撃者の証言が食い違っているんです。いえ、彼女がなかなかの美人だったという点では、衆目一致しているんですがね。でも、それだけ。髪は明るい栗色だったという者もいれば、いやブロンドだった、ブルネットだったという者もいます。着ていたコートも茶色だ、マリンブルーだ、黒だと諸説さまざまです。帽子についてもまたしかり。女を捜せ《シェルシェ・ラ・ファム》とはよく言ったものだ」と警部は大仰に嘆いてみせた。「問題はまさしくそこにあるんです」

「その点については、リチャードソン君が格好の証人じゃないか、ハースト。彼ならその女の容貌を、記憶に焼きつけているだろうからね。ぜひとも証言を聞かねばならないな」

「その二人が、本当に同じ人物だったらいいのですが。万が一ということもありますから」

「たしかに、あらゆる事態を想定しなければならない。わたしは、同一人物だと確信しているがね。だが彼女は、この事件でどんな役割を演じているのだろう？　それは謎に包まれている。被害者？　それとも殺人犯？　彼女はなんらかの方法で、殺人事件に巻きこまれたのか？　リチャードソン君が立ち聞きした会話の断片を覚えているだろ？　しゃがれ声の男は、《ちゃんと自分の仕事をしろ》と彼女に言った……そこをよく考えなければ」

「少なくとも、この事件に関わっている。それは疑いの余地がありません」とハーストはきっぱり言った。「考えれば考えるほど、これは組織的な犯罪が絡んだ事件だという気がしてなりません。組織のボスは、あのしゃがれ声の男です。そいつはわざと作り声をし、つけひげで変装しているのでしょう。どんな犯罪をたくらんでいるのかって？　それはまだわかりませんが、白紙の手紙を運ぶのに雇われた者たちと密接な関係があるのは確かです。それこそ問題の要ですよ、ツイスト博士。どうしてまた、そんなことをさせたのか？　いやはや、わけがわからない。まったく馬鹿げてますよ。いくら考えても、説明の糸口すら思いつきません」

「正直言って、わたしもだ」とツイスト博士は、もの思わしげに言った。「水に濡らしたり、火で炙ったりすると文字が浮き出る秘密のメッセージかもしれないとも思ったが、わざわざ人を雇ってそんな手紙を運ばせたら、かえって人目を引いて秘密が守れないだろうし。だが手紙は封をしたまま、ただ行ったり来たりしていたとわかったのだから……正気の沙汰とは思えない。さらに、靴のこともあるし……」

ハーストは乱れた前髪を額にたらしたまま、脇に並んでいる六つの靴箱に剣呑な視線を投げかけた。ツイスト博士は半分白くなった見事な口ひげを撫でながら、言葉を続けた。

「きみもそう思うはずだ。あの靴は、たしかに事件と関係がある。新品の靴を、あんなところにただ置いておくとは思えないからね。おまけに靴のサイズは、すべて異なっていたときてる」

「まったくもって、どうかしてます」ハースト警部は六つの靴箱を見つめながら、ぶつぶつとつぶやいた。「きっと頭がおかしいんでしょう」

「だが、捕まらないだけの知恵はある」

そのとき、ノックの音がした。

「ちょうどあなたの話をしていたところですよ、リチャードソンさん」ハースト警部は愛想のいい警察官に豹変してそう言った。ネヴィルがやつれきった表情で入ってくる。「よく眠れなかったようですな。無理もありません。死体を見つけるなんて、毎日あることじゃないですからね。もちろん、われわれは別ですが」

「なにかわかりましたか？」ネヴィルはおずおずとたずねた。

「あなたにお話ししておくべきことがあります。というのも、あなたは事件の片面しかご存じないからです。でも、詳しい説明はツイスト博士におまかせすることにしましょう。白紙の手紙を専門に届ける郵便配達人の物語を、あなたにお聞かせするのはね」

そして二十分後、ツイスト博士は話をこう締めくくった。

「……というわけです、リチャードソンさん。これでひととおり、わかっていただけたでしょう。最後にもうひとつ、あなたが昨晩見つけた死体の身元について、言っておきましょう。でも、もうおわかりになったのでは？」

「ジョン……ジョン・パクストンですか？　白紙の手紙を運んでいたという」

「そう、彼だったんです」

13

四月十九日

「《靴の怪事件》とはね」ウォルター・リンチは首をふりふり、つぶやいた。「まったく大袈裟な見出しをつけるものだ。こんなありふれた事件を、でかでかと書き立てて」

　エマ・リンチは夫を横目で見ながら、コーヒーを注いだ。

「だからそんなに興奮しているの？」

「ほかにどんな理由があるっていうんだ？」

「まあ、そうね……あなた最近、ちょっとしたことですぐ頭に血をのぼらせるじゃない。わたしは奇妙な事件だと思うけど。屋根裏部屋で見つかった死体の脇に、靴が何足も並んでたなんて」

「たしかに。だからって三日間も、毎日大仰な見出しを読まされ続けでは……」

「でも、なにか思い出さない？」

「ああ、あのことだろ……でも、単なる偶然の一致さ」

「ルイス叔父さんについては、結局誰にも理由はわからなかったけれど……」

「おかしくなってたのさ。残した遺言がいい証拠じゃないか」

　エマはしばらく黙っていたが、やがてさりげない口調でこう続けた。

「ところで、最近ピッチフォード村へ行った？」

「もちろん、先週に。その話はしなかったかな？」

「聞いてないわ。ただ近所の家に寄ると言っただけで」

「だったら同じことじゃないか。ここから五キロのところなんだから」

　エマ・リンチは疑わしそうに目にしわを寄せた。

「テイルフォードさんの家に？」

「ああ、ついでにマカリスター大佐の家にも。アーサーに二、三、確かめねばならないことがあったんでね。ほら、ぼくは今、エドワード七世時代のロンドンについて、連載記事を書いているから」

「生徒たちのために？」

「友の会のためさ。その話も、前にしただろ。あれは、いつだったかな。そうそう、確か……最後にドルリー・レーン劇場へ行ったときだ」

「ええ、思い出したわ」とエマは、注意深く自分の手を見ながら言った。「テイルフォード夫妻はお元気だった？」

「ああ、元気だったが……」

　ウォルターは言葉を切り、横目でちらりと妻を見た。

「どうかしたの？」とエマは、あいかわらず手を眺めながらたずねた。「なんでもないならいいけど。じゃあ、ピッチフォード村は平穏ってわけね。けっこうなことだわ。だってほら、この事件の記事を読んで、ついルイス叔父さんのことを考えちゃったから。事件の前に、兄のリチャードともちょうどその話をしたところだったので。ルイス叔父さんが死んだあと、あの屋敷について妙な噂が流れていることも知ってるでしょ？」

「もちろんさ。でも屋敷のドアがひらかれれば、単に子供の悪戯だったとわかるさ」

「そんなはずはないわ。だって、なかには誰も入っていないはずだもの。このあいだ大佐が確かめに行って、そう断言してたわ」

「じゃあ、きみはどう思うんだ？」

「それはわからないけど」とエマは考えこみながら答えた。「でも、なんだか嫌な予感がするの……」

14

四月二十日

ジョン・パクストンが殺されて数日すると、新聞に載る《靴の怪事件》の記事はだんだん小さくなってきた。捜査を進展させる、新たな手がかりも見つからない。捜査を担当するのは、《ロンドン警視庁屈指の敏腕刑事で、常軌を逸した事件ならこの人ありと謳われているハースト警部》。まさに適任だと、みんな口々に言っていた。

マカリスター大佐はハースト警部をよく知っていたので、近々彼が訪ねてくるような気がした。いつものように葉巻を吸いながら、夕食後の散歩をしているときも、そんなことを考えていた。明るく寒い夜だった。

ウィンズロウの家の近くまで来たとき、ちょっと寄ってチェスでもしようかと思いついた。今夜はウィンズロウひとりだから、ちょうどいい。姪のブライディは、隣家から夕食に招待されているはずだ。隣のシムズ家はおもちゃ屋で、ブライディはそこの娘とたちまち仲よくなった。とそのとき、足音が聞こえた。マカリスターは反射的に立ち止まり、通りに目を凝らした。塀に沿って急ぎ足で歩く人影が見える。ローラ・テイルフォードだとすぐにわかった。始めはおやっと思っただけだったが、ローラがウィンズロウの家を迂回する小道に消えるのを見て、ますます好奇心が掻き立てられた。彼はいつまでも躊躇しなかった。左側の果樹園を突っ切り、垣根沿いに進むと、はたしてローラがウィンズロウ宅の庭に入るのが見えた。彼女はそのまま、勝手口に通じる小道を歩いていく。ほどなく勝手口のドアがあき、光が溢れ出たかと思うと、すぐにまた真っ暗になった。マカリスター大佐は思案深げにうなずいた。ふむふむ、チェスはまた今度にしたほうがよさそうだな。

　ブライディは午後十一時ごろ帰宅した。伯父は居間で肘掛け椅子に腰かけ、暖炉の火を見つめていた。

「みんな、とってもいい方たちだったわ」と彼女は言った。「伯父様は退屈していなかったかしら？」

「わたしはいつだって、退屈なんかしやしないさ。よく覚えておいてくれよ。やらねばならないことが、いっぱいあるんだ」

「わかってるわ。でも、そうやって肘掛け椅子に腰かけているところを見ると、わたしがいないあいだ退屈していたんじゃないかって、一瞬期待しちゃったのよね」

「今、言ったじゃないか。わたしは少しも退屈なんかしなかった。それどころじゃなかったからな」

　ブライディは袖なしマントのフードを脱いで、長い髪をふりほどきながら、責めるような口調で言った。

「一日中、模型作りに熱中してちゃだめ。よくないわよ……」

「健康に？　悪いところなんか、どこにもないさ。本当だとも」

「伯父様の頭が心配なのよ。ボール紙製の家並みを覗きこみ、愛おしそうに眺めているのを見てたら、伯父様がもうこの地上にいないんだってわかったわ。いえ、いることはいるけれど、二、三世紀前に遡ってしまってる。いつか、ちゃんと戻ってくるんだろうかって、心配になるくらい……もしかして、最後はフィディモント老人みたいになってしまうんじゃないかって」

「ああ、そうか。この機に乗じて、聞きこみをしてきたんだな」

「シムズ家の人たちが話してくれたわ。ええ、たしかに。おかげで、あの家を前にするとなぜ奇妙な感じがするのか、よくわかったわ。でも、前にその話をしたとき、どうして何も教えてくれなかったの？」

「ただの噂話だからな」とウィンズロウは、自信なげに言い返した。

　ブライディは伯父の前に立ち、彼がじっと見つめている暖炉から目をそらして、挑みかかるような表情で言った。

「夜、あの屋敷に光が灯るのを、みんなが何度も目撃しているのよ。家宅侵入の形跡は、まったくないのに。しかも……フィディモント老人のお墓からはうめき声が聞こえたっていうし」

「くだらん噂話だ」とウィンズロウは姪の目を避けながら言い返した。

「ちゃんとした証言よ。それもひとりだけでなく、何人もが言っているわ。シムズさんも、その目で見たそうよ」

　ブライディはほとんど強迫するような調子で、ぐいぐいと伯父に迫った。

「それにしても、ひとつわからないことがあるの。チャールズ伯父様は以前、わたしをあそこから追い払おうとしたでしょ。あのあたりは避けて通ったほうがいいからって。まるで噂を信じているみたいな口ぶりだったけれど、今日は反対に……」

ウィンズロウは身を乗り出してくる姪を押しのけ、立ちあがった。そして暖炉の前を行ったり来たりしていたが、やがてあきらめたようにこう言った。

「いいだろう、おまえの勝ちだ。あの家には近づかないほうがいいし、人々の噂には真実が含まれているかもしれない、とわたしは思っている。わたし自身も……いや、それはどうでもいい。ともかく、ブライディ、この件にはもう首を突っこまんでくれ。たのむから」

「わかりました」ブライディはしぶしぶそう言った。「でも、納得したわけじゃないわ。フィディモント老人は本当に亡くなっているの？」

ウィンズロウはため息をついたあと、うんざりしたような声で答えた。

「彼は遺言書のなかで、こんな希望というか意思を表明しているんだ。死んだあともゆっくり休めるよう、家は少なくとも五年間、閉めきりにしておくようにって」

ブライディは肘掛け椅子のうえで不安そうに体を丸め、たずねた。

「墓地から聞こえた物音、家のなかに灯った光……それってフィディモント老人が墓を抜け出し、家に戻ったってことじゃないの？　でも……どうして？」

ウィンズロウの目はあいかわらず暗く沈んでいた。

「おそらく、靴のせいだろう……」

15

四月二十四日

アラン・ツイスト博士はまだ寝ぼけまなこで、アパートの玄関にむかった。途中、柱時計に目をやると、針は午前二時を指していた。いったい何者なんだ、こんな時間に玄関のベルを鳴らそうなんていうもの好きは？　夢なんかじゃない。たしかに玄関のベルが鳴って、眠りを覚まさせられたのだ。しかも、かなりしつこく鳴らし続けていた。あけたドアのむこうにハースト警部の姿を見つけても、博士はさして驚かなかった。ハースト警部の顔は暗く不安げで、額には例によって前髪がたれさがっている。

「早急にお知らせすべきことがありまして」とハーストはいきなり切り出した。「ともかくまずは、出かける支度をしてください。話はそれからです。一刻の猶予も許されません。わたしの車にお乗せします」

五分後、警部の愛車タルボはタイヤを軋ませ走り出した。警部はしばらく黙っていたが、やがて説明を始めた。

「昨日の午後、奇妙な出来事が報告されました。もっともわたしは、話し半分に聞いていたのですが。ご存じのように、今抱えている仕事だけで手一杯なものですから。郊外の警察署から電話があり、ピッチフォード村でおかしな事件があったと言ってきたんです。ピッチフォード村は知ってますよね？」

「もちろん……たしか、きみの元同僚のウィンズロウが住んでいるのでは？」

「そのとおりです。それにマカリスター大佐もです。大佐のこともご存じでしょう。彼なんですよ、わたしに連絡するよう地元の警察官にアドバイスしたのは。

朝早く、ひとりの少年が大あわてで村を駆けていきました。墓地で声を聞いたのだそうです。墓の下から響いてくるような声を。人々がその墓に行ってみると、表面の土が最近掘り返された形跡がありました……もちろん、いつもなら、それくらいのことでわたしの手を煩わせようとはしなかったでしょう。しかし、前にも同じようなことがあったそうなのです。さっきも言ったように、わたしは適当に聞き流しました。時間が取れれば行ってみるので、マカリスター大佐によろしく伝えるようたのんだだけで」

ツイスト博士は友人の話にさして興味がないのか、不安そうな目で暗い夜道を見つめていた。車は首都から遠ざかるにつれてスピードをあげながら、何キロもの道のりを飛ばしていく。

ハーストはしっかりハンドルを握りながら、説明を続けた。

「今夜、わたしは夜勤でした。電話を受けたのは別の者だったのですが……なんとしゃがれ声の男が電話をしてきたんです」

今度ばかりはツイスト博士もはっと道路から目を離し、まるで初めて見るみたいに警部を見つめた。

「しゃがれ声の男だって？　《靴の怪事件》の？」

「おそらくそうでしょう。ついでに言っておくと、あの事件については、わたしも自分なりに考えていることはあります。いずれ博士にも、判断を仰ぎたいと思いますがね。しかしジョン・パクストンが殺されて以降、捜査はいっこうに進んでいません。つまりこの一週間、まったく進展なしなんです。しゃがれ声の男は電話で、次のように言いました。ほとんど一言一句、このとおりだそうです。《靴の怪事件についてもっと手がかりが欲しいなら、ピッチフォード村のはずれにある廃屋のなかを調べてみるといい……急いで、今夜のうちに。明日にはもう、彼はそこにいないだろうから》しゃがれ声の男は同じせりふをもう一度繰り返しました。電話を受けた同僚が、《彼》とは誰のことかたずねると、相手は不気味なせせら笑いをしながらこう答えたそうです。《決まってるじゃないか、靴男だよ》そして電話は切れました。もちろん、通話時間が短かったので、逆探知はできませんでした。どう思いますか？」

　ツイスト博士は当惑気味に、首を横にふった。

「悪戯の可能性もありうるが、選択の余地はなさそうだな。いずれにせよ、呼びに来てくれてよかった。それにしゃがれ声の男のことは、新聞にいっさい載っていないのだから……」

「ええ、博士。だから悪戯の可能性は、ほとんどないんです」

　三十分後、タルボのヘッドライトは、ピッチフォード村の入口を示す少し傾いた標識を照らした。ハースト警部はスピードを落とし、眠った村に車を入れた。午前三時近く。ほんの十分ほどで、廃屋が見えた。警部は道路脇に車を止め、後部座席から懐中電灯を二つ取って、ひとつを博士に渡した。そして二人は、車を降りた。

　冷たく湿った夜気に、月が青白い光を降り注いでいる。鉄柵に守られた小道、生い茂った藪のなかにたたずむ屋敷の切り妻壁、柱廊玄関のくっきりとした白い影が、月光のなかに見てとれた。

「ここで間違いなさそうだ」とハーストは、あたりに注意を払いながらささやいた。

　入口の鉄柵は閉まっていたが、裏にまわって難なく敷地に入ることができた。まずは家の周囲をひと巡りしてみる。何年も前から、誰も住んでいないのは明らかだ。ぼろぼろの鎧戸は閉じられ、ガラスの割れた二つの窓を蔓植物が覆っている。勝手口のドアには鍵がかかっていた。柱廊玄関のドアも同じだ。

「入ってみますか？」と警部は、玄関の円柱に懐中電灯の光をむけながら言った。

ツイスト博士は黙ってもう一度、家の周囲をひとまわりした。戻ってくると、博士はこう言った。

「勝手口のドアにはしっかり錠がおりている。もぐりこめそうな窓がひとつ、二つあるが、まずは玄関のドアを確かめてみよう」

ツイストはドアに近寄り、鍵穴に光をむけて驚いたように言った。

「鍵穴に、内側から鍵が挿してある」

ハーストも近寄り、確かめた。

「妙ですね……」警部は不平たらしく言った。「でもそれなら、思ったより簡単にあけられそうだ。バールやなにか、あれこれ道具を持ってきましたが、そんなもの使わなくてもいい。ちょっと待っててください」

やがて警部は、鉛筆と新聞紙を一枚持って戻ってきた。ツイスト博士はじっと考えこみながらつぶやいた。

「まったく奇妙だ。さっきひとまわりして確かめたが、ドアや窓はすべて内側から鍵がかかっている。それじゃあ、お手並みを拝見しようか、アーチボルド」

ハーストは黙ってドアの前にひざまずいた。二つに折った新聞紙をドアの下の隙間からなかに入れ、小さな鉛筆を鍵穴に突っこむと、内側から挿さっていた鍵はすぐに抜けて落っこちた。彼は新聞紙を抜き取り、うえにのっていた鍵をつまんでツイスト博士に手渡した。

「さあ、おあけください」

ツイスト博士は遠慮なく鍵を取り、鍵穴に挿しこんで二回まわした。鍵を上着の内ポケットにしまい、ドアノブをそっとまわす。ドアはわずかに抵抗したけれど、すぐにあいた。二人は懐中電灯の光で、ひらいた玄関の奥を照らした。あとに続く長い沈黙を、ハースト警部が最初に破った。

「何だ、これは！　どこもかしこも、靴だらけじゃないですか」

16

そう、そこには靴があった。たくさんの靴、普通の家の廊下には多すぎるほどの靴が。二人のやや左前方一メートル半ほどのところに、まず三足並んでいる。階段下に設えた物置の、差し錠で閉じた扉の前だ。階段に沿って右前方に伸びる長い廊下は、端から端まで靴が置かれていた。二、三足か四足ずつひとまとめにし、あいだを一、二メートルあけて、比較的きちんと並べてあるが、サイズも種類もばらばらだった。

「見たまえ」とツイスト博士が言った。「埃がびっしり積もっている。何年も前から、ここには誰ひとり足を踏み入れていないようだ」

たしかに、家のなかは荒れ放題だった。階段の板張りや窓枠は、ぼろぼろに傷んでいる。壁紙はすっかりくすんでしまい、紫色の花模様も明るい地の色もほとんど見分けられなかった。玄関の前に小さなカーペットがある以外、廊下にはなにも敷かれていないが、一面埃に覆われて床板が見えないくらいだった。廊下の隅々から靴のうえまで、厚く積もった埃のうえには、なんの跡もない。

「われわれも」とツイスト博士は言った、「やたらと足跡をつけないように注意しよう。おや……（博士は眉をひそめ、くんくんと鼻を鳴らした）なにか臭わないか？」

「閉めきった家の臭いはしますが……たしかに、ほかにも」

「どうも気に入らんな。嫌なものがありそうだぞ、アーチボルド」とツイスト博士は顔を曇らせて言った。「ついてきたまえ。はっきり確かめなくては」

二人はそろそろと気をつけながら、廊下を進み始めた。ツイスト博士は懐中電灯であたりを照らし、ひとつひとつ注意深く調べた。幅木、壁、壁にかかった数枚の複製画、階段の手すり、そしてもちろん靴も。博士は靴をいくつか手に取って念入りに検分し、埃のなかにくっきりと残っている跡のうえに、またそっと戻した。

「もう何年も、ここには誰ひとり足を踏み入れていない」と博士は、さっきと同じ言葉を繰り返した。「なににも触れた形跡はない」

　ツイスト博士が右側にあるひとつ目のドアをあけると、そこは居間だった。やはり家具のほかは、埃が積もって靴が並んでいるだけだ。次のドアは寝室だった。壁ぎわに靴が並んでいる。廊下のなかほど、左側のドアはあけっぱなしになっていた。

　二人はその前まで来ると、鼻を鳴らしながら目を見合わせ、顔をしかめた。懐中電灯の光が、部屋のなかを照らす。一辺が五メートルほどの、四角い部屋だった。家具はほとんどないが、例によって靴が並んでいる。ドアの前、やや右側に置かれた三足は、まるで立ち入りを禁じているかのようだ。左側の壁の真ん中に、頑丈そうな樅材の戸棚がぽつんと置かれている。その前にも歩哨よろしく靴が三足並び、右側の壁ぎわには戸棚とむかい合わせになって、四足の靴が暖炉を守っていた。窓は奥の壁にひとつあいているだけだった。窓と暖炉のあいだに、背もたれの高い肘掛け椅子がある。暖炉にむいたこの肘掛け椅子に、懐中電灯の光が止まった。

「博士、何ですか、あれは？」とハースト警部が、得体のしれない塊に懐中電灯をむけながら、口ごもるようにたずねた。「ほら、見てください」

「驚いたな。あれは死体じゃないか！　ぞっとするような、古い死体だ……」

　それでも長年の経験と強い胆力があったればこそ、二人は最後まで調べを続けることができた。彼らは肘掛け椅子に近づき、そのうえに懐中電灯をかざした。

「見たまえ、アーチボルド、明らかに死んでから何年もたっている。しかし、ずっと前からここに置かれていたわけじゃない。土はこびりついているが、埃はまったくついていない。信じられないことに」

薄暗い光でははっきりわからなかったが、ハースト警部の顔は真っ青だった。

「きっとこの死体は」とハーストは口ごもるように言った。「少年が物音を聞いた墓地に葬られていたものでしょう」

「そんなはずはない。見たまえ（ツイスト博士は、まわりに懐中電灯の光をぐるりとむけた）。いたるところ、埃だらけだ。一面、どこにも足跡はない。ありえんじゃないか。この死体はどうやって、ここに運ばれたんだ？　絶対にありえない！　そうだろ、アーチボルド。不可能なんだ。家のドアや窓にはすべて、内側から鍵がかかっていた。それだけじゃない。まわりを見渡せば一目瞭然だ。何年も前から、この家のなかを歩いたものはいない。この埃が、なによりの証拠なんだ！」

17

午前五時。ツイスト博士とハースト警部は、まだ同じ部屋にいた。二つのガスランプのおかげで、前よりも明るく照らされている。彼らは不気味な死体を発見したあと、家のなかをくまなく調べて、ほかに誰もいないことを確かめた。それからマカリスター大佐の家へ、電話を借りに行った。大佐は助力を申し出たけれど、ハーストはそれを丁重に断り、捜査に進展があれば報告すると約束した。ハーストの電話を受けてやって来た警察車の一台が、ミイラ化した死体を運び去ったところだった。ローソン医師は死体を見ても、まったく動じなかった。

小柄で陽気な検死医は、捜査のたびにハーストと顔を合わせる仲だった。彼は警部にさっそく声をかけた。

「毎度のことながら、きみには驚かされるよ、ハースト。実にいろんな被害者を取り揃えるもんだってね。しかも今回は、きわめつけだ」

「検死医の仕事を、そんなに楽しげにやっている人間には会ったことがないぞ、ローソン」とハーストは、嫌味たらしく言い返した。「まさしく水を得た魚だ」

「言わせてもらうが、歳のせいかきみも進歩がないな。まあいい、こちらの紳士を連れ帰ってもらい、わたしの所見を聞かせようじゃないか。なに、特別なことはまったくない。老人は死んで何年にもなる。最近になって、何者かが墓から掘り出したんだな。というのも、きみはとっくにわかっていると思うが、家の掃除をしなくなったときからずっと、死体がここにあったはずはないからね。それはさておき、棺桶のなかで死体がどれくらいの寿命を——というのも妙な言い方だが——保つものか、正確に算定するのは難しい。土壌によって、死体の持ち具合はずいぶん違ってくるんだ。とりあえず、わたしがきみの立場だったら、なにを置いてもまず地元の墓地を調べてみるが」

ハーストは黙るしかなかった。ローソン医師特有のユーモアに、いつも最後はやりこめられてしまう。それでも彼は頼りになった……ツイスト博士といっしょにざっと家の内外を見てまわっただけでも、これまでに増してやっかいな事件になりそうだと予想がついた。とてつもない、悪夢のような出来事だ。ツイスト博士は玄関の鍵をルーペで念入りに調べていたが、警部に劣らず落胆したようすだった。

「意外なことに、鍵には擦り傷ひとつついていなかったよ、ハースト。ほんの小さな傷もない。家のドアや窓は、すべて内側から鍵がかかっていた。だったら最後に家を出た者は、ドアの内側に挿したこの鍵を、《外から》まわしたのだろう。そう考えて、鍵を取り急ぎポケットにしまっておいたんだ。トリックの方法は、きみも知ってのとおりだ。先が細くて長いペンチを使えば、外から簡単に鍵をまわすことができる。けれども、その可能性はなさそうだ。跡がまったく残っていないからね。新品の鍵だったら、まだ疑問の余地はあるだろう。顕微鏡で細かく調べれば、なにかわかるかもしれない。しかしこの鍵は古くて、錆びついているからな。さっきわたしたちがいじってしまったので、最近まで誰も手を触れてないと断言はできないが、その可能性は高そうだ……」

「要するに」とハースト警部は言った。「玄関のドアに不審な点はまったくないと？」

ツイスト博士はうなずいた。

「この鍵が最後のチャンスだが……跡がまったく残っていないとなると。なんなら自分でも確かめてみるといい」

ハーストは押し黙っていた。ほかのドアや窓も調べてみたが、結果はさして変わらなかった。勝手口のドアにはがっちりした差し錠がかけられ、内側からあけるのもひと苦労なほどだ。窓もほとんどが、木の鎧戸で閉ざされている。鎧戸は長年の風雨で傷んでいるものの、横木でしっかり固定されていて容易にあけられなかった。しかも窓ガラスと鎧戸のあいだには、蜘蛛の巣がびっしりと張っている。勝手口の近くには、鎧戸のない小さな窓があったが、ガラスも割れていなければ、ガラスを保護するひし形の金網も破れていなかった。居間や、二人がいる寝室の窓にも、鎧戸はついていない。居間の窓はカーブを描いて張り出した弓窓《ボウ・ウインドウ》で、鉛の格子に小さなガラスがはまっている。はめ殺しになった面のガラスは、二枚が割れていた。けれどもそこから手を入れて、開閉できる面の差し錠をはずすのは難しそうだ。仮にうまくあいたとしても、窓は小さいので子供でも抜けられないだろう。しかも屋根まで伸びた蔦が窓を覆っているので、やはりこの窓から入ったとは思えない。二人が今見ている寝室の窓も同じだ。割れたガラスは一枚だけ。ほんの数センチでも窓を押しあげるには、前を覆う蔦をむしり取らねばならないが、そうはなっていなかった。二階の窓もすべて、内側から錠がかかっている。

　ジョンソン巡査が部屋に入ってきたが、二人は彼の浮かない顔を見て、大した発見はなにもなかったらしいとわかった。

「成果なしです、ボス。手がかりはまったく見つかりません。窓からも、二つのドアからも、忍びこんだ形跡はありません。それに家のなかは、一面埃が積もっていますしね。ドアや窓と同じく、そこもしっかり確かめました。少なくとも二年前から、この家には誰も足を踏み入れてません。それだけは確実です。警部たちお二人の足跡以外、人が歩いた形跡はまったくありません。一階も二階もすべて埃に覆われて、なんの跡も残っていないんです」

「廊下の壁も調べたのか？」とハーストはたずね、部下に厳しい視線を投げかけた。

「もちろんです。こすったような跡がいくつかありましたが、どれも古いものです。何をおっしゃりたいか、わかりますよ。両側の壁のあいだに何本も棒を渡し、そのうえに乗って移動したんじゃないかというんですよね？　でも、新しい跡はありませんでした。絶対です。壁紙は古びて湿っているので、細工の跡ははっきり残るでしょうし。天井にも鉤《フック》を取りつけたような、怪しい点はまったくありません。断言できます。警部もすでに、確かめられたことでしょうが……」

「で、靴は？」

　ジョンソンは首を横にふった。

「そこも期待はずれですね。靴のなかにも埃がたまっていて、長年動かした形跡はありません。博士、あなたが手に取って調べた靴を除いてはね」巡査はツイスト博士にむかってそう言うと、また警部のほうにふり返った。「おたずねの意図はわかってます。靴から靴へ、飛び移っていったんじゃないかとおっしゃりたいんですよね。でも、それはありえません。埃がまったく乱れていませんから。靴と靴のあいだが、二メートルも離れている場合もありますし。指紋も見つからないでしょう。なにも触れていないのですから……」

「家の外はどうだ？」

「今のところ、手がかりは見つかっていません。家を取り囲む小道には砂利が敷いてあるので、足跡は期待できないでしょう。外壁には蔦がびっしり張りついていますが、しがみつけるほど蔓は太くありません。地面はかちかちで、足跡は残りそうもないし。日が昇れば、なにか見つかるかもしれませんが……」

「きみはどう思う、ジョンソン？」とハースト警部はだしぬけにたずねた。「あの死体は、どうやってここまでやって来たんだろう？」

「わかりませんね、警部。見当もつきません」

「ずっと前からここにあったものじゃないってことは、

われわれと同意見なんだな？」

「もちろんです……いや、実に不可解だ。二重の意味でありえません。ドアからも窓からも、誰ひとりなかに入ったはずはないうえ、家のなかを歩いた形跡もないのですから……それだけではありません。ドアや窓がすべて内側から閉じられていたのなら、誰かがなかにいたはずです。その誰かは、どこからどうやって外に出たのでしょう？」

ハースト警部は猛然と葉巻をふかしていたが、やがてジョンソンに目をやった。

「もしそれが、死体自身だったとしたら？　実はあの死体は、家の主だった人物らしいんだ。さらには昨日の朝がた、彼の墓からうめき声が聞こえた。だとすれば、こう考えられるんじゃないか。彼は棺桶のなかに飽き飽きして墓を抜け出し、ここに戻ってきた。そして誰にも邪魔されないよう内側から鍵をかけ、肘掛け椅子にすわりこんだ。やれやれ、わが家に戻ってきたってね……どう思う？　幽霊ならば、足跡がつかなくても当然だろう。われわれだってこの事件では、一歩も前に進んじゃいない。またくもって、忌々しい靴だ！」

ジョンソン巡査は捜査の続きに戻らねばと言って、早々に引きあげた。本当は上司の怒りが爆発しそうなのを察知して、あわてて避難したのだろうが。こうしてハースト警部は、友人と部屋に二人きりになった。

「ああ、夢だと言ってください、ツイスト博士！」

「わたしだって、そう思えたらいいさ」名探偵も追いつめられたようにため息をついた。「今回もまた、きみのすばらしい第六感の前にはひれ伏すしかない……怪事件を嗅ぎあてる勘にかけては、きみの右に出る者はいないからな」

「怪事件ですって？　そんな生やさしいもんじゃありませんよ。まわりを見てください。部屋はほとんど空っぽです。戸棚がひとつ、肘掛け椅子が一脚、それに暖炉があるだけ。窓はひとつ。内側から錠がかけられ、前を蔦に覆われている。暖炉の煙突は、人が通り抜けるには狭すぎます。足跡はどこにもないのに……肘掛け椅子のうえには死体がのっていた。もうお手あげですよ、ツイスト博士。忌まわしいドタ靴のことまで、口にする気にもなれない。この部屋だけでも、ゆうに十足以上あるんですよ。しかも、ありとあらゆる種類が。ミュール、パンプス、ハーフブーツ、モカシン、ボアシューズ。踵の高いもの、先が尖ったもの、エナメル、バックスキン……《バード・イン・ハンド》で殺されたジョン・パクストンの死体の脇にあった靴と、いったいどんな関係があるんだ?」

18

「ルイス老人はどうしてあんなに大量の靴を、家にためこんでいたのかって? そりゃ単に、頭がおかしかったからさ」マカリスター大佐は翌日の午後、パブ《ブリタニア》で重々しく答えた。ツイスト博士とハースト警部お気に入りのパブで、そこに大佐を招待したのだ。

　警部は堅苦しくて厳めしい警視庁の部屋よりも、数百年を経た柏の梁を渡したパブの暖かでくつろいだ雰囲気のなかで話を聞くほうがいいと考えたのだ。それに捜査のあと、約束に反して家に寄らなかったのを、大佐は根に持っているかもしれない。警部が午後早々に電話すると、マカリスター大佐はロンドンに来ることを二つ返事で承諾した。次の列車に乗れば、遅くとも二時間後には店に着ける。その言葉どおり、ツイスト博士とハースト警部がまだ一杯目のビールを飲んでいるとき、大佐は到着した。

「そんなにイカレてたんですか？」とハーストは訊き返した。

「いや、それほどじゃないけれどね。日ごろのふるまいは、われわれと変わらない。ところが亡くなる一年ほど前から、靴に取り憑かれてしまって。ところで、墓地を調べた結果は？　きみの部下が一日中、何度も墓地へむかうのを目にしたが」

「予想どおりでしたよ」とハーストはぶっきらぼうに答え、朝方、ツイスト博士や二人の部下といっしょにピッチフォード村の墓地へ行ったときのことを脳裏に甦らせた。

　まだ眠っている家々のうえに、朝日が昇り始めていた。教会はすぐに見つかった。朝霧のなかに、鐘楼の先端が霞んで見えた。

　教会の裏には、墓地の陰鬱な光景が広がっていた。墓石はほとんどが傾き、たなびく霧に包まれ、露に濡れて悲しげに並んでいる。墓地を縁どる低い石垣の近くに、ルイス・フィディモントの名前を刻んだ墓石が立っていた。その前の地面に掘り返されたような跡があるのを見て、ハーストは二人の部下に命じてシャベルを持ってこさせ、すぐさま作業に取りかかるように言った。

「土は柔らかかったし、棺桶はあまり深く埋まっていなかったので」とハーストはマカリスター大佐にざっと状況を報告し終えると、説明を続けた。「部下たちは三十分とかからず掘り出すことができました。もちろん、なかは空っぽでした。そうそう、言い忘れましたが、そのあいだにツイスト博士が、石塀のすぐ裏で土の塊を見つけました。どうやらにわか墓掘り人は、シャベルで掘った土をそこに投げ捨てていたようです。

そこがまた、奇妙な点なんです。だって墓を掘り返したのを気づかれないよう、いろいろ注意しているのに、怪しい土くれをそんな目立つところに放置しておくなんて。まるで犯行の一部、ほんの一部だけを隠そうとしているみたいに。要するに、時間がなかっただけかもしれませんが……」

「たしかに妙だな」とマカリスター大佐は、額にしわを寄せて言った。「不気味でわけのわからないことだらけだ」

「ええ、どうしてこんなことをしたのか、説明がつきませんよ。五年前の死体を掘り返し、内側から錠がかかった家に不可思議なやり方で運び入れ、また墓地に戻って棺だけ埋めなおしておくなんて」

「いつのまに、そんなことをしたのだろう？　昨日の晩？」

「おそらくそうでしょう」とハーストは答えた。「墓を掘り返したのは、ごく最近のようですから」

「忘れているようだが、すでに昨日の朝、墓の土が掘り返されていたのが目撃されているんだ。墓地で物音がしたという少年の報告を受けて、調べに行ったときにね。彼の証言をどう思う？」

「少年の勘違いかもしれません。できるだけ早急に、話を聞いてみましょう。不運なフィディモント氏の亡骸は、あらためて墓地に安置されました。彼の死体に間違いないと確認されたら、すみやかにそうするよう命じておきましたから。今日の午後早々、できるだけひっそりと行いました。ところで大佐、亡きルイス・フィディモントについて知っていることを、お聞かせ願えますか。とりわけ、靴の蒐集癖について」

　マカリスターは手を組んで、しばらく考えた。

「直接会ったことはないんだ。彼が生きていたころ、わたしはまだ村に住んでいなかったんでね。だが、彼の話はよく耳にしたよ。チャールズは親しかったようだ。その奇癖は突然始まったらしい。亡くなる一年前ごろに。理由は誰にもわからなかった。いずれにせよ、なにか説明がつくはずだとわたしは思っているが。いくら正気の沙汰でないとはいえ。彼は少々変わり者でとおっていたが、それだけのことだ。ひとり閉じこもって暮らす、寂しい老人だったんじゃないかな。わずかに残った親類も、めったに訪ねてこなかったようだし。甥と姪がひとりずついるんだが。姪のエマは隣村に住んでいて、わたしもよく知っている。夫のウォルター・リンチが、わたしも入っている《古きロンドン友の会》のメンバーなんでね。エマの兄のリチャード・フィディモントには、ほとんど会ったことがないけれど。リチャードは不動産開発業者で、商売は繁盛しているらしいが、わたしに言わせれば、どうもあんまり……紳士とは言えないな」

「さもありなんでしょうね」とツイスト博士は、微かな笑みを浮かべて言った。「するとその二人が、遺産を相続したというわけですか？」

「ああ、そのようだ」と大佐は続けた。「いや、待てよ。たしかルイス・フィディモントの遺言にはおかしな条項があって、それも少なからぬ疑問を掻き立てたんだ。彼が貯めこんだ金はささやかなものだったが、無視できないくらいの額にはなった。加えて、もちろん家屋敷もある。そちらが実質的な遺産と言ってもいいだろう。不動産の所有権は二人の相続人に譲られるが、貯金の相続についてはひとつ条件がつけられた。相続人は老人が残した家に決して足を踏み入れず、入口を閉じたままなんにも手を触れないようにしておかねばならない。しかも五年間にわたって。この期限がすぎ、条件が守られたならば、甥と姪は貯金を相続することができる。さもなければ、その金は慈善事業に寄付されるというんだ……なんともはや、奇妙な遺言じゃないか。相続人が望めば、そんなおかしな措置は難なく無効にできたんじゃないかと思うのだが、そんなことをすればまわりの目がうるさいだろう」

ツイスト博士は鼻眼鏡をはずして、入念に拭きながらもの思いにふけっていた。ハーストは当惑したようにウェイターに合図し、お代わりを注文した。

「ますます奇妙だな」とツイスト博士は言った。「それにしても、老人はどうしてそんなことをしたのかご存じですか？ いったいどんなわけがあって、家を五年間も閉ざしたままにして欲しいと思ったのでしょう？」

マカリスター大佐はその質問に、うんざりしたように答えた。

「うむ……彼がそんな条件をつけたのは、死んだあともしばらく、自分の家でゆっくり休みたかったからだろう」

19

「ともかく、落ち着きましょう」とハースト警部は、じわじわと汗ばむ額を拭いながら言った。「あわてちゃいけない。落ち着きましょう。こりゃもう、間違いありません。フィディモント老人は気の毒ながら、精神に変調をきたしていたんです。この歳で、幽霊なんか信じられませんよ……おや、疑わしそうですね、大佐」

「そんなことはないさ。でも、きみたちがあの家で見つけたもののことが、嫌でも頭に浮かんでしまうんでね。内側から錠がかかり、積もった埃のうえにはまったく足跡が残っていなかったとか……フィディモント老人が自分でそこへやって来たのでないなら、彼の遺体をどうやって運んだのだろう？　そんなことができるのは、重力の法則に支配されない者だけじゃないか」

「フィディモント老人が自分でやって来たですって！」ハースト警部はびっくりしたように叫んだ。「あれをご自分の目で見たら、そんなことはとうてい言えませんよ、大佐。ほとんど骸骨みたいなものでしたからね」

「おいおい、アーチボルド、同じことじゃないか」とツイスト博士が口を挟んだ。「骸骨だからって、新しい死体より動きが鈍いわけじゃない」

「骸骨だろうが新しい死体だろうが……どのみち歩いたりしませんよ。冗談じゃない」

「歩くなんて言ってないさ。もし歩いたら、そりゃ足跡がつくからね」

　ハーストは顔を真っ赤にさせ、今にも卒倒しそうになりながらたずねた。

「足跡って誰の？」

「もちろん、死体のさ。まあいい、くだらん長談義で時間を無駄にするのはやめよう。ところで大佐、宝石の連続盗難事件が気にかかっていると、前に言ってましたよね？」

　大佐はウィンズロウにした話を、二人に繰り返した。

「そんなわけで、盗難事件のことがどうも気になってね。だが屋根裏部屋で殺されていた男の記事を読んだときは、もっと驚いたよ。死体の脇には、靴が何足も並んでいたっていうじゃないか。靴を集めていたフィディモント老人のことを、連想せずにはおれなかった。そう考えた人間は、ピッチフォード村にわたしひとりじゃなかったはずだ。だから昨日の朝、肉屋の少年があわてて墓地から戻ってきたとき、きみにひと言伝えておこうと思ったんだ。短期間のあいだに、奇妙な出来事がずいぶん続くじゃないか」

　ツイスト博士は口ひげを撫でながらたずねた。

「盗難事件について、その道の専門家はどう言っているのか、まだうかがってませんが」

「ウィンズロウがかね？　どうやら彼は、その件にあまり関心を持っていないらしい。わたしのことは、些細なことを大袈裟にとらえる、時代遅れの老人にすぎないと思っているのだろう」

「じゃあ、お元気なんですね？」とハースト警部はたずねた。「ここしばらく、警視庁にも顔を見せませんが」

「元気いっぱいさ。あいかわらず、フェンシングもやっている。週に一回は、わたしもお手合わせ願ってるよ」

「《古きロンドン友の会》と言いましたか……」ツイスト博士は遠い目をしてぽつりとつぶやいた。「それは興味深い。大佐、会のメンバーはたくさんいるんですか？」

「十名ほどかな。でもたまたま、そのうち多くがピッチフォード村かその近くに住んでいるんだ。わたしのほかにはチャールズ・ウィンズロウや、さっき話したウォルター・リンチ、それに副会長のアーサー・ティルフォードも」

「それで、具体的にはどんな活動を？」

「古い資料や版画など、できるだけ情報を集めて、昔の街並みを再現しようとしているんだ。でもわたし自身は、あまり熱心な会員とは言えないがね。ウィンズロウに拝み倒されて参加したようなものさ。彼はわたしよりずっと熱心に活動している。みんなの研究を集めた模型作りを担当しているんだ。しかも、見事にやり遂げている」

「話が逸れてますよ」とハーストが遮った。「ここらで本題に戻り、これまでわかった事実をまとめてみましょう。まず指摘しておかねばならないのは、奇妙な事件すべてにしゃがれ声の男が登場している点です。彼はジョン・パクストンとローゼンウォーター夫人を雇い、白紙の手紙を持ってロンドン中を歩きまわらせました。ちなみにローゼンウォーター夫人は、部下にそっと監視させています。しゃがれ声の男は、リチャードソン青年があとをつけた謎の女ともいっしょにいました。謎の女が彼と待ち合わせをした場所にはジョン・パクストンの死体があって……脇に靴が並んでいたのです。

そして一週間がすぎ、しゃがれ声の男が再び登場しました。今度はなんと警視庁に電話して、《靴の怪事件についてもっと手がかりが欲しいなら》、すぐさまピッチフォード村の廃屋を訪れるように忠告してきたのです。わたしたちがそこで見つけたのは、あなたもご存じのとおり……靴屋ほどもある大量の靴と、理解しがたい奇怪な現象でした（ハースト警部はそこで一瞬目を閉じ、大きく深呼吸した）。今言えるのは、この謎についてまだなにもわかっていないってことくらいです。それどころか、ますます混迷が深まるいっぽうだ……でも、ようやく関連が見えました。しゃがれ声の男が、すべての事件の背後にいるんです。大がかりな犯罪組織が関わっているなどと、大胆な仮説を言い立てるつもりはありませんけどね。実はすでに、その可能性も考えてみました。でも今、新たな事実に照らしてみれば、それもはっきりするんじゃないでしょうか。そこで出てきたのが、盗難事件に関するあなたの指摘です。どうでしょう、それは《靴の怪事件》と関係があると思われますか？」

「正直言って、まだよく考えていなかったが……」

「たしかにこのところ、未解決の盗難事件がいくつも続いています。ほとんどの場合、盗まれたのは宝石です。事件が起きたのは、ロンドンとその周辺に限られています。ということは、宝石専門の窃盗団がいるのかもしれません。そうに違いないとまでは言いませんが。この点を詳しく検討している余裕はありませんでしたが、目のつけどころは悪くないような気がしています。すでにわかっていることからして、この窃盗団としゃがれ声の男が率いる犯罪組織は同じものだと考えられるのではないでしょうか」

　ダグラス・マカリスターは重々しくうなずいた。

「だとすることだな」

「しかも窃盗団の首領は、ピッチフォード村かその近くに住んでいるのかもしれません。盗難事件とフィディモント老人とのあいだに関連があるのかどうかわかりませんが、あるに違いないとわたしはにらんでいます」

「わたしもそこは心配なところだ。だが警部、言っておくが、ピッチフォードのような村で人々から話を聞き出すのは難しいぞ。彼らはたいてい、村の部外者には敵意を持っているからな」

「そういう土地柄については、よく知ってますとも」

ハースト警部はいかにも専門家ぶった大仰な口調で応じた。そしてしばらく言葉を切り、目もとにしわを寄せながら笑みを浮かべた。「でも、難問を切り抜ける方法があります。もしあなたに了解していただけるならですが、大佐……」

「いったいどういうことなのか」

「まずはルイス・フィディモントの墓荒らしについてひととおり捜査をしたあと、われわれはすごすごと退散することにします。けれどもそこで、村に密偵を配置しておくのです」

「なるほど」マカリスター大佐は顔を輝かせてうなずいた。「秘密諜報員みたいなものが必要だっていうんだな。情報収集のスペシャリストが。ならばこのわたしが、ひと肌脱がねばならんだろう……」

「誤解しないでください、大佐。直接あなたにお願いしようというのではなく……」

　大佐は顔を曇らせた。

「それじゃあ、ウィンズロウにたのむのかね。だったら、どうしてわたしに……」

「いえ、ウィンズロウさんはもっといけません。元警察官の彼が、日ごろあまり話さない人にあれこれ質問していたら、これは怪しいとたちまち犯人に感づかれてしまいます。その点は、あなたでも同じことだ。あなたが戦争中に就いていた任務のことは、村で知られていないでしょうから、少しはましかもしれませんが。実は勇敢で才気煥発な青年が、ひとりいましてね。彼は事件解決のため、どうしても役に立ちたいと思っているんです。しかも謎の女の顔を知っている、唯一の証人でもあります。ジョン・パクストンが刺し殺された場所で待ち合わせをしていた女と、彼は会っているんです。その青年を甥だということにして、しばらく家に置かせてもらえないでしょうか？　なにか適当な口実をつけて。たまたま田舎の村で暮らすことになって、すっかり退屈している青年なら、地元の人たちにあれこれ話しかけてもおかしくないでしょう……」

「そいつは面白い。ウィンズロウも、というか彼の姪も、ちょうど同じ状況にあるからな……（そこでウィンズロウは、突然口調を変えた）その青年の名は？」

「ネヴィル・リチャードソンです。法科を優秀な成績で卒業したのですが、法曹界はつまらなそうだとか言って……」

「正直で明敏ってわけか。そこは大切なところだ」とマカリスターは言った。

「たしかにいささか若輩ですが」とハーストは横目で大佐をうかがいながら言った。「でも、あなたのようなエキスパートのアドバイスがあれば、能力を発揮できることでしょう」

「きみの言うとおりだ」とマカリスターは、一瞬考えたあとにきっぱりと断言した。「うまく指導すれば、わたしやウィンズロウが乗り出すよりたくさんの情報を集めることができるだろう。それで、いつから始めるのかね？」

「なるべく早くに。あなたさえよければ、今夜からでも。でも、気をつけてくださいよ、大佐。この事件には、危険が伴わないわけではありません」

マカリスター大佐は笑いを堪えるのにひと苦労だった。

「はっきり言って、危険を伴わないような事件だったら、こっちから願いさげだとも」

こうして合意は成立した。けれどもこのことは、秘密にしておかねばならない。ネヴィル・リチャードソンのほかは、誰も知らない秘密だ。

「靴の一件は」とハースト警部は、大佐が辞去するなりツイスト博士に言った。「だんだんわかってきましたよ。考えれば考えるほど、間違いないって気がします。白紙の手紙については……」

「きみの作戦に取りかかる前に、リチャードソン君に相談しておくべきだったのでは？」

「彼が嫌だと言いますかね？」

「もちろん、喜んで引き受けるだろうが、ものには順番があるからね」

「それじゃあ、わたしのアイディアには賛成だと？」

「大賛成さ。実は同じことを、わたしも考えていたんだ。それに、きみが披露しようとしている推理もね」

警部は面食らったように目をくるくるさせた。

「おやまあ！　じゃあ、わたしが何を言おうとしているのか、博士はお見通しだと？」

「そのつもりだが」とツイスト博士は鼻眼鏡ごしにハーストを見つめ、静かに答えた。

「これはまた、ご冗談を！　では、お聞かせ願いましょうか。見事あたったら、おなぐさみだ。だって、それはこの事件を解明するもっとも重要な点なんですから」

「アーチボルド、きみはこう言いたいんだろ。白紙の手紙と靴のあいだに、論理的な関連性を見出すことができたって。違うかね？　そしてその仮説は、盗難事件に関する大佐の指摘によって、さらに確かなものになったと。そうだろ？　一日中、白紙の手紙が入った封筒を持って歩きまわるよう人に命じる動機は、よくよく考えればひとつしかないと言って、わたしを焦らすつもりだったのでは？　一見、馬鹿げたふるまいのようだけれど、少しばかり頭を働かせれば、思ったほど馬鹿げているわけではない。人を歩きまわらせるには、それなりのれっきとした理由がある。ただ歩きまわりさえすれば、ほかのことはなにもしなくていい理由が。きみはそう言おうとしていた。わざと遠まわりさせたのも、その点から考えれば大いに意味があった。目的地にむかうのに、どうして最短コースをたどらせなかったのか、それをうまく説明できるのは、きみが思いついた理由だけなのだから。そう、きみはわたしにそう言おうとしていたんだろ？」

　空のグラスを手に悄然とするハーストを見れば、図星なのは明らかだった。

「じゃあ、説明してください、ツイスト博士。本当にわかっていると、証明してください……」ハーストは呆気に取られ、口ごもるように言った。博士に聞かせようと念入りに用意した論証に取りかかれず、心の底から意気消沈していた。

「その前に、急いでやるべきことがある。まずはネヴィル・リチャードソンに会わなければ」

20

「ウィスキーをあともうワン・フィンガー、どうかね、ダグラス?」

大佐は迷った挙句、グラスを差し出した。

「じゃあ、小指ぶんだけ。自分で決めたことは、守らなくちゃな、チャールズ。決して飲みすぎないというのが、つねにわれわれの信条だったじゃないか」

「いやなに、わたしは、信条なんて持たないことを信条にしているよ」とウィンズロウは笑いながら宣言した。「そもそも医者には、しょっちゅう言われているんだ。ビールを除けばウィスキーは、あまたあるほかの飲み物よりずっと体にいいんだって。それに……でもこんな話、お若い方々には退屈だろうね?」

大佐には友人が言った最後のひと言がはっきり聞こえていたけれど、それはブライディの耳にもネヴィルの耳にも入っていなかった。二人は見たところ愛想よく、くつろいで話しているようだが、互いに相手をしっかり吟味し合っていた。

《たしかに、なかなか悪くないわ》とブライディは思った。《いい線いってるって、言ってもいいくらいね》ネヴィルの率直そうで、少しメランコリックな目の表情や、笑ったとき、唇の右端にできる小さなえくぼが、彼女はまず気に入った。話し方や、とりわけ話の聞き方も申し分ない。頭がいいのは、ひと目でわかる。彼女の話にまったく興味を示さない、馬鹿な男たちとは大違いだ。でもわたし、どんな話をしてたかしら? ありふれたこと、ありふれたことばかりだ。彼女はもう、自分を見失っていた。いつもなら、才気煥発な会話ができるのに……ネヴィルのせいで、気おくれしているのだろうか? ええ、そうよ。認めざるを得ないわ。ピッチフォード村で暮らすようになって以来、《関心に値する》人と話をする機会がなくなったせいで、評価が甘くなっているのかもしれない。アーサー・テイルフォードのことも、思い違いをしてしまった。研究熱心なあの男は、冒険者の心を持っている。危険を前にしたとき、彼の本当の姿が見えるだろうなんて。いっしょに遠くへ探検の旅に出ようと、彼に誘われるところを想像した。そうしたら、受け入れてしまいそうだ。嫉妬と屈辱で身悶えする高慢ちきな奥さんの前を、勝ち誇ったように歩く自分の姿が頭に浮かんだ。けれどもまったく見当違いだった。アーサー・テイルフォードは冒険者などではなかった。ブライディの存在に気づいていたかどうかさえ、疑わしいくらいだ。人を見る目がこんなに曇ってしまうなんて、よほど気持ちにゆとりがないんだわ。どうやら田舎の空気は、わたしに合わないらしい。そのせいで、今度もまた判断が鈍っているのでは？　目の前にいるこの青年は、なかなか悪くないんだけど……

　潑溂とした表情、さらさらとしたきれいな髪。うん、この女の子は嫌いなタイプじゃない、とネヴィルのほうでも思っていた。猫みたいな目は言うに及ばずだ。あれは緑？　それともブルー？　きっとその中間くらいだな。ともかく彼女の目には、いわく言い難い謎めいたものがある。それがネヴィルにはたまらなかった。すらりとしてしなやかなスタイルだって……文句のつけようがない。いやいや、そんな遠まわしな言い方をしなくとも、はっきりすばらしいと断言しよう。それに生き生きと動く、細い優美な手も魅力的だ。数時間前、ハースト警部から持ちかけられた申し出を受けて、本当によかった。事件の詳細を聞かされる前から、彼は一瞬もためらわなかったし、警部から説明を受けてますます興奮した。要するに、ネヴィルは有頂天だった。

「……そうとも、こんな話、お若い方々には退屈だろう」とウィンズロウは繰り返した。

「ああ、すみません……」ネヴィルは口ごもってまわりを見まわし、家の主人に目をやった。「もちろん……そんなことありませんよ。とんでもない……」

ウィンズロウは微笑んだまま、椅子から立ちあがった。

「ともかく、しばらく失礼するよ。きみの伯父さんを《隠れ家》に連れていき、二、三見せたいものがあるんでね（ウィンズロウはまだネヴィルのほうをむいていたが、ひとり言みたいに続けた）。われわれは昔から、二人であれこれ秘密めかすのが好きなんだ……さあ、行こうか、ダグラス」

幕間は、若者たちの目が届かないところで行われた。家の主人がマカリスターを連れて居間をあとにし、作業場へむかったからといって、ネヴィルもブライディもとやかくいう気はなかった。

ウィンズロウは作業場に入ると明かりをつけ、そっとドアを閉めた。そして作りかけの模型には一顧だにせず、くるりとふり返って友人の目を見つめた。

「ダグラス、どういうことなんだ？　甥だなんて言ってるが」

「どういうことと訊かれてもな……」

「たのむよ、おふざけはそれくらいにしろ。今日の午後、駅前で会ったとき、きみは家族の話なんかなにもしてなかったじゃないか。なのに夕方になって、甥だと称する青年を連れて戻ってきた。今日の今日まで、きみにそんな甥がいるなんて知らなかったぞ。たぶん、きみ自身もじゃないか」

「そのとおり。ご明察さ。でも、今はなにも話せないんだ」

「なにも話せない？　だが……」

「きみの推測をハースト警部やツイスト博士にぶつけてみればいい。彼ら自身の口から、説明が得られるだろうから」

ウィンズロウは何度もうなずきながら言った。

「なるほど（そのあと、しばらく沈黙が続いた）。つまり事件は、そんなに混迷しているわけだ……」

「きっと警部たちは明日にでもやって来て、きみに話してくれるだろうさ」

ウィンズロウはしばらくじっと友人を見つめていたが、やがてこう言った。

「はっきり言わせてもらうが、そんなつまらない隠し立てを、わたしにしなくてもよかっただろうに」

それならウィンズロウの態度にも、文句をつけたいことがある。きみのほうも隠し事をしているじゃないか、と言ってやりたかったが、マカリスター大佐はぐっとこらえて黙っていた。数日前の夜、ローラがウィンズロウの家を訪れた件だ。まあいい、おれには関係ないことだ。だいいちウィンズロウは、そんな話を持ち出されたくないだろう。それでもマカリスターは友人に、テイルフォード夫妻をどう思っているかたずねずにはおれなかった。

「テイルフォード夫妻を？」とウィンズロウは当惑したように繰り返した。「どうしてそんなことをたずねるんだ？」

「このところ、彼らの態度がおかしいような気がして。とりわけローラは……」

「そうかな？」とウィンズロウは、少しぶっきらぼうに訊き返した。

「実は彼女、ウォルターと浮気をしているんじゃないか？」

「じゃないか、もなにも」ウィンズロウはゆっくりとした口調で言った。「きみだけだぞ、今ごろそんな……」

「どういうことだ？」

「わかるだろ」

マカリスターは重々しくうなずいた。噂が流れているのは知らなかったが、どうも怪しいと思っていたのだ。

「アーサーは気づいていないのか？」

ウィンズロウは少し間を置いてから答えた。

「そこは正直、なんとも言えない。仕事に関しては慧眼を発揮する男だが……」

「そのほかのことでは、まるで目端が利かないからな。それでなくとも昔から、知らぬは亭主ばかりと言うし」

「ところで、今日は彼らに会ったかね？」

「いいや」

「それじゃあ、これから会いに行ってみよう。近々寄ると言ってあるから。まだ九時前だ。ついでにきみの《甥御さん》も、彼らに紹介しておこう」

十五分後、ウィンズロウと姪のブライディ、マカリスター、ネヴィルの四人は、テイルフォード家の玄関に立っていた。ネヴィルはわが身に起きていることを、まだうまく捉えられずにいた。それほどこの数日、というか正確にはこの数時間、目まぐるしくことが進んだ。まずは午後六時ごろ、ハースト警部とツイスト博士が彼を捜しにやって来て、潜入捜査官の任務を引き受けてくれないかと持ちかけた。一時間後、彼はピッチフォード村へむかった。ほんの三十分ほどでマカリスター大佐と打ち合わせをし、大佐の友人宅を訪れると、そこにはきれいな姪もいた。さらに一時間もせずに、また別の友人の家にむかった。魅力的なブライディもいっしょだった。すでに彼女とのあいだには、共犯者めいた親密感が生まれていた。思いがけない冒険、金髪のヒロイン。これ以上、何が望めるだろう？　もう、充分すぎるくらいじゃないか、とネヴィルは思った。でも、それは間違いだった。波乱に富んだ晩は、まだ終わっていなかった。

家の主人アーサー・テイルフォードは知的で愛想がよく、控えめな人物らしかった。居間にはほかに三人の客が、緊張気味に腰かけていた。ウォルター・リンチと夫人のエマ、エマの兄のリチャード・フィディモントだと紹介された。三人とも、あまり感じがいいとは思えなかった。特にリチャード・フィディモントは、見下すように傲然とネヴィルをねめつけた。そんなわけでネヴィルは彼のことを、リンチ夫妻よりももっと嫌なやつだと思った。しかし彼らを襲った奇怪な事件のことを考えれば、情状酌量の余地はあるだろう。

けれども話題は、そのことだけに留まらなかった。

「いやはや、胸の悪くなるようなことをするもんだ」とリチャード・フィディモントは、まわりの誰からも否を唱えられたことのない人間特有の断定口調で言った。「まったく下劣で醜悪で、頭がどうかしているとしか思えない。でも、わたしに言わせれば、いちばんいいのは忘れることです。できるだけ早く忘れることだ。あれこれ騒ぎ立てないほうがいい。そんなことをすれば、墓荒らしの犯人の思うつぼだ。わたしはそう思いますね」

「たしかに」とウォルター・リンチが言った。「でも、犯人は見つけなければ。どうしてあんなことをしたのか、どのようにやったのかも解明せねばなりません」

「ああ、警察はそのためにいるんだ」

「ところで、警察はもう手がかりをつかんだのでしょうかね」

ウォルター・リンチの質問は、とりわけウィンズロウにむけられたものだった。元警察官は、申しわけなさそうに顔をしかめて答えた。

「残念ながら、わたしにもわからないな。捜査を担当する警部にも、まだ会っていないし……」

「捜査、捜査って言いますけどね」とリチャード・フィディモントが非難がましく応じた。「それが何の役に立つんだか。どうせ警察は、さっさと事件を処理済みにしてしまいますよ。まあ、それも仕方ありません。こんな気味のわるい悪ふざけより急を要する事件が、ほかにたくさんあるんですから」

「悪ふざけですって、兄さん?」とエマが、真っ青な顔で訊き返した。「そうかしら。忘れてるんじゃないの、墓地から聞こえたうめき声のこととか」

「それもみんな、悪戯さ」

「家のなかには、足跡が残っていなかったのよ。それはどうなの? 家は内側から錠がかかっていたし」

「警察の思い違いだろう。警察だって人間だからね。間違えることもあるさ」

「いくらなんでも、そんな大間違いはしないと思うがね」とチャールズ・ウィンズロウは、落ち着いた声で言った。「ハースト警部は個人的な知り合いだが、この種の事件の第一人者だ。証拠もないのに、そんな話をばらまくものか……」

「叔父さんは家で休みたかったのよ、兄さん。家でもう少し休んでいたかったんだわ!」エマ・リンチは目をぎらつかせ、怒ったように言った。「わかったでしょ、叔父さんが遺言書のなかで何を言おうとしたのか」

「彼は正気をなくしてた。われわれにとことん嫌がらせをしたかった。それが望みだったのさ」

緊張感が高まるのを、ネヴィルはほとんど肌で感じ取った。みんなぴりぴりと神経を尖らせている。穏和そうなアーサー・テイルフォードまで、やけに苦しげな表情だ。マカリスター大佐は落ち着きを保ちながらも、目はほかの人々を順番に見まわしていた。ブライディも観察者に徹しているようだ。ネヴィルは彼女のすぐ近くにいたので、上品で厳めしげなエマ・リンチに劣らず苛立っているのが感じ取れた。

「わたしが聞いたところによると」とウィンズロウは思慮深げな表情で言った。「警察はルイス老人の靴に頭を悩ませているらしいが」

「そりゃそうでしょう、彼らの立場ならね」とリチャード・フィディモントが答える。

「警察は大いに頭を悩ませている」とウィンズロウは

続けた。「なにしろ十日ほど前に発見された死体の脇にも、謎めいた数足の靴が並んでいたのだから。もちろん警察は、もしかしてと考えたが……（ウィンズロウはそこで突然言葉を切り、あたりを見まわした）そういやアーサー、奥さんのローラはどこに？」

　歴史教師はため息をついた。

「部屋で休んでいます。ニュースを聞いて、とても動揺したようで。ここ最近、ずっと調子がよくなかったんです。おや、声がしたぞ」

　廊下を歩く足音が聞こえたかと思ったら、ぎいっとドアがあいた。

　ドア口にあらわれた人影を目にして、ネヴィルは一瞬思った。なんて美人なんだ。前にも会ったことがあるはずだが、いったいどこでだったろう。そして突然、記憶が甦り、彼はその場で凍りついた。テイルフォード夫人のローラは、レッド・ライオン・スクエアで話した謎の女にほかならなかった。

21

四月二十五日

　リンチ夫妻の家は、ロンドンからピッチフォードへ行く手前の村にあった。しゃれた瀟洒なコテージで、手入れも行き届いている。女主人は家の維持管理に、とても気をつかっているのだろう。窓にかかる花模様の木綿更紗カーテンには、しわひとつない。飾り棚に並んだ陶器の皿は、きっちり左右対称をなしている。彼女は自分自身の美容に劣らず、家事にも手間暇かけているようだ、とハースト警部は思った。亡き叔父の家が埃だらけだったのとは正反対に、ここには塵ひとつない、というのがツイスト博士の感想だった。午前十時。今日一日、やらねばならないことが山ほどある。

まずは亡きルイス・フィディモントの親類から、話を聞いておくことにした。

「……正直言って」とハースト警部は切り出した。「ルイスさんの墓を暴いたり、家に立ち入ったりする動機は、憎しみや復讐としか考えられません。さもなければ、犯人は頭がおかしいのか。ところでお身内は、あなたとあなたのお兄さんだけですよね。そこでおたずねしたいのですが、あなたがたに嫌がらせをしようという人物に、誰か心あたりはないでしょうか？」

「そんな人、いないと思いますが」とエマ・リンチは、椅子のうえでまっすぐ体を伸ばして答えた。「少なくとも、わたしには。兄のほうは……仕事のうえで、多少のトラブルに見舞われることはあるようですが、わたしの知る限り、あんな恐ろしくて忌まわしいことをするほどではないかと」

「ご主人については？」

「ウォルターですか？　まさか、ありえません！　まったく、わけがわからないわ」

ハースト警部はしばらく考えこんでいたが、やがて声を変えてこう続けた。

「よろしいですか、リンチ夫人、復讐の可能性がないとなると、われわれの力では対処できない領域に足を踏み入れなければなりません……そこで次におたずねするのは、亡き叔父上について流れている噂の件です。あなたはそれについて、どう思われますか？」

リンチ夫人は疑わしそうに眉を動かした。

「はっきりとしたことは、なにも。わたしたちはピッチフォード村に直接住んでいるわけではないので、よくわからないんです……ウォルターはある晩、友人宅を訪ねたあと、ルイス叔父さんの家に明かりが灯っているのを見たそうですけど。あるいは、そう思っただけかもしれません。葬式がすんだばかりのことでしたが、あとから考えると、そんな馬鹿げたことがあるだろうか、見間違いかもしれないと思い始めたようです。

ところが同じようなことを言う人が、ほかにも次々出てきました。真夜中、窓に光が見えたと。月明かりが窓ガラスに反射したのだろうと、説明する者もいました。ルイス叔父さんの墓からうめき声が聞こえたと言い張る者も、わずかながらいましたが……それは木々のあいだを風が吹き抜けた音かもしれません」

「この五年間、叔父さんの家は、鍵がかかったままだったんですよね」

「ええ、無理に押し入った形跡はありません。ウォルターとわたしは、ときどき点検に行ってました。明かりのことが噂になり始めてからは、ほかの人たちも見に行っていたようです」

「外からドアや窓を点検したってことですか？」

「ええ、もちろん。だって、なかに入るわけにはいきませんから」

「玄関の鍵は持っているんですか？」

「いいえ。持っているのは公証人だけです」

「合鍵は？」

「家のどこかに、ひとつあるはずです。叔父の指示により、家のなかのものはすべてそのままにしてありますから」

「われわれがひとつだけ見つけた鍵は、ドアの鍵穴に内側から挿してありました」

　エマ・リンチは目を大きく見ひらいた。

「おかしいわ。内側から鍵をかけたなら、どうやって外に出たんです？」

「おかしいのはわかってますが、それが事実なんです。叔父さんが亡くなったあと、最後に玄関の鍵をかけたのも公証人ですよね？」

「ええ、そうだと思います」

「ともかく、公証人にも会ってみなければなりません。そこで、奇妙な遺言書の件についてもうかがいますが」

「おっしゃるとおり、まったく奇妙ですとも」とエマ

・リンチは言って、思わず意味ありげなため息を漏らした。
「あなたは五年間、あの家に足を踏み入れてはならない。さもないと、遺産を受け取ることはできない。そういう内容ですね？」

「そのとおりです。でも遺産の金額は、五百ポンドにもなりません。遺言書の条項を守らなくても失うのはそれだけで、不動産はどのみちわたしたちのものになります」

「それでもあなたがたは、叔父さんの遺志に沿ったというわけですか？」

エマ・リンチは目を伏せた。

「おっしゃるとおり、わたしたちは叔父の遺志に従いました。それを無視するわけにはいきませんからね」

沈黙が続いた。

「でも叔父さんは、どうしてそんな遺言をしたんでしょう？」とツイスト博士が、やさしい声で脇からたずねた。話題の内容とは、奇妙なほど対照的な声だった。

エマ・リンチは瞼を閉じた。

「かわいそうに、叔父さんは正気をなくしていたんです」

「それでも、遺言書は効力を保っていたと？」

「先ほども言ったように、わたしたちは面倒を起こしたくなかったんです。言い方は悪いかもしれませんが、骨折り損ですから。どのみち、土地の価値はほとんどさがりませんし……わたしたちも急いでお金が必要だったわけでもなかったので」

「なるほど」とツイスト博士は、口ひげを撫でながら答えた。「それじゃあ、あの土地と家は売るおつもりで？」

「兄はあそこに、アパートを何軒か建てるつもりでいます。前にも言いましたよね、兄は不動産開発の仕事をしているんです」

ツイスト博士はもの思わしげに軽くうなずいた。

「叔父さんは少し頭がおかしくなっていた、という話がありましたね。とりわけ、靴に関して……」

「ああ、靴の件ですね。たしかに、みんなの噂の種になりました。まだ、とやかくいう人たちもいるくらいです。もちろん、わたしも含めて、そのことでどれだけたくさんの人が頭をひねったことか。どうして？　どうして叔父の家には、あんなにたくさんの靴があるんだろう？　わたしにはさっぱりわかりません。あれは突然のことでした。叔父が亡くなる、一年ほど前からです。あらゆる種類の靴を、毎日せっせと集めるようになりました。しかも新品ではなく、履き古した靴ばかりを。選択の条件は、どうやらそれだけのようでした。叔父はピッチフォード村を歩きまわっては、いらなくなった古靴がないかたずねていたそうですから」

「どうしてそんなことをするのか、本人に確かめてみたのでは？　叔父さんは、何と答えたのですか？」

「答えはありませんでした。そもそもわたしたちは、ほとんど叔父とつき合いはありませんでした。年にせいぜい二、三回、なにかの折に会うだけで。親戚はわたしたち以外、残っていませんでしたが……だから毎年クリスマスには、わたしとリチャード、ウォルターの三人で、叔父さんの家へ行くことにしていました」

「彼はどんな人だったんですか？」

エマ・リンチは窓から外を眺めた。陽光を受けて顔が輝いていたけれど、厳しい表情はそのままだった。

「もともといつもむっつりして、人と打ち解けない性格でしたが、それが歳とともにますますひどくなって。最後の数年間など、みんなで集まった晩も陰気な雰囲気でした。叔父はほとんど話にも加わらず、隅に腰かけたままでした。まるでわたしたちが、そこにいないかのように」

「ところで、奥さん」とハースト警部が、ふと思いついたように口を挟んだ。それにしては、やけにわざとらしい猫撫で声だった。「あなたのお知り合いに、しゃがれ声で話す人はいませんか？」

「しゃがれ声ですって？」とエマは驚いたように訊き返し、ブラウスの襟もとに思わず手をあてた。

「ええ、しわがれたような、あるいはかすれたような……」

「いいえ、思いあたりませんね、まったく。でも、どうしてそんなことをおたずねに？」

「いなければいいんです」とツイスト博士が言った。

「それはさておき、叔父さんの写真を見せていただけないでしょうか。もちろん、もしお持ちならばですが」

「ルイス叔父さんの写真ですか？」とエマは狼狽したように訊き返した。「たぶん……持ってなかったような。ええ、たぶん。もしかすると、夫が……でも夫は、家族の思い出を大事に取っておくようなタイプではないので。そうそう、ひとつ思い出しました。靴に関することで……」

「ほう？」と言ってハーストは、彼女の口もとを見つめた。

「先ほどお話ししたように、靴のことはよく話題になりました。あれは叔父が亡くなったあと、ある晩、みんなで集まったときのことです。たしか、マカリスター大佐の家だったかと思います。少なくとも、テイルフォード夫妻やウィンズロウさんの家ではありませんでした。そこで誰かが、叔父のおかしな蒐集癖のわけを推理したのです」

「靴について推理を？」

「そうです。ただ困ったことに、どんな推理だったか、まったく覚えていなくて。とても奇妙で突飛な推理だと思ったのは確かですが……中身を思い出せません。ウォルターなら、きっと覚えているでしょう。夫に会いたければ、今夜は家にいるはずです。もしかすると、夫自身が話したのかも……」

22

午前十一時三十分。ツイスト博士とハースト警部はリチャード・フィディモントから話を聞くため、ロンドンに戻った。リチャードとは、前もって約束をしてあった。不動産開発業者は大切な客をもてなすように、オフィスで二人を丁重に迎えた。ツイスト博士とハースト警部は、彼が勧める高級葉巻をまずはありがたく味わった。リチャードの証言は、エマ・リンチから聞いた話と同じだった。けれども犯人に対する怒りはもっとすさまじく、ずけずけとしたもの言いだった。犯人は暇を持て余しているやくざ者に違いない、というのが彼の意見だった。

「しかし、聞いたところでは」とハースト警部は言った。「あなたの叔父さんは奇妙な遺言についてたずねられ、こうほのめかしたそうじゃないですか。家に戻ってゆっくり休みたくなるかもしれないからだって」

「ええ、そんな類のことを、叔父は言ったかもしれません」とリチャード・フィディモントは、愉快そうに答えた。「でも、頭のおかしな老人の話ですから、大した意味はありませんよ。そんな発言や遺言書が、いい証拠じゃないですか。わたしが叔父に最後に会ったとき……あれはいつだったかな？　そうそう、亡くなる一年ほど前でした。叔父は十二月二十三日に、心臓発作で亡くなったんです。よく覚えてますよ。だって翌日の晩、つまり二十四日のクリスマスイブを、いっしょにすごす予定でしたから。前年の同じ時期、わたしたちは叔父の家にいました。エマはその後も一、二度訪問したようですが、わたしが叔父に会ったのはそれが最後になってしまいました。そのときすでに、叔父は普通の状態じゃないと気づいていました。肘掛け椅子にすわりこんだまま口をひらかず、目にも生き生きとした輝きはありませんでした。わたしの考えすぎだ、とエマは当時言ってました。叔父は冬がつらいだけなんだと……（リチャードは肩をすくめ、首をふりふりため息をついた）そして数週間後、叔父におかしな蒐集癖が出始めたのです」

「それについて、妹さんがおっしゃっていたのですが、蒐集癖のわけを前に誰かが推理してみせたのだとか。でも、妹さんはよく覚えてなくて……なにか思い出しませんか？」

「いえ、まったく。でも、ありうる話ですね。あのことについては、みんな勝手な憶測を山ほどしましたから」

「叔父さんはどんな方だったのですか？」とツイスト博士が静かにたずねた。「お歳を召される前は」

「わたしもよく知らないんです。直接のつき合いが始まったのは、あとになってからだったので。父と同じく叔父も孤児として育ちました。けれども二人は成年に達するまで、互いの存在を知りませんでした。出会って間もなく、父は結婚しましたが、叔父は大陸放浪の旅に出ました。しばらくパリに住んで、木工細工の店で働いていたようです。わたしとエマが叔父と会ったのは、十年ほど前、父が亡くなったときでした。葬式に来てくれたんです。そのとき以来、ピッチフォード村に腰を落ち着けました。おそらく、すぐ近くに妹が住んでいたからでしょう。叔父はあなた方もご存じの家を買い、遠くへ冒険の旅に出ることもなくなりました。めっきり老けこんで元気がなくなり、そのころからもう、病んで死に場所を探している獣のようでした」

「つまり、結婚はしなかったと？」

「ええ、独身でした。わたしと同じく」とリチャードは冗談めかしてつけ加えたが、驕りたかぶった態度が露骨に見てとれた。「結婚したいとも思わなかったのでしょうが。ですからわたしとエマが、法的には唯一の血縁者です。ご質問の意味は、そういうことですよね？」

「それではおとといの晩、どこで何をしていたのかを証明できませんね？」

リチャード・フィディモントは一瞬、どぎまぎしていたが、すぐに爆笑した。

「そういうことです。しかたない、わたしも容疑者リストに加えておいてください。自宅のベッドでぐっすり眠っていましたが、残念ながらひとりきりでしたから。でもここだけの話、あんな薄気味悪いことをして、わたしに何の得があるっていうんですか？　むしろわたしや妹は、迷惑をこうむるくらいです。以前からあの家について、馬鹿げた噂が流れていますからね、口さがない連中はさぞかし悪口に花を咲かせることでしょう。いずれにせよ、われわれがあの土地を活用するうえで有利には働きません」

「今月十六日の晩、午後七時から九時のあいだは？」とハースト警部は、ずる賢そうな表情でたずねた。「家にひとりでいたってことはないのでは？」

リチャードは顔にしわを寄せた。

「十六日の晩ですって？　どうしてまた……その日に宝石が盗まれるかしましたかね？　そんなニュース、聞いた覚えがありませんが。でも、待ってください（彼は目の前にある手帳をめくった）。ああ、お答えできます。その晩は女友達の家で夕食を食べました。W四イーデンソー・ロード三十二番のジュディ・ガーランドです」

ハースト警部はメモを取り、知り合いにしゃがれ声の男がいないかたずねたが、妹と同じくリチャードにも心あたりはないということだった。それに、叔父の写真も持っていなかった。そのあとツイスト博士が、叔父の家屋敷をどうするつもりなのかたずねた。

「まずはボロ家を取り壊し」とリチャードは、拳をテーブルにぐっと押しつけて言った。

「あの家は、まだ充分使えそうですが」とツイスト博士は応じた。「少し手を入れれば、昔の風情が甦るでしょう。ずっと持っているつもりがないなら、いい値で売れるでしょうね」

「少し手を入れればですって？　よくわかっておられないようですが……ほとんどすべて、いちから見なおさないといけませんよ。まずは鉛の格子がはまった窓を、なんとかしなくては。今どきああいうやり方はしないんです。すきま風や雨水が入りこんだり、少し風が吹いただけでがたがた揺れたりしますから。それになにより、見てくれがよくありません。ほかの部分も、推して知るべしです。どこもかしこも古くさくて、旧式で、無駄に手が込んでいて、しかも見苦しい。今、人々が求めているのはモダンなスタイル、モダンな色彩、快適さです……われわれが作ろうとしているのがどんな建物か、よかったらお見せしましょうか」

ツイスト博士は話を聞いているあいだずっと周囲に目をやり、ずらりと張り出された現代的な《売家》や《貸家》の写真を眺めていたが、おもむろに立ちあがって暇を告げた。

「それにはおよびませんよ、フィディモントさん。あなたがおっしゃりたいことは、よくわかりました」

その日の午後、ツイスト博士とハースト警部は故ルイス・フィディモントの家を再び見に行った。三つの切り妻壁が白茶けた陽光を受け、野生化し始めた生垣や木蔦のむこうから雑然と浮かびあがっている。警察車が鉄柵の前に停まっていた。

「たぶん、ウィリアムでしょう」とハースト警部は言って、タルボを警察車のうしろに停車させた。「彼のことはすっかり忘れていました。もう一度、ざっと家のようすを確かめ、ここでわたしを待つようにと言っておいたんです。博士、あいつにサンドイッチをひとつ、あげていただけませんか。なにしろ……」

「三つともあげようじゃないか」

　警部はびっくりして、サンドイッチが三つ入った紙袋と博士の顔を、代わる代わる見くらべた。

「でも、全然食べていないのに？　どうしたんです？　具合でも悪いんですか？　そういや、フィディモントの事務所を出てから、ずっと黙りこくっていましたが」

　ツイスト博士は答えなかったが、ウィリアム巡査を前にしたら笑顔が戻った。ウィリアムは喜びと感謝で目を輝かせ、思いがけない昼食にかぶりついた。

「どうだ、ウィリアム。きみのことは忘れていなかったぞ」とハースト警部は胸を張って言った。「もしかしてと、心配し始めていたんだろ？」

「実を言うと、少し……二時をすぎているし、ここはあまり暖かくないし……」

「警察官の仕事について、まだまだ勉強不足だな。でもまあ、習うより慣れろだ。さあ、話を聞こうか。昨日以降、わかったことは？」

「百三十九です」

「何だって？」

「この家のなかには、百三十九足の靴がありました。何度もかぞえなおしたので間違いありません。廊下に三十三足。死体が見つかった部屋に十一足。玄関ドアの前、階段下の物置に二足。台所には三足だけですが、二十七足が……」

「ほかには？」

「いえ、なにも。屋根裏部屋も細かく調べましたが、埃が積もっているだけで、足跡の類はまったく残っていませんでした。作り物の埃を撒いたんじゃないかとか、地下道や秘密の通路があるんじゃないかとか、そんな可能性も皆無です。家の外にも、怪しげな痕跡はありません。外壁にも、屋根のうえにも。梯子をのぼって確認しましたが、苔がむして滑りやすい瓦があるだけでした。警部もご承知のとおり、わたしがこの種の捜査に関わるのは初めてではありませんが、今回は……どこからどう見ても明らかです。警部の前には誰ひとり、この家に足を踏み入れた者はいませんよ」

「おいおい、われわれだって、わざときみを困らせようとしているわけじゃないぞ」

「わたしはただ、さっぱりわけがわからないと言いたかっただけで」

「それはこっちも嫌というほど思い知ってるさ。そもそも、初めて……」

ハーストはそこで言葉を切った。気づくとツイスト博士が家の東の隅に立ち、考えこみながら屋根の端をじっと見つめている。警部が急いで博士に駆け寄ると、ウィリアムもそれに従った。

「どうかしましたか？　なにか手がかりが？」

「見たまえ。あそこの下あたり。木蔦のあいだに穴があいて、地面が小さく窪んでいる」

警部よりウィリアム巡査のほうが、素早く反応した。

「本当だ。外壁に沿って縦に伸びているはずの雨樋がありません。ほら、そのうえ、屋根の端に穴が。雨が降ったら、あそこからそのまま下に水が流れ落ちてしまう。だから地面が穿たれて……」

「そのとおり」とツイスト博士はうなずいた。「それに壁面にはまだ、雨樋を固定していたフックが二つ残っている。樋は下まで行ったところで水平に曲がり、あそこに見える排水溝まで続いていたんだな。雨樋はいつなくなったんだろう……」

「なくなった？」とウィリアム巡査はびっくりしたように言った。「それじゃあ、盗まれたのだと？　そうとしか考えられませんが」

「家は荒れ果てて、あちこち穴だらけだ。雨樋を盗むとしても、わざわざぼろぼろの樋を狙いはしないだろう。だとすれば、なにか別の用途があったのかもしれない」

沈黙が続いた。ハースト警部は帽子のつばをあげ、半眼でしばらくじっと友人を見つめた。

「でも博士、五、六メートルもある雨樋が、ここで起きた事件に関わっているかもしれないと言うんじゃないでしょうね？」

「雨樋が盗まれたのには意味がある。それは確かだ」

23

「散歩をするのに理想的な天気ではないけれど」とブライディは開き戸をあけながら言った。「こぼしてばかりいるのはやめましょう。ほら、青空も少し覗いてるわ」

ネヴィルはコートの襟を立て、穏やかな笑みを浮かべてうなずいた。心はまだ乱れていたが、あたりは静けさに包まれ、通りはしんとしている。村を覆う霧の隙間から、青白い陽光が微かに射しこんだ。空は一面、もの憂げな黄色に染まり、寒い季節特有のノスタルジックな雰囲気を醸している。周囲の庭は、葉を落とした木々と生垣のヒイラギや木蔦の緑が織りなす奇妙なコントラストのなかで、まるで眠りこんでいるかのようだ。この時期、風雨にさらされて黒ずんだ物置小屋の見苦しい姿が、もの憂げな光景のなかでやけに目立って見えた。

ブライディは間違っている、とネヴィルは思った。今日は散歩に最適の日だ。雨は降っていないし、さわやかな冷気が心地いい。ロマンティックな田園風景。どこか胸に迫る郷愁が感じられる。それはブライディも、よくわかっているのだろう。あんなに顔を輝かせているのだから。もちろんネヴィル自身も、うきうきした気分だった。けれども、幸福にはつねに苦しみが伴うのはなぜだろう？　どんな不可解な化学作用が、働いているのか？　まるで幸福には苦しみがつきものだとでもいうように。ぼくは望んでいたものを手に入れたじゃないか。冒険、謎、たくらみを隠した美女……なにひとつ欠けていない。あまりに多くのことがいっぺんに押し寄せて、対処しきれないくらいだ。こんな錯綜した状況に立ちむかうのは初めてだ。そのうえ、どこを取っても謎だらけと来ている。

教会の鐘が三時を打った。昨夜の出来事が、切れ切れに甦った。まずは、いちばん最後の出来事から。すでに午前零時近かったろう。ネヴィルはウィンズロウの家の勝手口で、まだブライディと話をしていた。ウィンズロウとマカリスターは先に帰っていた。同じ勝手口のドアを、今また閉めようとしている。会話の内容は、はっきり覚えていなかった。あとから考えると、二人とも別れるときを先延ばしにしたいばかりに、ただ取りとめのないことをしゃべりまくっていたような気がする。翌日の午後三時に散歩をしようと誘ったのは、二人のうちどちらだったろう？　自分からそう言ったのかもしれないが、ネヴィルは自信がなかった。ただおしゃべりに夢中になっているあいだにも、ときおりブライディの青みがかった目に、ローラ・ティルフォードの目が取って代わることがあった。ここ数日間、夢にまで見た美しい顔。ネヴィルはどこかぼんやりとしたその顔を、どうしても頭から追い払うことができなかった。たしかにローラは、レッド・ライオン・スクエアで一瞬、この腕に抱きしめた謎の女なのか？　彼は今、そうに違いないと確信していた。昨晩、彼女と話しているあいだ、何度もちらちら眺めては確かめた。むこうも同じことをしているのが見てとれた。それに夫が彼女をネヴィルに紹介したとき、顔がさっと蒼ざめたのがなによりの証拠だろう。そう、ローラもネヴィルに気づいたのだ。二十分もしないうちに、頭が痛いからと言ってさっさと引きあげてしまったのも、事実を認めたようなものだ。みんなはあんな恐ろしい事件があったあとなので、無理もないと思っていたけれど。ブライディはなにか感づいたかもしれないが、そんな気配は露ほども見せなかった。いつもは平穏なピッチフォード村で起きた忌まわしい事件について、みんなは口々に意見を言い合った。

　ネヴィルの頭は不気味なイメージで埋め尽くされ、一晩中悪夢にうなされた。ずらりと並ぶ墓石のあいだから、しわがれたうめき声や嫌らしいせせら笑いが聞こえる。素早く動きまわる人影は、しかめっ面をした骸骨たちだ。みんな手に大きな白い封筒を持っている。墓地の通路に沿って並べられた靴……髑髏は少しずつ、人間の顔に変わっていく……老人の顔は、やがて死んだジョン・パクストンの固まりついた表情になり、さらに若返って美しい女の顔に変じた。ローラからブライディへ、ブライディからまたローラへと。

　ネヴィルはすっかり寝坊してしまった。朝食のあと、まずはマカリスター大佐と現状分析をした。ウィンズロウがネヴィルの正体を見抜いたからといって、驚くにはあたらない。彼は鋭い眼力の持ち主だと、初めからわかっていた。そのほかの点については、どうだろう？　ネヴィルは大佐に問われても、なにか判断を下すのは時期尚早だからと繰り返し、曖昧に答えておいた。実のところ彼は、ローラのことしか考えていなかった。彼女はこの事件で、どんな役割を演じているのだろう？《バード・イン・ハンド》の客たちがちらりと見かけた女は、ローラなのか？　フィディモント老人の遺体が動かされたことと彼女とのあいだには、関わりがあるのか？　けれどもこの発見を大佐に知らせるべきかどうか、まずは判断を下さねば。ネヴィルはまだ、心を決めかねていた。彼が迷っていると、大佐は突然ぽんと手を打って、こう叫んだ。《そうだ、今思い出した。なにか頭に引っかかるものがあると、ずっと気になっていたんだ。フィディモント老人の靴の件さ……ある晩、みんなでそのことについて話してた。どうして靴なんか集め出したのだろうってね。するとなかのひとりが、犯罪絡みの視点から考察して、とてもユニークな謎解きをして見せた。いやはや、どうして忘れてたのか。連続宝石盗難事件があったところだっていうのに……まあ、聞きたまえ、リチャードソン君……》

「なんだかぼんやりしてるわね」

ブライディにそう言われて、ネヴィルははっとわれに返った。

「あのあとほとんど眠れなくって」と彼は答えた。べつに嘘はついていない。

ブライディはさっとふり返り、あたりに目をやった。

「どこへ行きましょうか？　こっち側、東のほうはどう？　すてきな散歩道があるわ。小さな丘の頂上まで続いていて、そこから村が見渡せるから。あの廃屋の前を通らねばならないのが難点だけど」

「怖がらなくても大丈夫。ぼくがついているから」

「心配なのは、あなたのほうよ」とブライディは言い返した。

「実を言えば、この事件に少しばかり好奇心を刺激されているけれど」

ブライディはたじろいだ。

「でも、前を通るだけよ」

こうして彼らがフィディモント老人の家の前まで来たとき、ちょうど出てきたツイスト博士たちとすれ違った。ハースト警部は一瞬、驚きの表情を隠しきれず、二人にむかってやけにぎこちない会釈をした。ツイスト博士のほうはもっとさりげなく挨拶をしたけれど、鼻眼鏡のうしろで目が愉快そうに輝くのを、ネヴィルは見逃さなかった。ネヴィルも、自分は警部みたいに不器用だったと感じた。

少し先まで行ったところで、ブライディはネヴィルに説明した。

「あの人たち、捜査を担当している警察官よ。伯父とも知り合いなの。この種の事件に精通しているんですって」

「ああ、昨日伯父さんが話していた？　ハースト警部と……もうひとりは何といったかな。ウィスト博士？」

「いいえ、ツイスト博士だわ。だけど二人とも、態度がおかしかったと思わない？　特に太っているほうが。彼があなたを見る目つきは、とても変だった。きっとあなたのことを怪しんでいるんだわ」

ブライディはそう言うとネヴィルに近寄り、腕を取った。

「ぼくは窮地に立たされたってわけか」とネヴィルは冗談めかして言ったものの、実のところ冗談ではなかった。

澄んだ冷たい空気にあたっていると、ネヴィルは気持ちが落ち着いた。ブライディの髪が風に吹かれて、ときおり彼の顔のほうにたなびいた。ネヴィルはローラの謎めいた顔を、頭のなかでまた思い浮かべた。ここは早急に、事態をはっきりさせねばならない。できるだけ早く、ローラ・テイルフォードと二人きりで話をしなければ。

24

居間の柱時計が午後四時半を打ったとき、チャールズ・ウィンズロウと二人の訪問客との会談は、すでにたっぷり三十分続いていた。

「いやあ、あなたの慧眼は少しも損なわれていなかったとよくわかりました」ハースト警部は肘掛け椅子にどっしりと腰かけ、家の主人を尊敬の眼ざしで眺めながら言った。

「誰かほかの村人があの青年を甥だと言ったら、わたしだって真に受けただろうさ……だが、相手がマカリスターじゃ、そうはいかん。それに、彼はどうも怪しげだ。ネヴィル・リチャードソンというのは本名なのか？　そんな名前は初耳だが、警視庁の仕事は長いのかね？」

ハースト警部は破顔一笑した。

「彼が何者であるかは、さして重要ではありませんよ、ウィンズロウさん。われわれの秘密諜報員だ、というだけで充分でしょう。あれこれ話していたら、秘密でもなんでもなくなってしまいますから」

「悪いのはマカリスターさ。われらが元防諜部長は、だいぶ耄碌しているんじゃないのか。甥の件では、わたしを五分と騙しおおせなかったんだから。本人にもそう言ってやったよ」

「そうですね。さて、事件の話に戻りましょう、ウィンズロウさん」とハーストは言った。「あなたのご感想は？　まさか幽霊やゾンビの類は信じちゃいないでしょうが」

元警察官は困惑したような表情で、ゆっくりと首を横にふった。

「もちろんだが……正直、きみの話しぶりからすると、ずいぶん不可思議な事件のようだな。第一に、家のドアや窓に内側から錠がかかっていた問題がある。勝手口の差し錠を外から操作するのは不可能だ。ガラスが割れていた窓からなら、出入りできたかもしれないが」

「その可能性もないと、きっぱり言いきれます。前を蔦で塞がれていましたから」

「残るは玄関のドアだが……」

「ツイスト博士、ウィンズロウさんに鍵を見せてください」とハースト警部は、あいかわらず笑いながら言った。

ツイスト博士は瓶に収めた帆船の模型に見入っていたせいで、一瞬反応が遅れた。

「えっ、鍵と言ったのかね？　もちろん、ポケットにあるから。さあ、これです……」

チャールズ・ウィンズロウは鍵を受け取ると、窓の前へ行って仔細に調べ、首を横にふりながら博士に返した。

「わたしも同じことをしましたよ、ウィンズロウさん」とツイスト博士は言った。「鍵の端にほんのわずかな跡でもついていないか、探してみたんです。あなたもご存じのとおり、昔から泥棒がよく使う手口ですからね。内側から鍵穴に挿さっている鍵を、適当なペンチで外からまわすんです。でもこの鍵には、跡がまったくついていません。わたしもその可能性に賭けたのですが。玄関のドアが唯一可能な出入口だという可能性に……」

「となると、さっぱりわけがわからない」

「しかも埃のうえは一面、足跡ひとつありませんでした。まるであの家が、神聖不可侵の聖地であるかのように」

「でも、これはあなたがお得意の事件でしょう」とハースト警部は口を挟んだ。「たしか床に仕掛けた警報装置が作動しないよう、張り巡らせたロープのうえを伝って行った怪盗を捕まえたこともあったとか」

「蜘蛛男のビリーか。ああ、覚えているとも」とウィンズロウはもの思わしげに答えた。「もうずいぶん前のことだけれどね。しかし、それだと壁や天井に跡が残る。今回、跡はなかったんだろ？　警報装置の裏をかくのに、小さな多爪の錨を使った泥棒もいたな。錨を投げて引っかけ、つないだロープをぴんと張って伝っていくんだ。その場合、錨が引っかかる場所が必要だから、きみたちが気づかないわけがない。あるいはネジで長さを調節し、両端に吸盤がついた棒を使う手もある。それを廊下にずらりと取りつけるのさ」

「その方法は、われわれも考えてみたんですがね」とツイスト博士はため息まじりに言った。「けれども壁掛けの状況から見て、やはり跡が残るはずなんです。しかも死体は部屋の奥にあって、あたりには一面埃が積もっていたのだから、そうしたやり方は不可能です」

「死体の状態はどうだった？　おおよその重さは？」

「十キロから二十キロです。だからといって、運びこむのが難しいことに変わりはないでしょう」

「いやいや、もし死体を放り投げたとしたら？」

「その可能性も考えてみましたよ」とツイスト博士は、しかたなさそうに言った。「でも死体の状態と肘掛け椅子の位置からして、ありえませんね。二メートル以上も離れた場所に投げたら、死体はばらばらになってしまいます。いずれにせよ、不可能でしょう。そもそも、どこから投げるっていうんですか？　結局問題は、なにも解決しません。ほかに思いつくことはありませんか？」

「いや、ないな。ひととおりのことは、検討し尽くしたようだ……」

　不毛な沈黙が続いたあと、ツイスト博士はウィンズロウに、なくなった雨樋についてたずねた。

「雨樋が盗まれたかもしれないって？」と元ロンドン

警視庁警察官は、眉をひそめて訊き返した。「どうしてそんなことを？」

「それを知りたいんですよ。じゃあ、あなたは気づかなかったと？」

「ああ。あのあたりはめったに散歩もしないから、まあしかたないだろう。だがルイス・フィディモントが生きているうちは、なにひとつなくなってなどいなかったはずだ。それは断言できる。彼は家をそんな状態にしておかないからな」

問題は少しも解決しないまま、話題は雨樋から靴へ、靴からその持ち主だったルイス・フィディモントへと移った。

「彼のことはよく知ってたとも」とウィンズロウは、感情の昂りを抑えかねるように言った。「律義な男で、人生の芥《あくた》に汚されていなかった。大きな不幸はなかっただろうが、幸福とも縁遠かった。とても無口でね。でも、目の表情は雄弁だった。ともかく、頭はしっかりしていたはずだが……」

「それじゃあ、あの靴は？」とハースト警部は言い返した。「あんなに靴を集めるなんて、少々いかれてるとしか思えないのでは？」

ウィンズロウは肩をすくめ、ほとんどささやくように答えた。

「そこはわたしにもわからない……というか、理解できないところだな」

「遺言については？」

「変わった遺言なのは確かだが、頭がおかしいとまでは言えないだろう」

「ほかになにか、正気を疑うような兆候はありませんでしたか？」

「そういや、奇行はいくつかあったかな……野外人形劇を観ている子供たちのほうを、木の陰からそっとうかがっているのを目にしたことがある。それも数分間ではなく、劇が続いているあいだずっとなんだ。凍った水たまりのうえで脚を滑らせ、危うく骨折しかけたこともある。どうやら、わざと飛び出したらしいんだ。氷のうえを滑って遊んでいる少年たちのひとりを押してあげようとして……」

「それでも正気だったと思うんですか？」とハースト警部はびっくりしたようにたずねた。

「少なくとも、人に危害を加えるようなことはなかった」とウィンズロウは小声で答えた。「言っていることが矛盾しているのはわかってるが、わたしは彼がまったく無害な男だったと思っている。それに手先の器用な、とてもすぐれた職人だった」

「あなたと同じように」とツイスト博士は、わざとらしく帆船模型に目をやりながら誉め言葉を口にした。「すばらしい出来ですね、ウィンズロウさん。どんなに根気が要ることか。わたしも引退後には、模型作りを趣味にしたいものだと思っているんです。いやはや、それが待ち遠しい」

ウィンズロウは微笑みながら立ちあがった。

「こちらへどうぞ、ツイストさん。もっと気に入っていただけそうなものがあるんでね」

一分後、ツイスト博士とハースト警部はほどよい明かりの下で、テンプル・バー門と旧ブッチャーズ・ロウ通りの模型を見つめていた。

「これはすごい」とツイスト博士はうっとりとしてつぶやいた。「本物そっくりじゃないですか。まるでその場にいるようだ……不ぞろいな舗石の輝きといい、窓ガラスの反射といい……これはばらばらのガラスをつなぎ合わせているんですね！」

「そこが大事なんです。あなたのおっしゃるとおり、光の反射に関わるんでね。一枚のガラスのうえに格子を被せて、小さなガラスをつなぎ合わせたように見せかけても、それぞれのガラスはまったく同じように反射する。それはどうしても嫌なんです。機会があったら、実際の窓を見てください。そうすれば、わかりますから。反射のニュアンスなんて些細な点かもしれないが、無視することはできない。表面しか見ない素人でも、そこはすぐに《感じ取り》、なにか不自然だとわかるんです。おしなべて、あんまり直線的にならないほうがいい。正確な幾何学性は避けなくては。舗石や瓦、木骨造り《ハーフテンバー》についても同じだ。家は人の手で作られたものなんです。それが感じ取れないといけない。家を支える梁を見れば、わかっていただけると思うが」

「よくわかりますとも、ウィンズロウさん。《古きロンドン友の会》があなたの助力に頼ったのも、大いに納得が行きました。ところでテンプル・バーのペディメントに、杭が三本ありますが、そこになにか欠けているのでは？」

「ああ、生首か！　大論争とまでは言わないが、そこは議論の的になったんだ。詳しくはアーサー・テイルフォードから説明してもらったほうがいい。彼のことは知ってますよね？」

「まだですが……よろしかったら紹介してください」

「まあまあ」とハーストが不満げな声をあげた。これ以上、歴史談義で脱線されてはたまらんというのだろう。「本題に戻りましょう。この一件は、宝石盗難事件と関係しているのではないか。そう考えられるふしがあります。盗難事件のことは、マカリスター大佐からも聞いていると思いますが」

「たしかに、彼からざっと話は聞いた。何度も根気よく説明してくれたよ」

「大佐によると、犯人は《古きロンドン友の会》のメンバーかもしれないと……」

ウィンズロウは模型をぼんやり眺めたまま、黙っていた。

「その可能性も、ないとは言えないが」彼はしばらくして、ようやくそう答えた。

「前にも話したしゃがれ声の男が、すべてに絡んでいるようなんです。あなたもそう思いますよね」とハーストはぶっきらぼうに言った。「そうそう、ひとつ大事なことを思い出しました。あなたなら、わかるんじゃないでしょうか。ルイス・フィディモントの靴蒐集癖についてです。エマ・リンチさんからうかがったのですが、ある晩、それに関してどなたかが独自の説を唱えたのだとか。けれどもあとは覚えていない、とエマさんは言うんです。ただ、その晩いっしょにいた人たちの名前は挙げていました。あなたもそこに含まれていたかと……」

　ウィンズロウは穏やかな笑みを浮かべたままうなずきかけ、はっと表情を変えた。

「たしかに、そんなことがあった」と彼は口ごもるように言った。「でも、偶然だな。その説も、たった今われわれが話していたのと同じ宝石絡みだったんだ。靴蒐集の謎について、犯罪捜査の観点から考えたらどうかってね。なるほど、それだと論理的に説明がつく。間違いないと言ってもいいくらいさ。古靴の踵に宝石を隠し、国外に運び出そうとしたんじゃないか（しばらく間を置いたあと、ウィンズロウは言葉を続けた）。今から三年ほど前だから、ルイス・フィディモントが亡くなったあとのことだ。でも、きみが思っているほど重要な話じゃない。ちょっと言ってみただけで、さほど周囲の反応もなかった」

　ハースト警部はツイスト博士と目くばせをして、こうたずねた。

「その説を唱えたのは、誰だったんですか？　覚えていますよね？」

「ああ、もちろん。あれはアーサー・テイルフォードだった」

25

「……それは完成の十二年後、つまり一六八四年のことでしょう」とツイスト博士は、少しためらった末に言った。「そのときですよ、テンプル・バーに最初の不気味な戦利品が捧げられたのは。けれども生首ではなく、胴体の一部だったがね」

「たしかに」とアーサー・テイルフォードは、目に驚きと賞賛の光を宿してうなずいた。「意外ですね。古い歴史にこれほど詳しい方が、警察の関係者にいらっしゃるとは（彼は眼鏡をはずし、もの思わしげに微笑みながらレンズを拭いた。そして眼鏡を掛けなおすと、少しからかうようにもったいぶってたずねた）。では、殺された人物の名前もご存じですよね？」

「むろん、知ってますとも」とツイスト博士は間髪を容れずに答えた。「トーマス・アームストロングです」

　ハースト警部は目を閉じ、ため息を抑えた。テイルフォード家の居間に通されるなり、すぐにロンドンの歴史談義――それも古い不気味な歴史だ――が始まった。この話題はツイスト博士が得意とする余技のひとつで、いったん話し出すととどまるところを知らない。しかも最悪の事態になりそうだった。相手の歴史教師もこの話題には、博士に劣らず夢中らしいから。彼の場合仕事柄、当然だろうし、無理もないことだけれど。

「……そうなると」とツイスト博士は続けた。「どうしたってライハウス陰謀事件のことに触れねばならないな。国王チャールズ二世とヨーク公ジェイムズを狙った暗殺未遂事件。馬車に乗った彼らを、ニューマーケット競馬場とロンドンのあいだで襲撃し、殺そうとした。ライハウスというのは、陰謀の真の首謀者リチャード・ランボールドの屋敷の名前だ。チャールズ二世はアームストロングを憎んでいた。愛妾の子モンマス公爵を謀反に引き入れたと疑っていたからだ。いずれにせよ、アームストロングが陰謀に加わっていたのは疑いの余地がない。彼はタイバーン徒刑場で縛り首にされた。そのあと首を切り落とされ、心臓は火にくべられ、胴体はばらばらにされたんだ。首はウェストミンスター・ホールに置かれて……」

ツイスト博士の驚くべき博識は、ハースト警部にとってつねに変わらぬ謎だった。けれども今はそれが、耐え難いまでに警部を苛立たせた。こうやってひとたび動き始めた歯車を、どうやって止めたらいいんだ？　アーサー・テイルフォードの助けは期待できない。彼は神妙な顔つきで、博士の話に聞き入っているのだから。だったらテイルフォード夫人の助けは？　彼女は見るからにうんざりしていた。こんな話題には、ハーストに劣らず興味がないのだろう。けれども真っ青な顔で肘掛け椅子にすわりこみ、口を挟む元気などなさそうだ。前に会ったときは、もっと活発だったのに。フィディモント老人の墓が暴かれたと聞いて、ショックを受けているのだろうか？　いずれにせよ、とても美人だな、とハーストは思った。

「次の二人は？」ツイスト博士はブライヤーのパイプを取り出し、自分からそう問いかけた。「名前は覚えていないが、たしかウィリアム三世に対する陰謀をくわだてた人物だ。約十年後、彼らの生首がアームストロングの胴体のあとに続いたというわけだ。次の生首が誰のものかは知ってますとも。ヘンリー・オックスバーグだ。彼はランカシャー地方の有力な郷紳で、豪胆な人物だったが、囚われの身となり失意のなかで……」

ハースト警部はもう聞いていなかった。博士の声が耳に入ってくるのはしかたない。けれども、言葉の意味までは考えないことにしよう。警部は黙って周囲の観察を続けた。飾り気はないが快適な居間で、言うまでもなくあたり一面本でいっぱいだ。アーサー・ティルフォードがツイスト博士を見つめる目には、今や驚きと賞賛があふれている。そんな思いをむける相手は、彼の妻こそふさわしいだろうに、とハーストは思った。本当に美しい。エレガントでさりげない着こなしは、趣味のよさを感じさせる。きっと賞賛者にもこと欠かないだろう。けれどもハーストは、彼女の目に悲しみの色が浮かんでいるような気がした。いや、もしかしたら、あれはもっと別のものかもしれない……

「……もちろん、それで終わりではなかった」とツイスト博士は陰鬱な口調で続けた。「テンプル・バーに晒された新たな生首、それは一七二二年、アタベリー陰謀事件に加担したジャコバン派の若い弁護士クリストファー・レイヤーのものだった。けれどもその首は、数奇な運命をたどった。あえて言うなら、二重に数奇な運命を。というのも生首はテンプル・バーのうえで旅路を終えたのではなく、しっかり墓に納められたのだから……しかも、別人の墓に。レイヤーが晒し首にされた数年後の、ある嵐の晩、首は突風に吹き飛ばされ、舗道に転げ落ちた。そしてジャコバン派に殉じた者の形見として、保管されていたんだ。それを手に入れた有名な好古家リチャード・ローリンソンは、自分が死んだらその髑髏を右手に持たせて埋葬して欲しいと言った……おかしな遺言を残すのは、今に始まったことではないという証明です。でも、話が脱線しないよう……」

　倦怠感が漂ってるな、とハースト警部は思った。そう、テイルフォード夫人はうんざりしているんだ。きっと、毎度のことなのだろう。歩く百科事典みたいな男が夫だったら、無理もない。倦怠感。でも、それだけではなさそうだ。さっきからずっと両手をこすり合わせているのは、なにか別の気持ちのあらわれでは？　恐怖心だろうか？　たしかに、そうかもしれない。でも、村であんな事件があったばかりなんだから、怯えるのも当然じゃないか？

「一七四五年の謀反で、さらなる生首がもたらされた」ツイスト博士は倦むことなく続けた。次のエピソードに移るたび、新たな熱意が湧いてくるらしい。

「それが最後だったけれどもね。フランシス・タウネリーとフレクターなる男の首だ。とても込み入った陰惨な事件で、よくわからないところも多々ある。ただ、テンプル・バーに二つの不気味な戦利品が飾られて数日もしないうち、見物人に望遠鏡を貸し出す輩があらわれたそうだ。望遠鏡の使い道は想像のとおりさ……わたしの記憶が正しければ、その後謎の男が二つの髑髏を盗もうとし、その場で捕まって……」

ハースト警部は今にも爆発しそうだった。もう三回も、これみよがしに咳払いをして見せたが、ツイスト博士はいっこうに気づく気配がない。そこで警部は、作戦を変えることにした。声が一瞬弱まり、途絶えた間隙を突いて、四月十六日の晩、どこで何をしていたのか、テイルフォード夫妻にたずねよう。

一瞬、気持ちを集中させ、警部は作戦を実行に移した。うまくいった。みんな、呆気に取られている。テイルフォード夫妻はもちろんツイスト博士も、彼らに劣らず（彼ら以上にとは言わないが）驚いたらしい。

「あの晩、わたしたちが何をしていたかですって？」とアーサー・テイルフォードは、しばらく沈黙が続いたあとに訊き返した。「もちろん、ここに二人でいましたよ……ああ、そう、ローラ、きみの誕生日の前日だったじゃないか。それで……（彼は考えこむように、眉のあいだにしわを寄せた）。いや、誕生日の晩だったかな……でも、どうしてそんなことを訊くんです？」

「型どおりの質問ですよ」ハースト警部はそっけなく答えた。「それで？」

「ええと……」と歴史教師は口ごもり、ちらりと妻を見た。ローラ・テイルフォードは肘掛け椅子からいきなり立ちあがり、まるで自分を鼓舞するかのように声を張りあげて言った。

「ほら、あの晩よ。わたしが最終列車を逃して、ロンドンからタクシーで帰らねばならなかった……買い物の荷物がたくさんあって……」

「警部さん、だからどうして？」と夫が、怒ったように遮った。

「理由はいくつかある、としか言えませんね」ツイスト博士の独擅場が続いていたあいだは脇役に甘んじていたけれど、今やこの場を仕切っているのは自分だ。ハーストはそう意識するにつれ、堂々と、自信満々にふるまい始めた。「おたずねしたいのは、それだけではありません。まだまだたくさんあるんです。テイルフォードさん、故ルイス・フィディモントの靴蒐集癖について、あなたが謎解きをしてみせたというのは本当ですか？　靴の踵に盗んだ宝石を隠して、国外に持ち出そうとしたのだろうと」

　警部の激しい追及にも歴史教師は穏やかな笑みを崩さず、落ち着き払って答えた。

「ええ、たしかにそんな説を唱えたことがありました……何年も前ですが」

「どのくらい？」

「二年ほどかと」

「なにかきっかけでも？」

　アーサー・テイルフォードは記憶を呼び覚まそうとするかのように、軽く頭をふった。

「はっきりとは覚えていませんが、靴のことはしょっちゅう話題になってました。フィディモント老人は泥棒だったんじゃないかなんて、言い出す者もいて。たぶんウィンズロウさんか、ウォルターだったかと思います（そこでアーサーは妻をふり返った）。ローラ、きみのほうがよく覚えているのでは？　おや、どうした？　気分が悪いのか？」

ローラ・テイルフォードは蒼ざめ、苦しそうに顔をしかめていた。夫が近寄って手を取ると、彼女は弱々しい声で言った。

「心配しないで、なんでもないから……おとといの恐ろしい事件を思い出しただけ。なかなか慣れることができなくて。少しブランディをもらえる？」

アーサーはすぐにブランディを注いで、妻に手渡した。それを何口か飲むと、ローラの顔に赤みが戻った。ツイスト博士とハースト警部も、家の主人に勧められたポルトを断らなかった。そしてツイスト博士が率先し、話題は《古きロンドン友の会》のことへ移った。

「……わたしはついこのあいだ、副会長に任命されたところなんです」とアーサー・テイルフォードは、見せかけだけとは思えない控えめな口調で言った。「とても名誉なことですよ。でも友人のウォルターのほうが、その任にふさわしいんじゃないかと思っていますが」

「ウォルター・リンチさんのことですね？　亡きルイス・フィディモントの姪御さんのご主人の」

「ええ、彼のほうがわたしより、副会長の資格があるでしょう。だって歴史は、彼の専門教科ではないのですから。ウォルターはわたしと同じパブリックスクールで、ドイツ語を教えています。だからわたしたちはよく顔を合わせる、いい友達なんです。けれどもときには、意見の相違を見ることもありますがね。例えばそう、先ほど話題に出た生首のことでも。ウィンズロウさんがモデルにしたテンプル・バーの版画には、三本の鉄の杭が描かれていますが、生首はありません。杭のうえに首を加えたほうがよりリアルになると、わたしたちはみんな考えました。けれども、誰の首がふさわしいかで、意見が分かれたんです。版画の年代がはっきりしないので、なおさらのこと」

「よくわかりますよ」とツイスト博士は言って、大きくうなずいた。それはたしかにつらいジレンマだ、自分にも経験があるとばかりに。

「そもそも、むきになって論じるような問題ではないんです。だって犠牲者の外見はどのみちよくわからないし、腐りかけた生首が誰のものなのかをわかるように作るなんて、ウィンズロウさんの技をもってしても不可能でしょうから。論争のための論争ですよ。壁龕《ニッチ》に収める彫像についても、侃々諤々やりました。ウォルターはそういう男でね。些細なことに難癖をつけるのが好きなんです」

「その点は、あなただって負けてないわよ」とローラが口を挟んだ。お気に入りの強壮剤を飲んで、元気を取り戻したらしい。「二人とも、どっちもどっちね」

アーサー・テイルフォードはにっこりした。

「つまりは仲がいいってことさ。それが証拠に、喧嘩の種はほかにないだろ」

「驚くにはあたらないわ」とローラはため息混じりに言った。「あなたたちときたら、そんな話ばっかりなんだから……」

沈黙が続いた。ハースト警部はそれを機に歴史の話題を離れ、ここへやって来た本来の目的に話を戻すことにした。故ルイス・フィディモントの墓を暴いた動機は、何だと思いますか？　テイルフォード夫妻はそうたずねられ、見当もつかないと答えた。あんな忌まわしいことをするなんて、頭がどうかしているのだろうと。そういやルイス・フィディモントも、頭がおかしかったようですね、とハースト警部は続けた。靴の蒐集癖以外にも、気になることはありませんでしたか？

アーサー・テイルフォードは、一瞬考えてから答えた。まるで面白がっているみたいに、眼鏡のうしろで目が輝いている。

「ひとつ、思い出しました。彼が亡くなる少し前のことです。一か月くらいでしょうか……もう雪が降っていました。ある晩、わたしはあたりへ散歩に出ました。

めったにあることじゃないんですが。散歩から戻ってきたとき、ルイス老人が教会の控え壁のうしろに隠れているのに気づきました。誰かを待ち伏せしているように。やがてスティプルトン夫人が、教会から出てきました。彼女はときどき司祭さんを手伝って、教会の雑用をしていたんです。夫人はルイス老人に気づきませんでした。彼女が遠ざかりかけたとき、ルイス老人は叫び声をあげて、雪の球を投げつけたんです。球は夫人の顔面を直撃しました。ルイス老人は歳に似合わず、まだまだ敏捷だったようです。わたしは呆気に取られ、なにも考えられませんでした。けれども彼が子供みたいに笑いながらわたしの前を走り抜け、マントをなびかせ逃げ去るのを見て、これはまともじゃないと思ったものです」

26

ツイスト博士とハースト警部がリンチ夫妻の家の呼び鈴を鳴らしたとき、日はすでに暮れかけていた。あれこれ忙しい一日だった。ハースト警部は言いたいことがたくさんあったけれど、ピッチフォード村からリンチ邸にむかう短いあいだ、ひと言指摘しただけだった。われらが《秘密諜報員》はなかなか楽しんでいるらしい、かわいい女の子と森を散歩とは、変わった調査のやり方もあるもんだと。《若さは移ろいやすしさ》とツイスト博士は、パイプに火をつけようと苦心惨憺しながら答えた。友人がでこぼこ道を荒っぽく運転するものだから、車が揺れて手もとが定まらない。《いっしょにいた娘さんは、たしかに魅力的だったな。

これまで会う機会がなかったが、ウィンズロウの家に住んでいる姪だろう》ちらりと見かけただけだが、生き生きとしてさわやかな表情をしている。リンチ夫人の冷たい美しさよりもずっといい、とツイスト博士が心ひそかに思ったのは、ちょうどドアがあいて夫人が顔を出したからだ。すべすべして完璧な顔に浮かぶ、作り物じみた笑み。ビロードのスカーフできっちり縛った黒い髪の下の、大きな紫色の目。けれどもそこには、まったく温かみが感じられなかった。

よくいらっしゃいましたと、リンチ夫人は彼らを愛想よく居間に通した。そしてありがたいことに、夫のウォルターと三人にしてくれた。ウォルター・リンチはさっき夫人が言っていたとおり、彼らを大歓迎しているようだった。

ハースト警部は博士に倣って、まずは人物評価に取りかかった。ウォルター・リンチは警部の見立てによると、人々が概して外国語教師に抱くイメージにあまり合致していなかった。しかし彼が教えているドイツ語はゲーテの言葉、野獣を手なづけるための言葉だ。それは彼の外見とよく似合っている。がっちりとした体格、血色のいい顔、豊かな頬ひげ、相手を圧倒する力強い目つき。しかしこうした第一印象は、彼が話し出したとたんがらりと変わった。よく響く重々しい声、穏やかで的確な話しぶり、陽気に輝く目がとても魅力的だ。

ウォルターは昨夜のおぞましい出来事について問われ、動機はまったくわからない、ただ冒瀆行為をしたかっただけなのだろうと答えた。故人の親族、つまり自分の妻と、妻の兄に対する嫌がらせかもしれないですって？　そんなことをしても、親族に対する同情が増すだけでしょうよ、というのが彼の意見だった。あの家と土地に関する義兄の計画をどう思うかを問われ、尊大そうに肩をすくめただけだった。

「わたしとリチャードでは、興味あることも価値観も違いますから」とウォルターは、ふっと笑って言った。

「でも、昨夜の出来事に話を戻すなら……犯人はどうしても見つけねばなりません。しっかり罰を受けさせるだけでなく、どうやったのかも聞き出したいですからね」

「われわれはそのためにいるんです」と警部は間髪を容れず断言した。

「聞いたところでは、二つの問題が捜査官の前に立ちはだかっているのだとか。家のドアや窓がすべて内側から閉じられていたこと、床には足跡がまったく残っていなかったこと。それで、なにか手がかりはつかめました?」

「ご理解いただけるかと思いますが」とハースト警部は、もったいぶって答えた。「われわれはそうした話を、軽々に漏らすわけにはいかないんですよ。けれどもちょっとだけ秘密をお教えしましょう。というのも奥さんによると、あなたはこうしたわけのわからない謎がなによりお好きなようなので。先ほどあなたが指摘した問題に、実は雨樋が関わっているらしいんです……ルイス老人の家からなくなった雨樋が……」

「雨樋がなくなったって?」ウォルター・リンチは不思議そうに繰り返した。

「そうです。家の左側に、縦に伸びていた雨樋がね。しばらく前になくなったようですが、お気づきになりませんでしたか?」

いえ、まったく、とドイツ語教師は答え、そもそもルイス・フィディモントの死後、家の敷地に入ったことは数えるほどしかないとつけ加えた。

「ルイス老人はどんな人だったかですって? 彼の家を訪れたのはときたまなので、わたしにもよくわかりませんが、ひとつだけ言えるのは、とても陰にこもった性格だってことです。もちろん晩年は、少し《おかしかった》ようだし。最後の点は噂で聞いたり、靴の蒐集癖から抱いた印象にすぎず、自分で確かめる機会はありませんでしたが」

ハースト警部は、ウォルターの同僚で友人のアーサー・テイルフォードが数年前に唱えた説について話した。古靴の踵に穴をあけて、宝石を隠したんじゃないかという説だ。それについてはどう思うか、警部はウォルターにたずねた。

「彼もちょっと言ってみただけでしょう。いろんな説が、何十と出ましたから。ルイス老人のことを少しでも知っている者にとっては、まったく馬鹿げた意見ですよ。そもそも当時は、話題にもなっていませんでしたからね……あんな事件は」

「宝石盗難事件はってことですか？」とハースト警部はすかさず確かめた。

「いや、わたしが言いたかったのは、あんな事件があったあとだから、関連があるような気がするだけだろうと……」

さて、どうしよう？　ネヴィルは両手をうなじにあててベッドに横たわり、繰り返し考えた。ともかく、意を決しなければ。個人的な状況をはっきりさせるため、それだけのためにせよ。時がたつにつれ、ますますブライディのことがすばらしく思えてくる。午後、いっしょに森を散歩したことが、大きく影響しているのだろう。田園の生き生きとした新鮮な空気、風になびくブロンドの髪、悪戯っぽい微笑み、ほっそりとした華奢な手。ネヴィルは暖めてあげるという口実で、その手を握りしめたのだった……彼はしばらくのあいだ、任務の目的をすっかり忘れていた。けれども夕食のあとで、マカリスターと現状分析を終えた今、自分の不誠実な立場をいっそう強く意識するようになった。いわば《防諜部員》のようなものだが、その分野ならマカリスター大佐は無敵だ……それに《伯父》はすでになにか感づいている、という気がしてならなかった。マカリスターがローラ・テイルフォードのことをたずねたとき、ネヴィルは平然と答えることができなかった。ティルフォード夫人を紹介されたとき、ネヴィルが内心どんなに驚いたか、元防諜部長は見抜いたのではないか？　そして彼女がどんなに不安だったかも。

　この秘密をいつまでも隠しておけないのはわかっている。まずはなんとしてでも、レッド・ライオン・スクエアの《謎の女》と話をしなければ。それも、できるだけ早く。ネヴィルはさっと起きあがった。決心はついていた。

　家を出るときマカリスターに――大佐はオイルの小瓶を片手に、分解した古い銃のうえに身を乗り出していた――ちょっと散歩をしてくると言ったが、彼の顔をまっすぐ見ることはできなかった。いずれにせよ、下手な口実だ。じめじめして寒い夜の九時に、散歩だなんて。

　ネヴィルは二、三百メートル離れたティルフォード夫妻の家にむかって、早足で歩き始めた。けれども家に近づいたところで、歩を緩めた。呼び鈴を鳴らすと、ドアをあけたのはアーサー・ティルフォードだった。

「こんな夜分遅くにおじゃまして、申しわけありません、ティルフォードさん」とネヴィルは口ごもりながら言った。「昨晩、こちらにマフラーを忘れたようなんです。ちょうどお宅の前を通りかかったものですから……」

　廊下の明かりのなかに浮かぶティルフォードの黒い人影は、じっと黙って立ちすくんでいた。そのまま数秒がすぎるにつれ、沈黙はますます重くネヴィルにのしかかった。

「ああ、マカリスター大佐の甥御さんですか」と突然アーサー・ティルフォードは叫んだ。「すみません、すぐに気づかなくて。偶然だな。実はあなたの伯父さんのところへ、ひとっ走り行こうとしていたところなんです。ともかく、お入りください。ローラがお相手しますから。それじゃあ、またあとで、わが家か大佐のお宅か、あるいは途中でお会いするかもしれませんね」アーサーはそう言うと、さっさとネヴィルの前を通りすぎていった。

ネヴィルは、アーサーが外出するような服装でなかったことにも気づいていなかった。しっかり周囲を観察するのが任務なのに、まったくなってない。アーサー・テイルフォードが遠ざかるのを眺め、足音が通りのむこうに遠ざかるのを聞きながら、妙な状況に置かれていることに初めて気づいた。明るい廊下にむかってひらいた玄関ドアの前に、立ちすくんでいるなんて。もう一度呼び鈴を鳴らしたほうがいいだろうか？　普通だったら、どうするだろう？　彼は結局、なかにはいることにした。そして注意深く――馬鹿げているということは、よくわかっていたけれど――ドアを閉めた。家は静まり返っている。彼は大声で呼びかけた。

「テイルフォード夫人？」

なんだか自分の声じゃないような気がした。もう一度呼びかけたところで、ようやくドアがきしむ音が聞こえ、ローラが姿をあらわした。彼女はネヴィルのほうに近づいてきた。あわてもしなければ、のろのろとでもなく、エレガントな青い絹の部屋着をまとって悠然と。ネヴィルは彼女を、ほとんど直視できなかった。

「昨晩、マフラーを忘れたかもしれません」と彼は、混乱した頭で切り出した。「ぼくが……ぼくが誰だかわかりませんか？」

「もちろん、わかってますよ」

不安そうだが、よそよそしい声だった。

「マカリスター大佐の甥御さんですよね」

「ええ……いや、まあ……ぼくが言っているのは、そういうことじゃなくて……」

「それなら、忘れたというマフラーのことかしら？　見かけた覚えはありませんが、ちょっと待ってください。確かめてきますから」

テイルフォード夫人がいないあいだに、ネヴィルは気持ちを立て直そうとした。感情の昂りと動揺で、頭も目も霞んでしまった。なにもかも、思い違いなのでは？　彼女は本当に、あのときの女なのだろうか？　まずはじっくり観察しなければ。

ネヴィルがそう、がんばっているところに、ティルフォード夫人が戻ってきた。

「見つかりませんでした」と彼女は申しわけなさそうに言って、探るように見つめるネヴィルの前で顔を伏せた。

「まだぼくがわかりませんか？」

「もちろん、わかってますよ。そう言ったじゃないですか」

「ついこのあいだ、もっと別の状況でお会いしたのでは？」

美しい顔《かんばせ》が、一瞬彼を見あげた。白粉でもクリームでも隠しきれない苦悩に満ちた顔が。色の薄い大きな目には、あいかわらず漠として謎めいた表情が浮かんでいる。けれどもそれは疲れきって、ほとんど懇願するような目だった。

「いえ……違います」

「レッド・ライオン・スクエア、先月、ベンチで……」

「何のことだか……」

ネヴィルには、はっきりわかっていた。こんな不毛な会話はやめにしよう。《アリアドネ》にとっては責め苦でしかないのだから、ここできっぱり終わりにするんだ。彼は勘違いを謝り、挨拶の決まり文句もそこそこに暇を告げた。

心は動転していたが、冷たい夜気が気持ちよかった。《アリアドネ》はもういない。彼女はあんなに不安そうにしていても、ぞくぞくするほど魅力的だった。しかしもう希望はないと、ネヴィルはわかっていた。彼女がこの事件でどんな役割を演じているのかは謎のままだが、この件についてツイスト博士とハースト警部に話すことを真剣に検討しなければ。警部にはもうひとつ、大事な話もあるし。しゃがれ声の男が人を雇い、白紙の手紙を持ってロンドン中を歩きまわらせた理由を思いついたのだ。

27

四月二十六日

ブライストーン&ドレイク公証人事務所のフェリックス・ブライストーンの印象には、ツイスト博士とハースト警部が故ルイス・フィディモントに抱いていたそれに近いものがあった。薄い髪の毛、曲がった背中。骨ばった顔に、くすんだ悲しげな目。貧弱な体格は、どっしりとしたマホガニーの机を前にすると、ほとんど場違いな印象をあたえる。

「奇妙な一件ですな」ピッチフォード村で不思議な出来事があった三日後の朝、公証人はちょっとしかめっ面をして見せ、訪問客にそう言った。「いや、まったく奇妙だ。たしかにおかしな遺言書ですよ……あなたがたが不審がるのもよくわかります。わたし自身、フィディモント老人が会いにいらしたときは、妙だと思いましたからね」

「おかしいとか奇妙だとか、そんな生やさしいものじゃないですよ」とハースト警部は言った。「ああした類の遺言書は、よく扱われるんですか？」

公証人は打ち明け話でもするような口調で答えた。

「皆さんが思っている以上にね。とはいえフィディモントさんの遺言は、かなり変わっているほうですけど。ここであらためて読みあげはしませんが、すでにご存じの内容です。土地は無条件で二人の相続人のものになりますが、故人の貯金は別です。もしも相続人のどちらかひとりでも、決められた条件を守らなかったなら、慈善事業に寄付されます。すなわち五年間、家に足を踏み入れてはいけないという条件を守らなければ。ひとつ打ち明け話をしましょう。たぶん、聞いても驚かれないと思いますが。遺言書の内容がこのように落ち着くよう、説得しなければなりませんでした。フィディモントさんはもともと、遺産すべてにこの条件をつける気でいたのですから」

「だとしても」とツイスト博士は、沈黙が続いたあとに言った。「相続人にとって大きな違いはなかったでしょうが……」

「ときによりけりですね。今回の場合、いくらおかしな遺言だと言っても、大した問題にはなりませんでした。しかし相続人が異議を唱えたら、面倒な事態になったかもしれません。だからこそ、わたしは調整をする方向で動いたのです。容易ではありませんでしたよ。ルイス・フィディモントは頑固な方でしたから」

「われわれが知りたいのは、どうして彼がそんなおかしな条件をつけたのかです」とハースト警部は、謎めいた表情でたずねた。「聞いた話によると、彼は死後もしばらく自分の家で休んでいたかったからだとか」

公証人はうなずいた。

「わたしもわけをたずねたことがありますが、たしかに似たような答えが返ってきました。それ以上、深くは追及しませんでしたが」

「彼は頭がおかしかったのだと？」

「いいえ……必ずしも」フェリックス・ブライストーンは白髪交じりの薄い髪を撫でつけながら、ためらうように言った。「もしそうだったら、遺言書の作成をお引き受けしませんでした。スピリチュアルな視点からすると、フィディモントさんは自分が死んで魂がどこかに飛び去るまで、家が一時的な墓所の役割をするとか、そんなようなことを思っていたのかもしれません」

「家に溜めこんでいた古靴のことは？　その話はご存じですよね？」

　公証人は小さな頭でまたうなずいた。

「ええ、もちろんです。でも、思いもかけないものを集めている人たちが、世の中にはたくさんいますから。だからって、《頭がおかしい》と決めつけるのはいかがなものかと。彼は自分が何をしているのか、ちゃんとわかっていたと思いますよ。それに意志強固でした。それならあとは、わたしどもの関知するところではありません」

　ツイスト博士はにっこりした。

「それじゃあフィディモントは、感じのいい人だったと？」

「ええ、べつに隠すようなことではありませんから。でもその表現は、いささか不正確かもしれません。わたしが抱いたのは、むしろ同情心でしょうか。フィディモントさんは悲しげで、夢を追っているような方でした……亡くなる半年ほど前、遺言書のことでお見えになったときは、特になんとも思いませんでした。でも、亡くなる少し前にも一、二回、ばったり会ったことがあって。ロンドンへ行くときは、よくピッチフォード村に寄るんです。彼の目はきらきらと、希望で輝いていました。残された日々は限られていると、よくわかっていたはずなのに。わたしが言えるのはそれだけですね」

「夢を追っているような人だったと？」とツイスト博士は、考えこみながら繰り返した。「興味深いご意見でした。実はわたしも、彼にちょうどそんなイメージを抱いていたものですから」

「ところで」とハースト警部が、控えめな咳払いをしながら口を挟んだ。「あともうひとつ、家の鍵閉めについてうかがわねばなりません。それはあなたがなさったんですよね？」

「そのとおりです。葬式の翌日か翌々日、わたしが戸締りをしました。だからあなたがたが入ったときも、ルイス・フィディモントさんが亡くなったときと同じ状態だったはずです。それも彼の遺志でしたから。家具、衣服、置物、なにひとつ触れてはいけないというんです」

「するとそのときから、いたるところに靴が並んでいたと？」

「ええ、不注意で少し動いてしまったものがなかったとは断言できませんが。それにいちおう、引き出しやなにか、お金が隠されていそうなところは覗いてみました。泥棒が忍びこんで、盗んでいかないとも限りませんから」

「あなたが家の戸締りを請け負ったのなら、最後に玄関から出て鍵をかけたのですね？」

「はい、そのときの鍵はちゃんとここに保管してあります」

「合鍵はありますか？」

「ええ、もともとあった階段下の物置に、ほかの鍵といっしょにそのままかけてありますよ。玄関から入ると、すぐ左前にある階段です」

「ところが合鍵は、もうそこにはありませんでした」

ハースト警部は重々しく言った。「玄関のドアの鍵穴に、内側から挿してあったんです。フィディモントが死ぬ前から、第三の鍵があったのかもしれません。あるいは誰かが彼の死後、まだ可能なうちにもう一本、合鍵を作ったのかもしれないし、ここにある鍵をあなたが知らないうちにこっそり使ったのかもしれません。いずれにせよ、問題の本質に変わりはないでしょう。さらにはほかのドアや窓も内側から錠がかかっていたことを考え合わせると、最後に内側から玄関のドアに鍵をかけた人物は、家から出ていないはずなんです。家のなかにはフィディモント老人の亡骸のほか、誰もいなかったのに……」

28

「うめき声が聞こえ、地面に掘り返されたような跡がありました。ぼくに言えるのはそれだけです。まだ薄暗かったので、よく見えませんでした……それにとても怖かったので、大急ぎで逃げ出しました。ええ、走りながら、大声をあげたかもしれません。どうしてその墓に目をやったのかって？　物音が聞こえたからです。そんな時間に墓地の近くで何をしていたのか？　二週間に一度、祖母の家に蜂蜜をもらいに行ってるんです」

　ハースト警部は同じ質問を角度を変えて矢継ぎ早に繰り返し、どこかに齟齬がないかと注意していたが、トム・オルセン少年の供述は少しもぶれなかった。その日、二回目の事情聴取のあいだ、ツイスト博士はずっと黙ったきりだった。少年にお礼を言うときになって、初めて口をひらいた博士は、そばにいる両親に気づかれないよう、ひとつかみのキャラメルをこっそり彼にあげた。昼近く、オルセン精肉店から出ると、ハースト警部は文句をたれた。

「子供の前でサンタクロース気取りですか。いい気なもんだ！　善人役はひとり占め。こっちは鞭打ちじいさん（サンタクロースのお供をして、悪い子供を鞭で懲らしめる人物）役で、仕事に励まにゃならないんですからね。ともかく博士は、少年の話にはまったく興味がなさそうでしたね。でもあれは、重要な証言でしたよ」

「重要じゃないとは言わないが、なにも目新しい点はなかったな。よく考えれば、きみだってそう思うはずだ」

「考えればですって？　そりゃたまげた。反論するわけじゃないですが、わたしの理解が及ばない点が、博士には多々あるんですよ。今回の捜査に限ってみても、博士は故ルイス・フィディモントに対し、やけに関心をお持ちのようだ。ちょっと度を越していると、わたしは思うんですがね」

「われわれは、欠けた鎖の輪を捜しているのでは？」

「そうですよ。でも博士は、フィディモント老人の人物像に執着しているみたいなので」

「どうして彼があんなに古靴を集めたのかは、ぜひとも突きとめなければ。きみもそれには賛成だろ？」

「彼は多かれ少なかれ、頭がおかしかったんです」

「まだ断言はできん。たとえ頭がおかしかったとしても、なんらかの説明がつけられるはずだ。正気をなくした人間にも、それなりの論理がある。ジョン・パクストンの死体のそばに靴が並べられていたのも、単なる偶然の一致ではないだろう」

「偶然かもしれないと、わたしは思い始めていますがね」

「しゃがれ声の男から電話があったことを忘れてるぞ」

ハーストは返答代わりに、ちらりと腕時計に目をやっただけだった。昼食を食べたら警視庁に戻って、盗難事件について同僚のひとりと現状分析をしましょう、と彼は博士に持ちかけた。

「いっしょにいらっしゃいますか？」

「いや、わたしはもうしばらくここにいる」とツイスト博士は答えた。

「われらが《秘密諜報員》との待ち合わせは、今夜九時ですよ」

「わかってるさ。わたしのことは心配しないでいい。適当に時間をつぶしているから。ほらわたしは、こうした古い村を散策するのが大好きなんでね」

　昼食が終わると、ツイスト博士はひとりになった。いつもどおりたっぷり食事をとったあとなのに、さっきより身軽になったような気がする。警部には心から友情を感じていたけれど、彼がいなくなってほっとしたのだろう。彼といっしょなら、たいていは愉快な時がすごせるし、脳細胞の活性化にも役立つのだが。彼がなにげなく発するひと言には、博士の精神を刺激する不思議な作用があるのだ。しかし警部の鈍感さが鬱陶しくて、耐えられなくなることもある。だからツイスト博士はときどき（いや、もっと頻繁にかもしれない）ひとりになって、鋭い感覚を取り戻さねばならなかった。今回の事件は、まったく常軌を逸している。そのなかを見通すには、こうやって知覚と感性を研ぎ澄まして、じっくり考える時間が必要だ。村の古い家々は、その住人に劣らず多くのことを教えてくれる。石造りの壁や家具、置物……そうした日常生活のもの言わぬ証人が、ときにはとても饒舌に語りかけてくることもある。そのためには、ただ彼らの声に耳を傾けるだけでいい。ハーストにはそれがわかるだろうか？

残念ながら、無理だろう。昼食のときに警部と交わした会話が、ツイスト博士の脳裏にふと甦った。窃盗団と思しき連中は、盗んだ宝石をどこかに隠し持っているはずだ。だったら、主な容疑者宅を正式に家宅捜索するのが最良の策だと、ハースト警部は信じて疑わなかった。盗品の大部分はすでに売りさばかれているだろうが、少しでも証拠品が見つかれば捜査の甲斐はある。法律的な観点からすれば充分意味があることだ、と彼は主張した。午後の捜査状況を見てこの方針が固まれば、ハースト警部はいつまでもぐずぐずしてはいないだろう。

　それが警部のやり方だった。強引で、荒っぽくて、力まかせ。多少の成果はあるにせよ、空振りに終わる場合がほとんどで、いくつもの謎が残ったままになる。

　ツイスト博士は村の散策を続けた。かつてルイス・フィディモント老人も、これらの通りをひとり静かに踏みしめたことだろう。そうやってゆったり歩いていると、次から次へと心の琴線に触れるものがあった。石が話しかけてくる。木々のささやきも聞こえる。胸いっぱいに吸いこむ空気には、世界中どこでもそれぞれ特有の匂いがある。何百年も前からその地で暮らし、畑を耕し、家を建てて家庭を築き、笑ったり苦しんだり、愛したり憎んだりしてきた幾世代もの人々の息吹が、染みついているかのように。そうした人々が皆、それぞれのやり方で、ピッチフォード村の礎を築いてきたのだ。

　ツイスト博士は田園の澄んだ空気を、胸いっぱい吸った。するとようやく胸のつかえがおり、自信がみなぎってきた。大丈夫、これで間違いない。わたしは今、ルイス・フィディモントの足跡をたどっている。気分が乗ってきたところで、フィディモント老人の家のなかをもう一度、見てまわろうか。博士は一瞬、そう思ったが、すぐに考えなおした。すでにあの家は、話すべきことをすべて《伝えて》くれた。靴の謎を除けば、得るものはほとんどなかったけれど。それより自分の直観を信じよう。博士は村を抜けて野原をぐるりとまわり、もと来た道をまた引き返した。精神を集中させるには、散歩がうってつけの方法だ。ピッチフォード村に戻ってきたときには、日が暮れかけていた。博士はシムズ玩具店の古びたショーウィンドウに目をとめた。

わくわくするようなショーウィンドウだった。緩やかなアーチを描く大きなガラス窓のむこうに、ありとあらゆるおもちゃが電灯に照らされ輝いている。そのほとんどが、木のおもちゃだった。真っ赤な消防車。山小屋。ナポレオンの服を着た猿。シルクハットをかぶったぬいぐるみの熊。揺り木馬。一瞬、あたりの世界がぐらついた……

降りつむ牡丹雪のなかで震えるピッチフォード村が、まず目に浮かんだかと思うと、次に生まれ故郷の村が脳裏に甦った……クリスマスの村……それほど甘美な思い出があるだろうか？　いや、あり得るわけがない。サンタクロースが揺り木馬を持ってきてくれたのは、何歳のときだったろう？　七歳？　八歳？　それとも九歳？　もう覚えていない。けれども、たしかにあのときわたしは、この世でいちばん幸福な子供だった。あのときの木馬は、今、目の前にあるのとそっくりだ。ツイスト博士は胸が締めつけられるような気持ちで、ショーウィンドウに鼻先をくっつけた。そうやってなかの木馬を愛おしげに見つめていると、昔の記憶が次々に甦って、両親の愛を一身に受けていた子供時代に戻ったような気がした。博士は郷愁に誘われるがまま、店のドアをあけた。ドアのうえにとりつけられた小さなベルが、澄んだやさしい音で彼を迎えた。魔法の効果はまだ続いていた。すぐには気づかなかったが、カウンターの脇にある作業台のうえに老人が屈みこんでいる。老人はにっこり笑って立ちあがり、お客様、なにかお探しですかと愛想よくたずねた。ツイスト博士はよほど揺り木馬を買おうかと思ったが、あれこれ迷った末に磁器の人形を選んだ。店にはすばらしいおもちゃがいくつもあった。さぞかし腕のいい職人の手になるものだろう。なんと主人のシムズ氏が自ら作ったのだと聞いて、博士は賞賛を惜しまなかった。和やかな会話が始まったところで、博士はフィディモント老人のことに話題をむけた。

「実はわたしもついさっき、あなたがショーウィンドウの前に立っておられるのを見て、フィディモントさんのことを考えていたんですよ」

「どうして？　彼はよくこの店に来ていたのですか？」

「いえ、それほどではありませんが、ときどきは。亡くなる少し前、ショーウィンドウに顔を近づけ、じっと覗きこんでいました。その目が異様だったので、おやっと思ったんです。何と言うか……」

「フィディモントさんは正気をなくしているようだったと、そうおっしゃりたいんですか？」

「ええ、彼がおかしかったのはよくわかってます。でも、わたしが言いたかったのはちょっと違うんです。フィディモントさんは店のなかを見つめてましたが、心はどこか別のところにあるようでした……どこにかって？　それはわかりません。ただ彼の表情は、悲しみと喜びがない交ぜになっているようでした……」

29

午後九時十五分。ネヴィルはまだ来ない。ツイスト博士とハースト警部は十五分以上前から、フィディモントの家へ行く手前の小道に目立たないよう停めたタルボのなかで彼を待っていた。あたりは寒さと闇に包まれている。そのうえネヴィルが遅れているとあって、警部はかりかりしていた。ツイスト博士は静かにパイプをふかして暖を取りながら、友人をなだめた。ようやく通りに人影が浮かんだ。急ぎ足で近づいてくるその人影は、はたしてネヴィルだった。

「信じられないでしょうが、道に迷ってしまって」とネヴィルは、後部座席にすわるなり言った。あわてて歩いてきたせいか、息を切らしている。「村を出たとたん、真っ暗になったもんで。それじゃあ《秘密諜報員》は務まらないって言われりゃ、返す言葉がありませんけど」

「不安的中だな」とハースト警部は、むっつり顔で言った。「ほかのところでは、もう少し才能を発揮してもらいたいもんだ。ほかのところっていうのはもちろん、きみがここに来た本来の目的ってことだがね。女の子と森を散歩することではなく。あれは……」

「実は、お話しすべきことが……」

「あれはウィンズロウの姪だろ？」

「話が二つあるんです……ああ、そう、彼女はウィンズロウさんの姪ですが」

「きみは彼女が怪しいと？」

「大事な話が二つ……えっ、彼女が怪しいかって？　とんでもない。ともかく、ぼくに話させてください。お伝えしなければならない重要なことが、二つあるんです」

ネヴィルの勢いに押されて、ハースト警部は黙りこんだ。

「第一に、白紙の手紙を持ってぐるぐる歩きまわらせたわけが、ぼくにはわかりました」

　そのあと数秒間、沈黙が続いた。蠅が飛ぶ音すら、聞こえるかと思うほどだった。

「ほう！」とハースト警部は、急に愛想よく言った。わざとらしいほどの、変わり身の早さだった。「つまりきみは、そのわけがわかったというんだね？　だったら、ぜひ聞かせてもらいたいものだな」

　ネヴィルは悠然と煙草に火をつけた。二人とも、少しはぼくを見なおしたようだ。彼はそう思いながら、自信満々に自説を披露した。

「とっても単純なことですよ。まずは問題をありのままにとらえ、理屈に合わない要素をすべて排除して、残った可能性を検討してみればいい。すると今回の場合、考えられる可能性はひとつだけです……すなわち……

　第一点。まずは何人かの人たちが、手紙を運ぶために雇われました。ところが、彼らは目的地まで行くのに最短コースをとるのではなく、わざとくねくね遠まわりするように命じられました。道の状態からすれば、もっとも悪路だと言ってもいいでしょう。第二点。彼らが運ぶ手紙には、なにも書かれていませんでした。受取人もいないようです。要するに彼らは、ただ歩かされていたのです。一日中、ただ歩かされていただけ！　なんの意味もなく！　ここまではいいですか？」

「続けたまえ」とハーストは、慎重に構えて言った。

「そこにいくつか、補足的な事実を加えてみましょう。彼らは仕事に際し、雇い主から貸与された衣服を身につけることになっていました。正確に言えば、コートと靴を。さらにわれわれが見つけた死体の脇には、数足の靴が並んでいました。明らかに、なにか関連がありそうです。どんな関連かは、まだわかりませんが。一日中、意味もなく歩くこと。そして靴。それを繰り返し唱えていると、ある光景が目に浮かんできます。毎日、同じ靴で何キロ、何十キロと歩きまわればどうなるか？　結果は自ずと知れています。ぼろぼろの靴、それしかありません。いや、馬鹿馬鹿しいとお思いでしょうが、そこに新たな事実が加わると、そうとばかりも言えません。しかも重大な事実です。第一に、これらすべての背後には、宝石泥棒を専門にする窃盗団があると思われます。第二点はあなたがたもご存じないでしょうが、故ルイス・フィディモントの友人のひとりが、こんな仮説を唱えていたんです。フィディモントが古靴を集めていたのは、踵に穴をあけて、盗んだ宝石の隠し場所として利用するためだったのではないかって。もうおわかりでしょう。素人の泥棒なら新しい靴に盗品を隠すでしょうが、それでは国境の検閲で怪しまれるかもしれません。けれども本物のプロは、どんなに細かな注意もゆるがせにせず、盗んだ宝石を国外に持ち出すのに使う靴を《古びさせる》ためだけに、わざわざひとを雇って《歩かせる》こともためらわなかったんです」

　沈黙が続いた。車のなかに立ちこめる紫煙の雲のように、重苦しい沈黙が。

「どうしました……なにもおっしゃらないんですか？」とネヴィルは、しばらく待ってから不安そうにたずねた。「ほかに説明のしようがない。これですべて、つじつまが合います」

　それでもハースト警部が黙っているものだから、ツイスト博士が答えた。

「すばらしい推理だったとも。けれども残念ながら、目新しいことはなにもなかったんでね」

「それじゃあ……もうわかってたと？」

　するとハースト警部が、ようやく口をひらいた。ネヴィルには、暗闇のなかにそのどっしりとした背中が見えるだけだった。警部は内にこもった、抑え気味の声で言った。

「もちろん、わかってたとも。われわれを見くびらないで欲しいな。古靴の踵に宝石を隠したんじゃないかという説についてもすでに聞いているが、わたしにはその前からとっくに謎が解けていたんだ」

「わかってたなら……」とネヴィルは驚いたように言った。「どうしてなにも言ってくれなかったんです？」

そう言われれば、返す言葉がない。ハースト警部はせっかくの名推理を披露する機会を逸して、ただでさえ欲求不満に陥っていた。捜査の終盤、啞然として彼の口もとを見つめる聴衆を前にしたわが姿を思い浮かべ、ひとり悦に入っていたのに。もちろん聴衆のなかには、嫉妬で蒼ざめるツイスト博士もいる。警部はなにか言おうと口をひらきかけたが、またしても《秘密諜報員》に先を越されてしまった。

「でも、それだけじゃありません……レッド・ライオン・スクエアで会った謎の女を見つけたんです……なんとそれは、ティルフォード夫人のローラでした」

30

四月二十八日

「宝石ですって？　宝石泥棒？」とブライディはびっくりしたように言った。「チャールズ伯父様から聞いたの？　それとも、あなたの伯父さんから？」

ネヴィルは道の途中で拾った小枝をいじくりまわしながら、無言で自分を責めた。頭に浮かんだことを、そのまま口に出してしまうなんてと。もっと関心をむけるべき話題が、手近なところにいくらでもあるのに、どうしてこんなことを考えてしまったんだろう。ネヴィルとブライディが、ピッチフォード村を見下ろす小高い丘の小道を散歩して午後のひとときをすごすのは、今日で連続三日目になる。もう習慣みたいなものだ。丘陵地帯のゆったりした稜線、緑に包まれた村、たなびく靄のなかから覗く教会の鐘楼、すがすがしい空気——ときおり吹く風を、傍らの魅力的な女性のためにそっと遮ってあげることもできた——それらすべてがひとつになってネヴィルを至福へと誘い、学校を出てからずっと感じていた憂鬱を晴らしてくれた。けれども悲しいかな、いつも頭の片隅で、今おまえが置かれている状況は、そんな悠長なものじゃないとささやく声がする。女の子と森を散歩して、甘い恋愛ごっこを楽しんでいる場合じゃないと。それではブライディに対しても不誠実ではないか。ネヴィルは自分がスパイなんだと、つくづく思い知らされた。だからといって警察のために働くのをやめ、自由の身になる決心もつかなかった。捜査は終盤を迎えているのだからなおさらだ。少なくともネヴィルはそう思っていたが、ただの感触にすぎなかった。というのもこの三日、ツイスト博士やハースト警部からはなんの知らせもなかったから。謎の女がローラ・テイルフォードだったことは、すでに伝えてある。このあと警察がどんな対処をするつもりなのかはわからない。わかっているのは、今のところローラは逮捕されてはいないし――昨日もちらりと見かけた――警察から訊問を受けたようすもないということだった。

「どちらから聞いたのか、よく覚えていないけど」ネヴィルはようやくそう答えた。「たぶん、二人とも言ってたんじゃないかな」

「それで、あなたはどこまで知っているの？」

ネヴィルは知っていてもおかしくないことと、知らないはずのことを、あわてて頭のなかでで振り分けた。けれども、そんな綱渡り芸人みたいな真似は、とうてい続けられそうもない。ここは曖昧に答えておくのが賢明だろう。

「大したことは知らないさ……ロシアの伯爵夫人が真珠のネックレスを盗まれて……」

ブライディはにっこり微笑んだ。目のうえにかかる金色のほつれ毛が風に揺れる。なんて魅力的なんだろう、とネヴィルは思った。彼は気を取り直し、ブライディがチャールズ伯父から聞いたという話に黙って耳を傾けることにした。宝石は劇場で盗まれたこと、そこから導かれる疑惑について。

「それだけじゃないわ」とブライディは悪戯っぽく続けた。「チャールズ伯父様とマカリスター大佐は、もっと先まで見通しているんじゃないかしら。気づかなかった？　あの二人、わたしたちが近づくと急に話題を変えるのよ」

「たしかに……そう言われてみると」

するとブライディは声を潜め、打ち明けるように言った。

「伯父様たちは宝石の盗難と、二週間ほど前に屋根裏部屋で男が殺されていた事件は関連があると思っているの……それにここ、フィディモント老人の家で起きた事件も」

「何だって？　でも……信じられないな。二人がそう言ってるのかい？」

「もちろんわたしの前や、ほかのみんなの前では言わないわ。でもほら、わたしはとても耳がいいから」

　ネヴィルは血の気が失せた。もしかしてブライディは《伯父》のどちらかから、ぼくが担っている役割を聞いているんじゃないか。そう思ったら、一瞬打ちのめされたが、すぐに気を取り直した。もしそうだったら、彼女の態度はまったく違っているはずだ。ともかくまだチャンスはある。できるだけ早くマカリスター大佐に、ドアの陰で盗み聞きしているかわいい耳があることを知らせなくては。それにしても、英国の治安を担うもっとも優秀な元担当官二人がこっそり交わした会話が、こんなにも簡単に盗聴されるなんてと、彼は呆れてしまった。

「それはよくないな」とネヴィルはブライディを叱りながらも、その言葉とは裏腹のおどけた表情を浮かべた。「ちゃんとしたお嬢さんは、立ち聞きなんかしないもんだ」

　ネヴィルが腕をブライディの腰にまわすと、彼女は頭をのけぞらせて大笑いした。友達に一杯食わせて大喜びしている女子中学生のように。

「すごいわよね。まるでミステリ小説のなかの出来事みたい。わくわくしちゃうわ。そうでしょ？」

「たしかに……見方によっては」

「それがどういう意味か、わかってないの？　犯人はピッチフォード村の住人のなかに潜んでいるかもしれないのよ。もしかしたら《古きロンドン友の会》っていう、もっと狭い輪のなかに」

「ああ、わかってるとも。でもきみのほうこそ、どんなに危険な状況にあるかわかってないみたいだ。殺人だけじゃない。あんな摩訶不思議な墓暴きまでやってのけたんだ。犯人は非道なだけじゃない。並はずれた力を備えている人物だ。壁を通り抜けたり、床に足跡を残さず歩いたり……」

「でも、ヒロインの身は必ず無事に終わる」ブライディは勇ましいことを言ったが、ついつい体が少し震えてしまった。「誰でも知ってることよ」

「だったら」ネヴィルは、彼女の腰にまわした手に力をこめた。「ヒロインはぼくをヒーローに指名してくれるかな？　そうしたら、なにがあっても絶対に守ってあげるから」

「あなたは、誰が怪しいと思ってるの？」

　ネヴィルはこの問いに不意を襲われた。

「誰と言われても、そんなこと考えていなかったんで、わからないけど……」

　ブライディはネヴィルが煙草に火をつけようとしたところで彼の腕をふりほどき、すたすたと歩き始めた。それに合わせて頭もフル回転していた。ここはよく考えなくてはとばかりに。

「もしこれが小説なら」とブライディは、謎めいた表情で地平線を見つめながら続けた。「わたしたちの伯父さんを疑うわ。だってそうでしょ、犯人はもっとも意外な人物と相場が決まってるんだから。それじゃあ、二人のうちどちらが犯人？　さあ、議論の始まりよ。わたしの推理は公正とは言い難いけど、チャールズ伯父様が臭いって思うのよね。警視庁窃盗犯罪課の元責任者がダイヤモンド密売組織のボスだったら……もうびっくり仰天でしょ。だったらあなたの伯父さんはどうかって言えば、彼だって立派な経歴の持ち主よね。知っている人はあまりいないけど、スパイ狩りの腕はピカいちだったっていうじゃない？　でも……」彼女はそこで落胆したように肩をすくめた。「でも、わたしにはあんまり信じられなくて……」

「きみはこのところ毎晩、チャールズ伯父さんのようすを見張っていたんだろ？　それなら伯父さんには、鉄のアリバイがあるだろうに」

「だとしたら、なおさら疑わしいわ。だってミステリ小説では十中八九、鉄壁のアリバイの持ち主が最後には犯人だってわかるんだから。でも、違うの……そうじゃない。だいいち、わたしはぐっすり眠りこんで、朝は伯父様に何度も呼ばれてようやく目を覚ますくらいなんだから」

「ぼくの……ぼくのほうも同じだな（彼はブライディの前で、マカリスター大佐のことを《ぼくの伯父さん》とはどうしてもうまく呼べなかった）。大佐は本当にひと晩じゅうおとなしくベッドで横になっているのか、わかったもんじゃない」

「でも、どちらかというとわたしの印象では……」とブライディは口ごもった。

「ぼくたちの伯父さんが犯人だとは思えないって！」とネヴィルは大きな声で言った。「やれやれ、あの二人がぼくたちの会話を聞いたら、どう思うことやら。なんと寛大なことよと、さぞかし感謝感激だろうな」

「正直な気持ちを言えば、伯父さんたちがそんな役を演じているとはどうしても想像できないよね」

「あの二人が犯人だとは思えないというきみの意見は賞賛すべきだが、本人たちはそんなことを言われても、あんまりよしとはしないんじゃないかな」

「実を言うと、怪しいと思う人物がほかにいるの……最初に会ったときから、とっても印象が悪かった人が。彼女が男のひとを相手にするときの態度ときたら……」

続く沈黙のあいだ、ネヴィルは煙草を何度もすぱすぱと吸った。ブライディがそのあと口にした言葉にも、彼はさほど驚かなかった。

「だってちょっと変だと思わない、テイルフォード先生の奥さんって？」

31

犯人の正体に思案を巡らせているのは、ネヴィルとブライディだけではなかった。ロンドン警視庁のハースト警部の部屋でも、灰色の脳細胞が盛んに活動中だった。

「誰なんでしょう、すべての背後にいるのは？　博士、いったい誰なんです？」ハースト警部は机のうしろで身ぶり手ぶりをしながら、そう繰り返した。「ひとつ確かなのは犯人の《しゃがれ声》、あれが作り声だってことです。きっといつもはわたしや博士と同じく、普通の声で話しているんでしょう。《しゃがれ声の男》を知らないか、いちいち証人にたずねたりして、馬鹿を見ましたよ。きっと犯人はほくそ笑んでいることでしょう」

「それはともかく」とツイスト博士は落ち着いた声で言った。「予定どおり明日、テイルフォード夫人を訪ねて、《白状させる》つもりかね？」

「これ以上待っているわけにもいきませんから。いやいや、冗談じゃない。捜索令状がないばっかりに、今までじっと我慢をしてきましたが、明日には確実に下りるでしょうから。彼女が事件に関わっているのは、もう疑いの余地がありません。《バード・イン・ハンド》の二人の客も、大佐が送ってくれたテイルフォード夫人の写真を見て、殺人事件のあと大急ぎで出ていった女に間違いないと証言しました。ついでに言うなら、その晩最終列車を逃したという話からして怪しいですよね。リチャードソン青年の証言も言うにおよばずだ……難なく完落ちするでしょうよ。先日の晩、靴の踵に盗んだ宝石を隠す話をしたとき、彼女が真っ青になったのを覚えていますよね……」

「ああ、もちろん。けれども彼女は端役にすぎないってことは、きみも認めるだろう。なにより大事なのは、組織のボスを見つけることだ。ことを急いて、適切な攻撃のタイミングを見誤らないようにしなければ。ところで、ロンドンやその周辺で最近起きた宝石盗難事件に関するブリッグスの報告には、充分な説得力があるとは思えないのだが。たしかに小さな窃盗の件数はいつもより多少増えているが、国際的な宝石窃盗団の存在を疑わせるほどかどうか……」

「さらなる報告を待つことにしましょう。パリやアムステルダムからの報告も、ほどなく届くでしょうから。そうすればはっきりしますよ。組織の活動がさらに手広く及んでいたとしても、驚くにあたらないですよ。あんな手段まで講じるんですからね、素人じゃないのは明らかだ。そこは議論の余地がないでしょう。宝石を隠す靴を古びさせるためだけに、ひとを何人も雇うなんて。そこまで細心の注意を払うのは、よほどのプロに違いありません。《ひとを何人も》と言ったのは、われわれのところにやって来た二人だけでないはずだからです……二人のうちひとりは殺されてしまいました。もうひとりは、われわれが監視を続けているおかげで無事ですが」

「なるほど。だがとりあえず、ピッチフォード村とその周辺に話を絞ろう。裏で糸を引いている機械仕掛け《デウス・エクス・》の神《マキナ》は、おそらくあそこに身を潜めている。いったい何者だろう？　きみの考えを聞かせてくれないか」

ハースト警部はしばらく考えこみ、ずる賢そうな表情を浮かべた。

「マカリスターとウィンズロウの件にかかずらっても、無駄だと思いますがね」

「あの二人を疑っているような口ぶりじゃないか」

「疑ってないなんて、言いましたっけ？　まあ冗談はさておき、博士、しゃがれ声の男が実際に男だという前提で考えるなら、容疑者はそんなにたくさん残っていません」

「そんなふうに容疑者をふるい落としていったら、そのうち誰もいなくなってしまうぞ」

「アーサー・テイルフォードも除外できますね。なにしろ歴史の研究に夢中で、宝石の密売みたいな手っ取り早い金儲けには関心がなさそうですから」

「たしかにそのとおりだ」とツイスト博士は言って、大きくうなずいた。「しかしそう簡単に断定はできないぞ。その二つは両立しうるからな。彼はなにか遠大な計画を温めているかもしれん。例えば砂漠の下から、失われた古代都市を発掘するような。それには莫大な資金が必要だ」

「リチャード・フィディモントについても」とハースト警部は、博士の指摘など耳に入らなかったかのように続けた。「同じように推測できるでしょう。けれども彼の場合、逆の意味で。あの男は見るからにやり手の不動産業者で、金儲けが大好きそうです。そのためだけに生きていると言っていいくらいだ……」

「わたしも同感だな」

「……でもあの男が、大がかりな犯罪組織のボスとは思えません。二つの仕事を本気でやろうとしたら、そう簡単にはいかないでしょうから」

「なるほど、アーチボルド。それもきみの言うとおりだ」

「アリバイの件もあります。ジョン・パクストンが殺された晩、たしかにリチャード・フィディモントといっしょにいたと、ジュディ・ガーランドさんが証言しています」

「すると残るは？」とツイスト博士はたずね、鼻眼鏡の陰でからかうように目を輝かせた。

「はしなくも心の内を明かしてしまった男、ウォルター・リンチです。博士もお気づきになりましたよね？　テイルフォードが唱えた説についてたずねたときです。フィディモント老人の靴蒐集癖は、踵に宝石を隠しためじゃないかと。すると彼は、こう言いました。《そもそも当時は、話題にもなっていませんでしたからね……あんな事件は》って。そこでちょっと言いよどみ、曖昧に言葉を濁していましたが、盗まれた宝石のことを考えていたのは明らかです。わたしに突っこまれると、返答に窮してましたよね。そう、当時は今みたいに宝石盗難事件は話題になっていませんでした。だったらどうして彼は、われわれが宝石泥棒の線を追っているとわかったんでしょう。そのことは、新聞にもまだ載っていなかったのに」

「マカリスターかウィンズロウが、ひと言触れたのかもしれない」

「だとしても、劇場で起きた盗難について少し話した程度でしょう。もし後ろめたいことがなにもなかったら、われわれが宝石盗難事件と今回の捜査を関連づけているなんて、彼には思いもよらなかったはずです。彼が二度も返事をためらったのが、わたしの疑いを裏づけているのでは？」

ツイスト博士はちらりとハースト警部を見やった。電気スタンドが放つ円錐形の光がまぶしいせいか、警部の顔は少し影になっていた。

「見事な推理じゃないか、アーチボルド」と博士は言った。

「それじゃあ博士も、ウォルター・リンチがいちばんの容疑者だと思いますか？」

「彼にもティルフォードと同じように、弁護すべき余地を見つけてあげればいいのにと思わないではないがね。彼だって、古い歴史に夢中なんだから……」

「そうかもしれませんが」とハースト警部は言って、ずる賢そうに目を光らせた。「でもウォルター・リンチのほうが粗野で男っぽく、ぎらついた感じがするんですよね」

その晩、深夜零時ごろ、ジョン・ハミルトン・マーシュ巡査のランタンに照らされたウォルター・リンチの目は、たしかになにか粗野な感じがした。

いつものようにコヴェント・ガーデン地区を巡回していた巡査は、誰も住んでいないはずの家のドアがひらいているのを不審に思い、ためらわずなかに入った。廊下の奥にも、もうひとつあいているドアがある。こうして巡査は、空っぽの部屋に足を踏み入れた。いや、空っぽというのは正確ではない。床にぶ厚いコートが落ちている、と巡査はひと目見た瞬間に思った。

けれどもそれは、壁の脇にあおむけに横たわるウォルター・リンチだった。腕は体に沿ってまっすぐ伸ばしている。まくれあがった唇は、引きつった不気味な笑みを浮かべているかのようだ。唇のあいだから、食いしばった上下の歯列が覗いていた。口の右端から流れ出た血は、頬を伝って耳の前まで行き、二手に分かれて頭髪と頬ひげのなかに紛れた。白目をむいた目には、驚きと苦悶の表情が浮かんでいる。もちろんこのときジョン・ハミルトン・マーシュ巡査には、被害者の身元を知る由もなかった。けれども彼はすぐに、またもや重大な殺人事件が起きたのだと悟った。

ランタンの容赦ない光に照らされ、五、六足の靴が黒く輝いた。サイズもさまざまなそれらの靴は、ウォルター・リンチの死体と壁のあいだに、きちんとそろえて並べられていた。

32

四月二十九日

　重苦しい沈黙が、ハースト警部の部屋を包んでいた。警部のむかいに腰かけたローラ・テイルフォードは、十分近く前からじっと押し黙ったまま、ハンドバッグの留め金を苛立たしげにいじくっている。ハーストは大事な書類がなかなか見つからないかのように、紙の山をひっかきまわしていた。そうやって、テイルフォード夫人が音《ね》をあげるのを待っているのだ。そこまでする必要はないのにとツイスト博士は思い、ローラ・テイルフォードに少し同情しながら、瞼を半分閉じてパイプを吹かした。

　今は午後五時すぎ。アーチボルド・ハースト警部にとっては、朝の始まりから最悪の一日だった。午前八時に出勤して、彼はようやく事件を知った。自宅の電話が故障していて、夜中に連絡がつかなかったのだ。事件の知らせ自体、もちろん欣喜雀躍《きんきじゃくやく》するようなものではない。現場にむかう途中、車が車道の真ん中でエンコした。彼より先に死体のもとに駆けつけていた同僚とは、口論になってしまった。もちろん、きっかけは些細なことだったが、それでもやはり気が滅入る。ピッチフォード村のテイルフォード宅を訪れたのは、ようやく午後になってからだった。ウォルター・リンチが殺されたと知って、テイルフォード夫人は激しく動揺した。そして警官に付き添われ、おとなしく警視庁にむかった。

　ハースト警部はあいかわらず書類の山をかき混ぜるふりをしながら、さりげない口調でようやくこう切り出した。

「とまあそんなわけで、リンチさんの死体が見つかったのですが、傍らには靴が数足並んでいたんです……どうやら墓暴きと殺しの犯人は、そこのところに強いこだわりを持っているようだ。現場はラングリー・コートにある家の一階。つまりコンドゥイット・コートのすぐ近くです。コンドゥイット・コートと言えば、ほら、ジョン・パクストンが殺されたところですよ。パブ《バード・イン・ハンド》の屋根裏と同じく、空っぽの部屋でした。殺人犯が人気《ひとけ》のない場所を好むのは、自明の理ですがね。今回の犯人は、とりわけコヴェント・ガーデン地区がお好きなようだ。きっとそのあたりに、土地鑑があるんでしょう。まあ、それはどうでもいい。死体は部屋のなかで見つかりましたが、現場の状況からして廊下で刺し殺されたものと思われます。そのあと足をつかんで、部屋まで引きずっていったのでしょう。大型のナイフか包丁で、背中を一突きされていますが、凶器が見つかっていないので、それ以上のことはまだわかりません。犯行時刻は昨夜午後九時から十時のあいだです。ところで、あなたが最後に会ったのはいつですか？」

「誰のことをおっしゃっているのか……」とテイルフォード夫人は口ごもった。

「もちろん、リンチさんのことですよ」

「よく覚えていませんが、四日前くらいだったかと。ピッチフォード村であの恐ろしい出来事があったあの晩です」

「昨晩、午後九時から十時のあいだはどこにいましたか？」

「えっ、何ですって？」

「わたしの質問は、よくおわかりのはずですが」

「ええと……列車のなかか、乗る前か……そんなところだったかと。町へ買い物に出かけたけれど、時間がたつのに気づかなくて。最終列車の一本前に乗ったのが、ちょうど午後十時ごろでした」

ハースト警部は率直そうな笑みを浮かべた。

「これはまた、偶然ですね。靴マニアの犯人が殺人を犯すとき、あなたは決まって町へ買い物に出かけている。そのうえ帰りの列車を、何本も逃しているとは。ところで」と警部は言って、引き出しをあけた。「被害者のポケットからこんなものが見つかりまして（警部は小さな布袋をテイルフォード夫人に差し出した）。ちょっと見ていただけますか？」

火傷するほど熱いものをつかむみたいに、ローラはそっと袋を手に取った。

「怖がらなくても大丈夫」と警部は、彼女から目を離さずに続けた。「どうです、すばらしい真珠じゃないですか。なかなか値打ちものでしょう。二か月ほど前に、ドルリー・レーン劇場で盗まれたネックレスの真珠です。となると、疑問の余地はありません。リンチさんが殺されたのには、宝石盗難事件が関わっているんです」

テイルフォード夫人は手にした真珠のネックレスを、凍りついたようにじっと見つめている。そのあいだにもハースト警部は、白紙の手紙を運ばされた二人の奇妙な話や、靴の踵に宝石を隠したのだろうという推理について、こと細かに語って聞かせた。

「さて、よろしかったら」話の第一段階は終わりだとばかりに警部は言った。「ここから本題に入りましょう」

威嚇するみたいに耳障りな声で、彼はさらに続けた。ネヴィル・リチャードソンや、《バード・イン・ハンド》の客から得た証言について。二人の客がローラの写真を見て、事件の晩にいた女に間違いないと認めたことについて。

ローラ・テイルフォードはさっきからずっと両手で顔を覆っていたが、とうとうすすり泣きを抑えられず、体を揺すって嗚咽を漏らし始めた。ツイスト博士は努めて淡々とした口調で、彼女に話しかけた。

「いいですか、奥さん、こうした多くの手がかりをもとにすれば、いくつかの事実が容易に浮かびあがってきます。《古きロンドン友の会》が観劇をした二晩とも、劇場で宝石が盗まれました。犯人はあなたですね？」

「誰か警察に訴えたひとがいるんですか？」ローラは消え入りそうな声でたずねた。

「いいえ」とツイスト博士は不審そうに答えた。「どうしてです？　心あたりがあるんですか？」

沈黙が続く。

「まあ、いいでしょう」とツイスト博士は続けた。「そこでおたずねしたいのですが、しゃがれ声の男は何者なんですか？」

ローラのやつれた顔に、奇妙な笑みが浮かんだ。けれども、もっと奇妙だったのはその声だ。彼女は突然、しわがれて軋むような声になった。

「しゃがれ声の男は、目の前にいますよ……ああ、それはわたしだ」

33

テイルフォード夫人は博士と警部に、とつおいつ話し始めた。途中ためらったり、黙りこんだり、脱線したり、すすり泣いたりしながら。時間の順番も前後した。だからそれをわかりやすく整理して、ここに概略を記すことにしよう。

　多くの窃盗症者がそうであるように、彼女の場合も病気の原因は倦怠と幻滅だった。期待はずれの結婚生活に対する幻滅。その結果、倦怠と悲しみ、鬱々とした気分が続くようになった。初めて盗みに手を染めたのは、一年前に遡る。大方の例に漏れず、そのときに得た陶酔感がどうしても忘れられなくなった。現行犯逮捕こそ免れていたものの、素早い指さばきが誰の目にも止まらなかったわけではない。三か月前の二月初め、ポプラー地区近くにある無人のビルに来るようにというメッセージが届いた。《おまえがしていることを警察に知られたくなければ、おとなしくやって来たほうが身のためだ》と、そこには書かれていた。彼女には選択の余地がなかった。壁もすっかり取り払われたビルの五階に、男が待っていた。すでに日が暮れかかって、あたりは薄暗く、男の人影がぼんやりと見えるだけだった。声は明らかに変えている。おまえのお手並みは、すべて拝見させてもらった。それだけではない、わたしはロンドンでもっとも腕のいい《スペシャリスト》たちの動向もことごとく把握している、と男は言った。彼は勢力を拡大しようと図っている犯罪組織のボスで、《重要ポスト》につけるのは《巧手》に限られているのだという。そして《歩き屋》の募集と管理を担当する要職に就くよう、彼女に持ちかけたのだった。《歩き屋》の仕事は、できるだけ短期間で靴を履き古すことにある。その踵に高価な宝石を隠して、国外の市場に持ち出そうというのだ。こうして、《しゃがれ声の男》が生まれた。ローラ・テイルフォードはもともと少し低い声だったので、力をこめれば完璧な作り声ができた。思いついたのは《ボス》だった。ある日、新入りが騒々しい大笑いをしたのを聞いて、これをうまく利用したらいいと持ちかけたのだ。男物の服、かつら、目深にかぶった帽子。これで変装は一丁あがり。しかもこの謎めいた人物は、メッセンジャー役をしたジョン・パクストンやローゼンウォーター夫人に強い印象を与えることとなった。

すべて順風満帆だった。ジョン・パクストンが少しばかり、好奇心をもたげさせるまでは。ローラがそのことを《ボス》に報告すると、ボスはすぐさまパクストンを試し、まだ信頼に足るかどうか確かめようと言った。最大限の予防策を講じるのが、組織の基本方針なのだからと。試すと言っても、どうするのだろう？

ローラには見当がつかなかったが、ジョン・パクストンの身に重大な危険が迫っていることは間違いなさそうだ。《ボス》が話す口ぶりを考えれば考えるほど、確信は強まった。そんな組織に関わったことを、真剣に悔み始めた。そして十六日午後九時、《バード・イン・ハンド》の屋根裏部屋に来いと、《ボス》が運命の日時を定めるに至り、彼女は心底恐ろしくなった。それは杞憂に終わらなかった。というのも約束の日、約束の場所に行ってみると、死体が待っていたのだから。脇に並んでいた靴は死体に劣らず不気味で、まるで組織に手むかおうとした者への警告のようだった。彼女は階段を駆けおり、そそくさと逃げ出した。その日以来、家に閉じこもり、恐怖に震えてすごした。金輪際、この事件に関わらず、たとえ飴玉ひとつでも、もう決して盗みはすまいと心に決めた。ボスからは音沙汰がないものの、フィディモントの墓が暴かれ、死体が家に運ばれていたという話を聞いて、まだ《組織》から自由になってはいないのだとわかった。むしろ脅威は前より増している。理由はわからないが、踵に宝石を隠す靴と、故フィディモントの蒐集品のあいだには、なにかつながりがあるような気がしてならなかった。

　ボスから電話で再び連絡があったのは、おとといのことだった。翌日の晩、午後九時に、ドルリー・レーン劇場の前で待ち合わせをすることになった。もしすっぽかしたら、彼女の特異な趣味について警察に通報すると脅された。ローラは嫌々ながらも、承諾するしかなかった。けれども翌日、待ち合わせ場所のすぐ近くまで来て、彼女は急に気が変わった。これは危ない、と本能的に感じたのだ。そのあとにあった出来事は、予感が正しかったことを証明していた。あのまま待ち合わせ場所に行っていたら、またしても死体を見つける羽目になっていたのだから。

　ローラが話し終えると、長い沈黙が続いた。ハースト警部はじっと考えこんでいる。ツイスト博士は火が消えたパイプを握りしめたまま、おもむろに口をひらいた。

「レッド・ライオン・スクエアのベンチでリチャードソン青年と出会った晩の経緯については、わたしが言いあててみましょう。それは《バード・イン・ハンド》の待ち合わせが決まった直後のことですよね。あなたは気が滅入っていたし、危険を感じてもいた。だから、お酒で恐怖心を紛らせようとした。あなたのあとを追ってパブを出た男は、単に声をかけようとしただけでしょう。うまくすれば口説けるんじゃないかってね。男はあなたをつけていきました。自分もリチャードソンにつけられているとは、露ほども知らずに。あなたがベンチに腰かけたところで、男はゆっくりと近づいていきました。リチャードソンが聞いたしゃがれ声は、あなたの声だったんですよね。リチャードソンは、てっきりあとをつけてきた男の声だと思いこんでしまいましたが。そうとわかれば、あとのことは容易に想像がつきます。せせら笑いのあと、あなたはおおよそこんなことを口にしました《言われたとおりにしろ……おまえに質問させるために、金を払っているんじゃない。ちゃんと自分の仕事をしろ。さもないと……》あなたはただ、《メッセンジャー》たちに命令しているときのことを思い出していただけでしょう。そうやって彼らを怯えさせ、面白がっていたときのことを。本来なら滑稽な場面でしょうが、あなたは恐怖心のせいでつい不気味な口調になってしまいました。それに強いお酒を飲んだあとだったので、何度も大声で繰り返しました。だからあとについてきた男が気味悪がり、さっさと退散したのも驚くにはあたりません。そこにリチャードソンがやって来て、あなたは彼をボスと間違えました。たまたま会話が続いたせいで誤解が長引き、あなたは待ち合わせの場所まで彼に明かしてしまいました……」

「ええ、でも、あのときのことは、あまりよく覚えていないんです」とローラ・テイルフォードはうめくように言ってうつむいた。「彼の態度や服装のせいで、てっきりボスだと思いこんでしまいました。それにとても落ち着き払って、わたしの脇に平然とすわるものだから。この男の声は、ボスみたいにかすれてくぐもってないとようやく気づきました。それに彼の顔を見て、はっとしました。わたしが想像していたボスの顔とは、まったく違っていたので……」

「するとあなたは、ボスの顔を見たことがないんですか」

「はい、まったく。そもそも、めったに会いませんでしたし。四、五回ほどでしょうか。いつも夕方、薄暗くなってからでした。決してマフラーをはずさず、必ずコートの襟を立てて、帽子を目深にかぶっていました。たいていは、事務所にメッセージを残してあるだけです」

「ボスについてもっとほかに、手がかりになるようなことはないんですか？」とハースト警部はたずねた。

「背は高からず、低からずというくらいで……すみません、でも……」

「それじゃあ本当に男性かどうかも、断言できないのでは？」

ローラ・テイルフォードは一瞬黙りこみ、重々しくうなずいた。

「もうひとつ、おうかがいします。間違いないとは思いますが、いちおう、確認ということで。あなたが雇ったメッセンジャーは、ジョン・パクストンとローゼンウォーター夫人の二人だけなんですね」

「はい」

「あなた以外に《歩き屋》を雇う役をしていた者がいるかどうか、ご存じですか」

「さあ、どうでしょう……ボスはそんな話、したことがなかったし。組織のほかのメンバーとは、一度も接触したことはありませんでした」

「決して大っぴらにはできない組織というわけか」とハースト警部は、感嘆したように言った。「ところで、最後の犠牲者についてどう思いますか？　リンチさんも一味に加わっていたのは、疑いの余地がなさそうですが……あなたには驚きだったのでは？」

ローラ・テイルフォードはしばらくじっと目を閉じたまま、深いため息をついた。そしてまた煙草に火をつけてから、口をひらいた。

「こうなったら、はっきり言ったほうがいいでしょう。ウォルターはわたしの愛人でした」

34

ツイスト博士とハースト警部は、素早く目くばせを交わした。

「愛人でした、と言ったのは」とローラ・テイルフォードは続けた。「彼がもうこの世にいないからだけでなく、わたしたちの関係が一か月前に終わっていたからです。わたしから終わらせたんです。彼はまだ未練たらしく、わたしに付きまとっていましたが。でも、そんなことどうでもいいわ。彼が組織のなかで演じていた役割のことは、まったく知りませんでした。けれどもわたしにとって、彼の死とそれが意味するものは、言ってみれば二重の驚きです。だって……」

彼女は真珠が入った小袋を示した。

「なるほど」とハースト警部はうなずいた。「ところでそのネックレスは、自宅に隠してあったんですか？　それとも戦利品は、ボスに預けていたんですか？」

「すべて家にあります。わたしが……個人的に得たものについて、ボスはなにも要求しませんでしたから。庭の奥にある物置小屋の、肥料を入れた段ボール箱のなかです。だから……この真珠も……」

「ところがそれは、今、ここにある」とハースト警部は遮った。「ウォルター・リンチのポケットに入って、ここまで運ばれてきたんです。物置小屋の隠し場所のことは、あなたしか知らないはずですよね？」

「ええ、ボスを除いては。彼には話してありました」

「やっぱり。するとどういうことになるか、おわかりですよね……」

「今わたしも、その話をしようと。でも、どうしても信じられません。ウォルターが組織の一員だったというだけでも驚きなのに、そのボスだなんて。しかもわたしに気づかれずに……」

「もしボスがあなたの知り合いでないなら、作り声をする必要などないのでは？」

「でも、申しあげたとおり、ウォルターとは親しい仲でした。なのに、どうしてわたしを騙すようなことをしたのか……まるで赤の他人のように……」

「もうひとつ、この説を裏づける点があります」とハースト警部は重々しい声で言って、電気スタンドが放つ円錐形の光ごしにローラを見つめた。「ルイス・フィディモントの家であの劇的な事件があった晩、警察に電話があり、《靴の怪事件》について手がかりが欲しいなら、すぐさま廃屋に行くようにと言いました。でも、電話の主はあなたではないんですよね？」

「もちろん、わたしは電話なんかしていません……さっきも言ったように、なにもかも忘れたかったんですから」

「電話をかけてきた謎の人物は、やはりしゃがれ声をしていました。単なる偶然の一致とは思えません。それがあなたでないなら、あなたが《しゃがれ声の男》を演じていたことを知っている人物にほかなりません。あなたはさっき、言いましたよね。《しゃがれ声の男》は、ボスのアイディアで作ったのだと。

　どうして電話をかけてきたんでしょう？　どうしてあんな不気味な演出を？　どうして大急ぎで、わたしたちにそれを見せつけたのか？　謎は尽きませんが、ひとつ確かなことがあります。電話をかけてきたのは、ルイス・フィディモントの事件にも通じている人物だってことです……ちなみにリンチ氏の妻は、ルイス・フィディモントの姪でしたよね？　どうです、こうなるともう、あなたの元愛人が組織のボスでないとは思えないのでは？」

35

　ハースト警部がツイスト博士とともに、リンチの家の前にタルボを止めたとき、すでに午後八時をまわっていた。その前にローラ・テイルフォードは、いったん自宅に戻した。そこにはいつになく取り乱した目をしたアーサー・テイルフォードのほかにも、マカリスター大佐やチャールズ・ウィンズロウ、それに彼らの《甥》と姪もいた。ウォルター・リンチ殺害のニュースはすでに夕刊で報じられていたので、みんなびっくりして集まったのだ。もちろんそれに加えて、アーサー・テイルフォードが心配していたこともある。家に帰ってみると妻はおらず、留守にするときはいつも残している書き置きも見あたらなかったから。ツイスト博士とハースト警部は、テイルフォード夫人を送っていく道々、すぐに夫と話し合ったほうがいいと忠告した。こんな大変な事態になった以上、妻がそこで演じていた役割について、彼の耳にも入るのだからと。けれども友人が集まっていたせいで、そう簡単には行きそうもないとわかった。ハースト警部は大事件だとばかりに大仰にかまえ、矢継ぎ早に放たれる質問を巧みにかわした。そしてテイルフォード夫人が自室に引きあげると、もっと事情を知りたいとせがむ面々に、今しばらく待つようたのんだ。

　リンチ家の呼び鈴を押すと、迎えに出てきたのはリチャード・フィディモントだった。こめかみに小さな青筋が立っているのを除けば、特に緊張や興奮を感じさせるようすはどこにもない。彼は重々しい表情で、妹は恐ろしい知らせにしっかり耐えていると告げた。

　リンチ夫人の顔は、いつもより滑らかでつやつやしているように見えた。瞼は少し腫れているが、紫色の瞳も輝いている。目つきはどことなく虚ろだが、泣きぬれた未亡人というふうはまったくなかった。たしかに動揺はしているが、気丈にふるまっている。夫の死体が見つかった状況を詳しく聞かされ、あれこれ質問をされても、表情ひとつ変えなかった。リンチさんはいつも授業のあと、すぐに帰ってこなかったんですかと問われて、リンチ夫人はこう答えた。ときにはそういうこともありましたが、いつも連絡をしてくれました。けれども昨晩はなにも言ってこず、どうしてロンドンに留まっていたのかはまったくわかりませんと。けれども、真珠の入った小袋がウォルター・リンチのポケットにあったことを警部から聞くと、彼女は表情を変えた。しかも、夫は宝石窃盗団の一員だったかもしれないというのだからなおさらだ。

「ご主人はなかなかロンドンから戻らないこともあったと、さっきおっしゃいましたよね」とハースト警部は和やかな口調で続けた。「帰りが遅くなったわけは、説明したんですか？　頻度はどれくらいでした？　月に二回くらい？　週には？　何時ごろ帰ってきたんですか？　午後十時？　零時？　それとも夜中の三時とか？」

エマ・リンチはショックを露わにした。兄のリチャード・フィディモントはそれまで黙って脇に控えていたが、どうしたのだろうとエマを見た。

「夫はここ最近、よく家を空けました」と彼女は、目をぎらつかせながら毅然とした口調で答えた。「帰りが遅くなる日があったのも事実です。もちろん、毎日帰宅時間を記録しているわけではないし、遅くなった理由をメモしているわけでもありませんが。同僚との会議や父兄との面談。もちろん、彼自身の研究で遅くなる日もありました。夫はとても忙しいひとでしたから。わたしに言えるのは、それだけです……まったくわけがわかりません。どうしてこんなことになったのか！」

大切な人間を、本能的に守ろうとしているのだろうか？　ともかくハースト警部のやり方はうまくなかった、とツイスト博士は確信した。リンチ夫人の口からこれ以上聞き出すのは、難しそうだぞ。結果は博士の危惧したとおりだった。ほかにはなにも収穫がないまま、二人はリンチ宅を辞去することになった。わかったのは、エマ・リンチが夫をとても愛していたということだけだった。

リチャード・フィディモントは二人を玄関の外まで送った。

「ご存じかもしれませんが」彼は咳払いをしてから言った。「ウォルターが家を空けていたのには、ほかにも理由があるかもしれません」

「愛人がいた、とおっしゃりたいんですか？」とツイスト博士は、薄笑いを浮かべている不動産開発業者から目を離さずにたずねた。

「はっきりとはわかりませんが。でも彼は、据え膳喰わないような男ではなかったと思いますね……」

「妹さんはそれを知っていらしたんですか？」

「少なくとも、疑ってはいたでしょう。けれどもプライドが高すぎて、認められないんです」

　ツイスト博士はじっと考えこみながらうなずき、こう指摘した。

「漁色家だったかどうかはともかくとして、盗まれた真珠が彼のポケットから見つかったのは事実です」

　リチャード・フィディモントはシャツにチョッキ姿だったが、寒さなど感じていないかのように、まだほんのりと明るい西の空を見つめた。やがて彼はこう言った。

「ウォルターはきっと、人違いで殺されたんでしょう。犯罪組織どうしの抗争で、標的を取り違えたんです。彼はパブを出るとき、間違ってひとのコートを着てきてしまった。そんなところですよ。わたしにはほかに、説明がつけられないな」

「なにか根拠がおありですか？」

「ウォルターには商売のセンスがまったくありませんでした。危険な賭けを楽しむようなタイプでもありません。少なくとも、仕事の面では……」

36

午後十時三十分ごろ、ティルフォード邸に引き返すと、本に囲まれた居間には家の主人がひとりで、グラスとボトルを前にしていた。テーブルの隅には《デイリー・テレグラフ》紙が、無造作に広げて置いてあった。

靴の怪事件で新たな被害者が

「ええ、話は妻から聞きました」アーサー・ティルフォードは、ツイスト博士の問いかけるような視線に答えてそう言った。「今は眠っています。睡眠薬を飲んで……わたしには、わけがわかりません」

ツイスト博士とハースト警部は彼の前に腰かけた。

「リンチ夫人に会ってきたところです」と警部は重々しく言った。「彼女も同じことを言ってましたよ。わけがわからないって。でも、事実はそうなんです」

アーサー・ティルフォードは曖昧な笑みを浮かべ、はずした眼鏡を見つめた。

「レンズを替えなくては……遅くなってしまったけれど。もっと前に、そうすべきでした」

ツイスト博士は瞬時に見てとった。ウィスキーのボトルは、ほとんど空になっている。やけに馴れ馴れしい態度なのは、どうやらアルコールのせいらしい。

「ここ最近、妻はなんだか隠し事をしているようでした。でも、前からずっとそんな感じがしていたし……彼女の性格なんでしょう。わたしの思いすごしかもと……妻はこれから、どうなるんです？」

「捜査が終了するまでは、なんとも言えませんね」ハースト警部は平然と答えた。「うまくすれば、個人的に犯した小さな窃盗の罪だけで済むでしょう。ほかに余罪もないようですし、盗んだ品をすべて返して優秀な弁護士をつければ、そんなに心配はいりませんよ。でも、わたしたちにはまだ、やらねばならないことが残っています。まずは窃盗団を壊滅させなければ。ところであなたはリンチさんの役割を、どう見ておられますか？」

　警部の質問は、少し遅れてティルフォードの耳に届いたらしい。

「ウォルターの役割って？　いや……まさか彼が」

「事件のなかでの役割という意味です」とハースト警部は、顔を赤らめあわてて言い直した。「彼は窃盗団のなかで、重要な役割を演じていたかもしれませんよ……奥さんからそう聞いているのでは？」

　アーサー・ティルフォードが答えるまで、しばらく間《ま》があった。彼はグラスを手に取り、じっと見つめた。そこに友人だった男の姿が見えるかのように。

「今はまだ、わたしには答えることができなそうです」

37

　ほどなくツイスト博士とハースト警部は懐中電灯を手に、物置小屋にむかって庭の小道を歩いていた。

「世の中には、いろんな人間がいるもんですね」とハースト警部は皮肉っぽい口調で言った。「これまで生きてきた長い年月をふり返って、ああ、たまには本から目をあげて、まわりの自然を眺めたらよかったなんて思ってるひとがいるんじゃないでしょうか。まったく本の虫たちときたら……」

「馬鹿なこと言ってないで、アーチボルド。ウォルター・リンチだって本の虫の仲間だが、だからってまわりの自然を眺めなかったわけじゃないだろう。きみの詩的な言いまわしを借りるならね。それにどうやら、犯罪組織に関わらなかったわけでもなさそうだし。さあ、着いたぞ」

二人が手にした懐中電灯の光が、質素な小屋を照らし出した。外壁は樅の木の板張りで、大きな窓がひとつあいていた。窓ガラスは古びているわりに、ひびひとつ入っていない。ドアには錠がかかっていなかった。なかはものでいっぱいで、足の踏み場もないくらいだ。あちこちに棚が並び、雑多なものがぎっしりと詰まっている。大型の園芸用品や古いストーブ、そのほか母屋に置いておく必要がない、大きな道具の類が。ツイスト博士が肥料の箱を見つけるまでに、たっぷり五分かかった。ずっしりと重いので、すぐに間違いないとわかった。

「隠し場所としては悪くない」博士はふたをあけながら、小声で警部に言った。「ここにあると聞いていなければ、こんながらくたの山のなかから見つけ出すのはひと苦労だろう。ほら、見たまえ。すばらしいぞ」

金と銀の台座が輝いている。暗闇を背景にして光をあてたからこその、まばゆいきらめきだった。そして宝石は、青、緑、赤、琥珀色に反射した。

「まさにアリババの洞窟だ」ツイスト博士はうっとりと見とれてつぶやいた。

「いくらぐらいになるでしょうね」とハースト警部は、身もふたもなくたずねた。

「そうとうの金額だな。しかしさいわいなことに、箱はそんなに大きくない……ティルフォード夫人にとってさいわいなことにね。さあ、とりあえず必要なものはすべて手に入った。そろそろ行くとしよう。きみの捜索令状も、これ以上大して役に立たんだろう」

ツイスト博士はそう言いながら、懐中電灯の光で物置小屋のなかをぐるりと照らした。

そして二本の長い管のうえで光を止めた。

一本は長さ約一・五メートル、直径十五センチほど。もう一本は直径がやや大きめで、端の五十センチくらいが緩やかに曲がっている。

「雨樋だ……」とツイスト博士はつぶやいた。「二つに分かれているが、これを一本につなげば、フィディモントの家の盗まれた雨樋になる。間違いない。ほら、まだ少し土がついている……新しい土だ。ということは、ずっとここにあったんじゃない。ほんの数日前からだろう。ようやく、たしかな手がかりがつかめたぞ」

ハースト警部が問題の管を呆然と見つめているあいだに、ツイスト博士は近寄ってさらに詳しく調べた。

「思っていたとおりだ」しばらくすると博士は言った。

「先端のバネが小さなフックにつながっている」

「犯人はこれで壁を通り抜け、埃のうえに足跡を残さず歩いたと？」とハースト警部がつぶやく。

「そんなことは言ってないさ。これを使って墓から声が聞こえたり、地面が動いたりという悪戯を仕掛けたんだ。文字どおり子供だましの仕掛けさ。管に口をあてて話すと、おかしな声に聞こえるだろ。みんな子供のころ、そんな遊びをしたことがあるはずだ。フィディモントの墓は石垣から、二メートルと離れていなかった。墓から石垣のむこう側まで溝を掘るのは、さほど難しいことではない。石垣のいちばん下の石をいくつかはずすのに、少し手こずるくらいだろう。二本の雨樋をつなぎ合わせれば、およそ三メートルになる。それを溝のなかに通すんだ。約百度のカーブを描く湾曲部を下にしてね。そして溝を埋める。墓の側は管の端に薄く土をかぶせる程度、墓から石垣のあいだは深く埋めこみ、石垣のむこうでは地面すれすれに口が出るようにする。あとは簡単だ。石垣の陰に身を潜め——なるべく目につきにくいよう、できれば夜、暗くなってからか、空模様があまりよくないときを選んで——誰か墓の前を通りかかるの待ちかまえ、管の端に口をあててうめき声をあげる。そうやってまず相手の注意をとらえたら、管に通しておいた針金を引っぱる…

…ほら、ここを見てみたまえ。百聞は一見に如かずだ。樋の端にバネがついているだろ。それが四つの小さなフックと連動している。フックの先に、柏のような湿気に強い木の小枝を引っかけておくんだ。針金は見あたらなかったが、そんなふうにしたのは間違いない。あとはバネにつないだ針金を引いたり緩めたりすればいい。針金は管を通って、むこう端の地表近くに埋められた小枝を揺するという仕組みだ。わかっただろ、言ったとおり実に単純だ。もちろん、なるべく騙されやすい相手を選ばねばならないし、管が地表すれすれに来ているところは、苔で隠しておく必要もある。それで一丁あがりだ。そうそう、アーチボルド、ちょうどそのあたりは、土が掘り返されたような跡が残ってたじゃないか」

ハースト警部はなにかコメントする代わりに頭を軽く揺すり、意味不明の言葉をぶつぶつとつぶやいただけだった。

「さらに言うなら」とツイスト博士は続けた。「この仕掛けは何年も前からしてあったのだろう。墓場での怪異に、人々が気づき始めたころから。それが噂に留まっているあいだは、仕掛けを取り除く理由はないからね。もちろん墓を暴いたら、仕掛けも撤去しておかねばならなかった。肉屋の息子にいっぱい食わせたあとに。だから、一週間ほど前というわけだ。今、見ている雨樋の状態とも、ぴったり合致する」

「でも、誰が何のためにそんなことを?」

「理由はわからないが、樋がここにあったということは、誰がしたかは明らかじゃないか」

「ローラ・テイルフォードが?」ハースト警部はびっくりしたようにたずねた。「でも彼女は、そんなこと言ってませんでしたよ。この期におよんで、どうして隠すんです?《お宝》のありかを教えれば、雨樋だって見つかる危険は充分あるのに」

「ここに暮らしているのは、ローラひとりではないはずだが」

「じゃあ、夫が？」ハースト警部はますます啞然として叫んだ。「でも、どうして彼がそんなことするんです？　いやはや、まったくわけがわからない……」

　ツイスト博士は懐中電灯を消した。

「実を言うと、わたしもなんだ……ともかく、外に出よう。ここらでひとつ、現状分析にかかろうじゃないか。マカリスター大佐の家に寄って、《秘密諜報員》君にこれまでの経過を伝えよう。二人とも、好奇心でうずうずしているはずだからね」

38

　ローラが家に戻ってきたので、ネヴィルとブライディはチャールズ・ウィンズロウやマカリスター大佐ともども、早々にテイルフォード家を辞去した。ネヴィルは好奇心でいっぱいだったけれど——状況は全速力で変化を続け、どんどんと彼の手に負えなくなっている——今はこのままテイルフォード宅に長居をすべきではないと感じた。それはほかのみんなも同じらしい。どうしてローラは警官に伴われて帰ってきたのだろう？　彼女は警察で何を語ったのか？　新たな殺人事件に、彼女が関わっているとか？　静まり返った通りを、ブライディといっしょに伯父たち——ひとりは本当の伯父、もうひとりは偽の伯父だが——のあとを少し離れてついていきながら、彼の脳裏にはそんな答えのない疑問がいつまでも渦巻いていた。ウィンズロウとマカリスター大佐は、それぞれの家に引きあげた。でも、寝るにはまだ少し早すぎる、と若い二人は思って、村を散歩することにした。柔らかな月明かりに照らされて、小さな通りをぶらぶらと歩いた。月の光がネヴィルに影響したのだろうか？　きっとそうに違いない。月があんなに明るく輝いていなければ、彼は打ち明け話をしようなんて思わなかっただろうから。少なくとも、こんなに簡単にしゃべってしまわなかったはずだ。スパイ役を演じるため、ピッチフォード村にやって来ることになった理由《わけ》や経緯《いきさつ》をこと細かに説明し、彼は重荷から解放された。告白を聞き終えたブライディは、意外な反応をした。

「すごいじゃない。私立探偵ですって？　あなた、探偵なの？　ほんと、びっくりだわ。わたし、ここで死ぬほど退屈したのに。すごいわよ。チャールズ伯父様にこの話をしたら、どんな顔するかしら」

「話すまでもないさ。もう知ってるんだから」

　ブライディは眉をきりきりとつりあげた。

「何ですって？　なのに伯父様は、わたしに言ってくれなかったの？」

「ブライディ、たのむからもっと小さな声で話してくれよ。ここらの家がみんな目を覚ましちまうぞ。いいかい、これはすべて、秘密なんだ。ぼくの役目が知れ渡ったら、意味ないじゃないか」

　ネヴィルはそう言いながら、もしかしてとっくに公然の秘密なんじゃないかと思った。事件に関わる人物の半数以上が、すでに知っている。ネヴィルがうながしたわけでもないのに、気がつくとブライディは彼のすぐ傍らにいた。そして彼の腕を取り、肩に頭をもたせかけた。絹のようにやわらかな髪が、肩のうえに広がる。たしかに事態は、ますます予想外の展開を見せ始めた。あんな告白をしたら、たちまち二人の関係は冷えきるに違いないとネヴィルは思っていた。ブライディは騙されていたことを、当分許してくれないだろうと。ところが、結果はまるで逆だった。彼はそれ以上深く考えるのをやめ、ちょうどさしかかった薄暗い通りの角でブライディを抱きしめ、キスをした。

二人がマカリスター大佐の家の門をくぐったとき、午後十一時近くになっていた。窓にはまだ明かりが灯り、微かに話し声も聞こえるようだ。だから《伯父》がハースト警部やツイスト博士といっしょにいるのを見ても、さほど驚かなかった。そして三十分後、警部から最新の捜査状況を聞かされ、ローラ・テイルフォードが窃盗症だったことを知ったときも。

「それじゃあ少なくとも」とネヴィルは言った。「彼女は殺人には直接関わっていないんですね。だったら……」

「まだ、そうと決まったわけじゃない」とハースト警部が言い返す。

ネヴィルは一瞬、考えこんだ。

「あなたがたが今夜、あの物置小屋に行ったとは。実はぼくもつい昨晩、零時ごろ、あのあたりを見てまわったんです」

「ほう？」と警部は驚いたように言った。「盗まれた宝石があそこに隠されてると知ってたのかね？」

「いえ、たまたま行ってみただけです。地下室もざっと点検しました。ついでに言うなら、テイルフォード邸の勝手口の錠は、簡単にあきましたよ。音も立てずにね。ただ待たされるだけで、いいかげん我慢しきれなくて。あなたからの連絡はないし。ぼくもなにかしないでは、いられなかったんです。そう言えば……」

「もし誰かに見つかってたら？」とマカリスターが叱責口調で言った。「そこは少しでも考えてみたのかね？　せめて、わたしに話しておいてくれてもよかったのに。きみはまだまだ勉強が足らんな。まあ、それはいいだろう（彼は博士と警部に目をやった）。状況はいまだ混沌としている。わたしの理解が正しければ、墓地で不気味な茶番を演じたのは、ローラ・ティルフォードの夫のほうだと思っているようだが？」

「もしティルフォードでないとするなら」ハースト警部は肩をすくめて答えた。「雨樋があそこにあった理由をどう説明するんですか」

「それじゃあ、フィディモントの遺体を家に運びこんだのも彼だと考えているんだな？」

「わたしには、同じ人間のしわざだろうと思われますが」

「どうしてそんなことを？」と大佐は挑みかかるようにたずねた。

「それは今のところ、なんとも言えませんが」

「でも、あそこにありませんでしたよ。それは確かです」

ネヴィルが突然、そう口を挟んだものだから、みんな啞然として黙りこんだ。

「特に気をつけて点検したわけじゃありませんが」とネヴィルは続けた。「もしあれば、気づいていたはずです」

「いったい何の話をしているのかね？」大佐が眉をひそめてたずねる。

「雨樋ですよ……ぼくが昨晩、物置を覗いたとき、雨樋はありませんでした」

39

ハースト警部はほつれ毛を額にたらしながら、じっと黙っていた。静寂のなかに聞こえるのは、彼の荒い息の音だけだった。

「まさか、信じられん」警部はようやく口をひらいた。「きみの話が本当なら、雨樋はこの二十四時間のあいだに、物置にしまわれたことになる。だが、さっきも言ったように、犯人が最後に雨樋を使ったのは一週間ほど前だ。犯人はそのあとすぐ、雨樋をどこかに隠したはずだ。だとすると、すべてが変わってくる……」

「もしかして」と大佐が眉をひそめて言った。「犯人はわざとあの物置に雨樋を入れておいたのかもしれない。誰かに罪を着せるために。テイルフォード夫妻のどちらかに」

「そのとおりだ」とツイスト博士は言った。「わたしが思うに、標的はアーサー・テイルフォードのほうでしょう。犯人はテイルフォード夫人の窃盗症や、事件との関わりについて知っているはずだから、さらにもうひとつ、彼女に罪を着せようとするだろうか。そんなことをしても、意味ありません。となると、事態はまたしても混迷してきます。誰がどうして、アーサーに疑いの目をむけさせようとしているのか？　それはジョン・パクストンやウォルター・リンチを殺した犯人と同一人物のしわざなのか？　ジョン・パクストンを殺したのは窃盗団のボスで、窃盗団のボスはウォルター・リンチだとすると、リンチを殺した犯人は、別にいることになる。ピッチフォード村の不気味な出来事には、どんな意味があるのか？　一見それは靴の怪事件と、密接に結びついているようです。けれども警察にかかってきた電話の主は、本物の《しゃがれ声の男》、つまりローラ・テイルフォードではありませんでした。だとすると、ピッチフォード村の一件と靴の怪事件とは無関係なのか。しかし《しゃがれ声の男》のことを知っているのは、窃盗団のボスとテイルフォード夫人自身だけなのだから、やはりなんらかの関連はあるはずです。なにもかも、奇妙なことだらけで……」

「フィディモント老人の家に遺体が運びこまれた件もあるぞ」とマカリスター大佐が叫んだ。「あれは奇妙なんてもんじゃない。不可思議そのものだ」

「しかし、決して超常現象ではありません」とツイスト博士は言い返した。「雨樋の仕掛けがその証拠です。家のなかから光が見えたのは、簡単に説明がつきます。わざわざなかに入らなくとも、通行人から見えない別の窓から懐中電灯で部屋を照らすだけでいい。難しいことはなにもありません」

「だが、空き家のなかに明かりが見え始めたのは、もう何年も前からだ」と大佐は言った。「だとすると、ずいぶん長期計画だったことになるが」

　ツイスト博士はためらいがちにうなずいた。マカリスター大佐にぐいぐいと理詰めにされ、明らかに当惑しているようだ。大佐は立ちあがった。武器のコレクションを飾った壁の前に、背の高い人影がくっきりと浮かんでいる。彼はくるりとふり返り、途方に暮れたような表情を見せた。

「今だから言えるが、妙な感じのする女だと常々思っていたんだ。初めて会ったときから、なにかうしろめたいことでもあるような感じがして」

「窃盗症の話ですか？」ハースト警部はとっさにたずねた。「それとも……」

「……色情症のことかと？　そう言いたいのかね？」大佐は皮肉っぽい笑みを浮かべてたずねた。

「そんな、大袈裟ですよ」ずっと黙っていたネヴィルが、突然そう口を挟んだ。「愛人がひとりいたからって……」

「ひとりだけだったとは、誰も言ってないぞ」と大佐はそっけなく言い返した。

またもや沈黙が続いた。ツイスト博士が穏やかな声で、その沈黙を破った。

「説明していただけますか、大佐」

日焼けしたマカリスター大佐の顔が、さらに紅潮した。

「これ以上、黙っている権利はないだろう。チャールズは長年の友人だし、彼の私生活についてとやかく言うつもりはないが……」

大佐はいつもの自信たっぷりな口調とは打って変わってぼそぼそと、事情を説明し始めた。テイルフォード夫人がウィンズロウの家に勝手口から入っていくのを目撃したこと。その晩、ウィンズロウの姪ブライディは留守だったこと。

「もちろん」とマカリスター大佐は話を締めくくった。

「この目ではっきり確かめたわけではないが、状況からして疑いの余地はほとんどないだろう」

ネヴィルがローラ・テイルフォードに抱いていた魅力的なイメージは、いっきに色あせてしまった。つかの間の謎めいた冒険と、レッド・ライオン・スクエアの忘れがたい口づけのあと、彼女とピッチフォード村で再会したときはびっくりした。なんと彼女は真面目な歴史教師の妻として、夫に劣らず真面目に暮らしていた。ところがやがて愛人がいたことがわかり、さらにそれがひとりでないと知って……たしかに法律的な観点からすれば、彼女が手を染めた盗みより不倫のほうが、罪が軽いと言えるだろうが、ネヴィルは自分が少なからぬショックを受けていると認めざるを得なかった。

マカリスター大佐の暴露話にはツイスト博士も驚いたらしく、こうたずねた。

「それはごく最近のことだったのでは？　ジョン・パ

クストンが殺された三、四日後くらいの？」

「ああ、そうだな」と大佐は不思議そうに答えた。

「でも、それが何か？」

「もちろん断言はできませんが、前からひとつ疑問に思っていたことに、答えを出すことができました。テイルフォード夫人がウィンズロウさんと親しい関係にあったかどうかは、さして重要ではないでしょう。わたしが気になるのは、二人が密かに会った時期です。ローラ・テイルフォードは《バード・イン・ハンド》の屋根裏部屋でジョン・パクストンの死体に直面した三、四日後に、ウィンズロウさんの家を訪ねたんですよね。彼女はそのころ死ぬほど恐ろしかったと、自ら告白しています。覚えているだろ、ハースト。われわれがテイルフォード夫人に、宝石泥棒の疑惑をぶつけたときのこと。彼女は、誰かが告発したんじゃないかと思ったようだった。ほかに秘密を打ち明けた相手がいるかのように。だとしたら、いったい誰だろう？　愛人のウォルター・リンチではない。彼は殺されてしまったのだから。だったら夫は？　いや、彼女が夫に告白するとは思えない。それじゃあ？　はっきり言ってチャールズ・ウィンズロウなら、打ち明け話の聞き役にぴったりだ。彼は相手に信頼感を与えるし、ひとの話に耳を傾けることができる。そういう人間は、なかなかいないぞ。彼らが親密な関係にあったのかどうかとか、テイルフォード夫人が自分の魅力を駆使し、決して他言しないようウィンズロウさんに約束させたとか、そんなことはさっきも言ったように、この際問題ではありません。けれども些細なことですが、ひとつ疑問が解決できました」

「些細なこと？」と大佐は目を丸くして繰り返した。

「つまりウィンズロウは、テイルフォード夫人のふるまいを秘密にしていたってことじゃないか。それが些細なことだと？」

「たしかに、ある意味そこはとても重要な点です」とツイスト博士はうなずいた。

「それじゃあ博士は、ウィンズロウさんを疑っているんですか？」とハースト警部はうめくように言った。

「ほんの一時間前には、アーサー・テイルフォードが怪しいと言っていたのに。やれやれ、次は誰になることやら」

40

四月三十日

翌日の午前中、ツイスト博士は興奮で顔を輝かせ、友人のオフィスに入ってきた。もしハースト警部が、博士の生き生きとして力強い目をもっとしっかり注視したならば、そこに重要な新事実が潜んでいると察知できたろう。けれども警部は目の前の報告書から頑なに顔をあげず、不機嫌そうにひそめた眉根をひらくこともなかった。

「きみの友人のブリッグス警部に会ってきたんだが」ツイスト博士はハーストの前に腰かけると、陽気な口調でそう言った。

「《友人のブリッグス》ですって？」と警部はうめく

ように言った。「同僚だろうが仕事仲間だろうが、お好きな呼び方をしてけっこうだが、《友人》だけは勘弁願いたいですね。あん畜生を絞め殺してやりたいと思わない日は、一日だってないんですから。どうしたんです? あいつが何か特別なことを言ったんですか?」

「わたしの興味がありそうな資料を、今日の午後までに見つけ出してくると約束してくれたんだが」

「資料って、何の?」

「盗難事件さ。注目すべき盗難事件の……」

なぜかハーストは、それ以上深く追及しようとはしなかった。彼はうんざりしたようなため息をつき、見ていた書類の束を博士に差し出した。

「盗難事件についてなら、まずはこれに目を通してください。ここ数か月のあいだに起きた盗難事件のリストです。二枚目は、われわれが昨晩回収したお宝のリスト。わかりやすいよう、一枚目のリストにチェックを入れておきました。するとほら、残りはこうなります」

「なるほど……」

「テイルフォード夫人の事件を除いた宝石盗難の件数は、これまでと変わっていません。たしかに今年初めには、リージェント・ストリートの宝石店で大規模な強盗事件が起きましたが、ほかには目立った事件はありません」

ツイスト博士はよくわからないというように、警部を見あげた。

「だがそれは、わたしがすでに指摘したことじゃないか」

警部の顔は無表情だった。

「ヨーロッパ諸国の警察から、問い合わせの返事が届いたところですが、パリでもアムステルダムでも、ほかのどこでも、宝石盗難事件が頻発しているようすはないそうです。宝石市場や泥棒仲間のうちで、特別噂になっていることもありません。どういうことか、わかりますよね？」

　ツイスト博士は黙ってパイプに火をつけた。

「ローラ・テイルフォードはでたらめを言ったんですよ」警部は怒声をあげた。「物置小屋から見つけた宝石は、彼女が盗んだものには間違いない。しかしそのほかのことは、初めから終わりまで嘘だったんです」

「まさか、アーチボルド、ありえない。彼女の話はしっかり筋が通っていた。それにリチャードソンも証言しているじゃないか。ジョン・パクストンやローゼンウォーター夫人も。いや、ありえない」

「でも窃盗団なんて存在しないという証拠が、目の前にあるんです。少なくとも、窃盗団は活動していない証拠が。活動してないなら、存在しないと同じことだ。まったくふざけた話ですが……」

　ハースト警部はそこで言葉を切った。ツイスト博士がさっと手を差し出し、有無を言わせず黙らせたのだ。

　何分ものあいだ、静寂が続いた。ビクトリア・ストリートから、ときおり激しいエンジン音が聞こえてくるだけだ。ツイスト博士は目を閉じ、速度を緩める機関車みたいにぷかぷかとパイプを吹かしながら、じっと考えこんでいる。ハースト警部はその魅惑的な光景に見入った。やがて博士の瞼がひらき、鼻眼鏡のうしろで澄んだ青い目に生き生きとした穏やかな知性の光が灯ったとき、ハースト警部には《靴の怪事件》の捜査が一歩前進したとはっきりとわかった。

「われわれにはなにも見えていなかったんだ、アーチボルド。煙幕で目をくらまされていた。昔ながらのトリックさ。きみの言うとおり、宝石密輸なんて初めからなかった。《しゃがれ声の男》、謎の待ち合わせ、靴を履き古すために雇われた《歩き屋》。すべて現実離れした、小説や芝居の世界の出来事だ。わたしも何度か疑問に思ったが、次々に起こる奇怪な出来事や殺人事件に惑わされ、それをなおざりにしてしまった。

軽率だったと言われれば返す言葉はないが、ようやく事件の全貌が見えてきた。陰で糸を引いている人物のたくらみが、はっきりとわかったんだ。そして、その顔も」

「そ……それは、チャールズ・ウィンズロウのことですか？」

ツイスト博士はその問いに、答えを濁した。

「今日の午後、彼を呼んであるんだろ？」

「ええ、目にもの見せてやらなければ。テイルフォード夫人が何をしていたのか、本当に知っていたのなら……そんな大事なことを黙っていたとしたら、共犯にほかならないですからね。かのチャールズ・ウィンズロウがですよ。われらロンドン警視庁の輝ける星だった男が。許しがたいですよ、まったく」

41

チャールズ・ウィンズロウはヘビースモーカーではなかった。ひとなみに煙草は好きだったが、完璧な体調を保つため吸いすぎに気をつけている。けれども、ほんの十五分前からすわっているハースト警部のオフィスで、彼は自らに課した規則をたがえ、一本煙草をもみ消すとすぐにまたシガレットケースに手を伸ばした。たしかにこの席につき、ハースト警部の訊問を受ける羽目になった者たちは、たいてい居心地が悪くなる。今日、ここにいるチャールズ・ウィンズロウについても、それだけは間違いなく言えるだろう。彼は口もとを引きつらせながら、ハースト警部が繰り出す鋭い告発に耳を傾けた。警部の猛攻にも顔色ひとつ変えず、まっすぐ目をあげたまま平然と構えている。

「そのとおりだ」とウィンズロウは答えた。

沈黙が続く。

「言うべきことは、それだけですか？」ハースト警部は目をぎらつかせてたずねた。

「つまり……その日の午後、彼女と顔を合わせたとき、やけにふさぎこんでいたんでね、夜に会って話を聞くことにしたんだ。ちょうどブライディが留守をする予定だったので……」

「そんなことを訊いているんじゃありません。どうしてそのことを黙っていたのか、説明していただかないと」

「誰にも話さないと約束したからね。彼女を裏切ることはできん。わたしに言えるのはそれだけだ」

「なるほど……彼女を裏切ることはできないと」と警部は繰り返した。

ウィンズロウは顔を真っ赤にさせてなんとか唾を飲みこむと、こう答えた。

「好きに考えたまえ。だが、これだけははっきり言っておく。あの晩、彼女はただ心の慰めを求めて来たのだと。彼女は追いつめられていた。それはきみも、よくわかっているはずだ」

「ほかに打ち明ける相手はいなかったんですかね？」

「夫のことを言ってるのかね？」

「いえ、愛人のウォルター・リンチとか……」

「彼とは別れたばかりだったから」

「ああ、そうでした……」とハーストは、わざとぶっきらぼうに言った。

少し離れてすわっていたツイスト博士はファイルを閉じると、軽く咳払いをして話に加わった。

「テイルフォード夫人から話を聞くまでは、彼女が窃盗症だとは想像してなかったと？」

「いやまあ、もしかしてとは思っていたが。少し前にマカリスターから、ドルリー・レーン劇場で起きた宝石盗難事件について聞いていたんで。二回とも、われわれが《古きロンドン友の会》のメンバーと連れ立って芝居を観に行っていた日だというじゃないか。マカリスターはわれわれのうちの誰かが犯人だと疑っていたようだが、わたしはただの偶然だろうと思っていた。少なくとも、初めのうちは。けれどもテイルフォード夫人がやけに悩んでいるようすを見て、考えなおしたんだ」

「かつてのあなたなら、もう少し鋭く犯人を嗅ぎあてたでしょうに」とハースト警部は、辛辣な口調で言った。

「たしかにな。だが、こんなに身近な人物たちを捜査対象にしたことはなかったんでね。それに、まさかローラが……いや、テイルフォード夫人が……」

「なるほど」とハーストは、またまた辛辣な口調で応じた。

ツイスト博士が立ちあがり、窓辺に歩み寄った。そしてパイプに葉を詰めながら、しばらく往来を眺めていたが、やがてくるりとふりむいた。

「事件そのものに対するあなたのご意見は、まだうかがっていませんが、ウィンズロウさん。宝石窃盗団なんてまやかしだと、あなたはとっくに見抜いていたのでは？ そしてあなたなりの結論を、そこから引き出していたのでは？」

ウィンズロウは顔を曇らせた。

「それじゃあ、博士……あなたにはわかっていると？ この事件の裏にいるのが何者か、わかっているんだね？」

ツイスト博士はうなずいた。

「ええ、わかってますよ。今になって、ようやくわかったんです。ほかにも、いろいろと」

ツイスト博士はそう言うと、置いたばかりのファイルをまた手に取り、笑みを浮かべてめくりながら、またウィンズロウにむかって言った。

「これはライト事件のファイルです。ちなみにこれはあなたが解決した、もっとも名高い事件のひとつです。というのも犯人は、天才的な怪盗でしたから。最後の犯罪も、ちょっとした傑作と言っていい。それを捕まえたのだから、大したものです」

「そんなもの、どこから引っぱり出してきたんです？」とウィンズロウは、顔をひきつらせてつぶやいた。

「もちろん、資料庫からですよ。あなたもご存じのブリッグス警部のおかげでね。望みの資料をただちに見つけ出すことにかけては、彼の右に出る者はいません。ブリッグス警部の働きが、何度事件を解決に導いたことか」

ウィンズロウはもう一本、煙草に火をつけた。

「本当に恐ろしい御仁《ごじん》だな、あなたは。でもツイスト博士、あなたが知らないこともたくさんあるんだ」

「まあ、いくらかはね。でも、この興味深い会話の続きは、また今度にしましょう。今すぐにでも捕まえねばならない者がいるのに、証拠はほとんどないときてる。この事件では、もう二人も殺されたんです。これ以上、死体のリストが増えないようにしなければ……」

「大賛成だな。で、どうするつもりなんです？」

「そちらに何か、お考えは？」

それから三十分間、ハーストはなんとか会話に加わろうとしたが、努力の甲斐はなかった。ツイスト博士と元敏腕警部のきっぱりとして思慮に富む指摘の前に、口を挟む余地はなかった。ツイスト博士とウィンズロウが阿吽《あうん》の呼吸で進める議論に、警部は呆気に取られるばかりだった。事件の捜査を担当しているのは、われわれ三人のうち誰なんだと思うほどだ。はっきりとそう感じたのは、ツイスト博士が勝手にハーストの机の前にすわり、ウィンズロウと文案を練りながら手紙を書き始めたときだった。

「書けました」とツイスト博士はペンを置いて言った。
「もう一度、初めから読みあげるので、確認してください」

拝啓、

わたしはここ最近話題になっている《靴の怪事件》の成り行きを、興味深く注視してきました。才能あふれるオーケストラの指揮者がタクトを振る、驚くべき事件だと言うべきでしょう。だからこそ、近々あなたにお会いして、直接賞賛の言葉をお伝えしたいと思わずにはいられなかったのです。実を言うと、あなたとはちょっとした知り合いなのですが――いや、もう少し親しいかも――ほかのひとたちがいる前で話題にするのはためらわれます。大っぴらに論じて褒められるような話でもないし、あなたのほうも自慢にならないでしょうからね。ご存じでしょうか？　わたしは暇なとき、慈善事業に精を出しています。だからあなたに申しあげることを、どうしても他人には聞かれたくないんです。あなたの安全、あなたの評判はぜひとも守りたい。そこのところは、よくおわかりですよね。そこで明日、五月一日の午後九時きっかりに、あなたもよくご存じの場所でお会いできないでしょうか。パブ《バード・イン・ハンド》の屋根裏、いちばん奥の部屋で。

もちろん、いらっしゃるかどうかは自由です。しかしあなたが来られない場合、誰か別のひとに打ち明けることになるかもしれません。例えば……ロンドン警視庁には頭のいかれた連中から、毎日何十通も密告の手紙が届くそうですが、わたしが彼らにする話には、さぞかし興味津々だと思うのですが……

では、また。

「さて、アーチボルド、きみはどう思う？」
ハースト警部は二人を下から見あげた。

「なるほど、昔ながらの強請《ゆすり》屋ってわけですね……でもまあ、なんですな、もっと正々堂々としたやり方があると思うんですが。たしかに脅し文句は、実に嫌ったらしく書けていますけれど、博士。あなたのひねくれた一面がよくあらわれていて、捻じれ《ツイスト》という名前もだてじゃない……まあ、それはいいでしょう。つまりこの手紙を、犯人と思しき人物に送るわけですね。もしやって来たとして、それからどうするんです？」

「手紙は郵便で送るんじゃない」とウィンズロウは、きっぱりとした口調でつけ加えた。「今夜わたしが直接、自宅の郵便受けに届けにいく。手紙を書いたのは身近な人間だと、犯人にわかるようにね。そうすれば強迫の信憑性がいっそう高まり、警察が仕掛けた罠だと疑わないだろう。待ち合わせに出むかねばと、ますます思うはずだ」

「犯人がやって来たからといって、手錠をかけて牢屋にぶちこめると思いますか？」

「犯人に揺さぶりをかけるには、これだけでも充分だが」とツイストが続けた。「もっと徹底的に追いつめるつもりだ。約束の場所には実際に強請屋が待っていて、黙っている代わりにいくら出せるか交渉にかかる。その最中に、われわれが乗りこむというわけだ。隣の部屋に何人もの警察官が待機していて、犯人が罪を認めたところでいっせいに姿をあらわす。さぞかし効果てきめんだろう。これでもう、袋の鼠だ。抵抗する力など残っていないさ」

「そうでしょうね」とハースト警部はしぶしぶ認めた。「でも、強請屋役は誰がするんです？」

「わたしだ」とチャールズ・ウィンズロウが、挑みかかるような目をして言った。「さっきも言ったように、犯人の知り合いでないといけないし。見ず知らずの人間が事件の真相に気づいたなんて、にわかには信じられないだろう」

「あなたが？　でも……危険を冒すことになりますよ。

犯人はすでに二人も殺しているんです。脅迫状を受け取ったときから、三人目を殺すのも辞さない覚悟でいるはずだ」

「護身術にかけては、まんざら素人じゃない。それはきみも知ってのとおりだ」チャールズ・ウィンズロウはきっぱりと答えた。「まだまだ錆びついちゃいないだろう。仕込み杖を持っていくつもりだ。つまらぬ謙遜は抜きで言わせてもらうが、わたしにあれを持たせたら手ごわいぞ。それに……」ウィンズロウはツイスト博士をふり返った。「それにいささかわけあって、ほかの人間にはこの危険な役を演じさせたくないんでね」

42

五月一日

翌日の晩、午後八時、三人は計画どおり、手筈をすっかり整え終えた。

コンドゥイット・コートの薄暗い路地には、アーチ型のポーチの下にしゃがみこむホームレスたちの人影が点々としている。けれどもそのうちひとりは、ライス巡査にほかならなかった。ロンドン警視庁でももっとも筋骨たくましい警官だ。彼は《バード・イン・ハンド》の裏口から片時も目を離さなかった。フローラル・ストリートから来る人間と、そちらへむかう人間を見張ることのできる、二重の意味で重要な地点だ。ロング・エイカー通りに面したパブの入口は、ライス巡査に劣らず体格のいい警官が見張っていた。

二週間前、ジョン・パクストンが殺された部屋では、チャールズ・ウィンズロウが運命の時を今や遅しと待っていた。たしかに少しいらついているが、充分自制心は保っている。長い警察官人生で、同じような状況には何度も直面したが、いつでもそうしてきたように。元敏腕警察官は仕込み杖を手に窓辺に立ち、ロング・エイカー通りの明かりを見つめながら、これから話すべきことを細かく思い返していた。あたりが暗くなるにつれ、街明かりはますますまぶしさを増した。隣り合った二つの部屋のうち、いっぽうのドアは細目にあいている。ドアのうしろではハースト警部と二人の制服警官が闇に身を潜め、少しでも物音がしたらすぐに飛びこめるよう身構えていた。階段脇の部屋にも、警察官がひとり待機していた。もし犯人が来るとすれば、必然的にそちらからだろう。

そう、犯人が来るとすれば裏口からではなく、《バード・イン・ハンド》の店内を抜けるはずだ。とりあえずそこであたりの雰囲気を確かめ、少しでも怪しいと感じたらすぐに引きあげられるように。ツイスト博士はそう思い、ネヴィル・リチャードソンともども念入りに変装をして、店の隅に陣取った。つけひげをし、険しい目つきであたりを見まわすネヴィルはちんぴらそのものだった。たとえブライディが見ても、彼だとはわからないだろう。ネヴィルがいっしょなのは、当初の計画に入っていなかった。犯人に罠を張る計画を、ツイスト博士がつい話してしまったのだ。ネヴィルは自分も作戦に参加すると言ってどうしても聞かず、博士も根負けしたのだった。

八時十五分。店内はすでに満席で、カウンターにも客がひしめいている。ネヴィルは泡立ったビールのジョッキを両手に持ち、カウンターから戻ってきた。

「犯人が何者なのか、まだわからないんですが」と彼は席につきながら言った。

「でも、男なのは間違いないと？」とツイスト博士は、つけひげを撫でながらたずねた。

「殺しの手口から見て、そう思いますが。まったくもう、どうして犯人の正体を教えてくれないんです？」

「わたしの言うことを聞かず、ここまでついてきた罰さ。それにきみは、すでに充分な手がかりを得ている。それをもとにすれば、答えは自ずと明らかなはずだ。少なくとも、怪しい人物は浮かんでくるだろう……」

ネヴィルはビールをひと口飲んで、言い返した。

「答えは自ずと明らかですって？ 冗談じゃないですよ、博士。この事件でテイルフォード夫人が演じた役割を除いては、わからないことだらけで、もうあっぷあっぷです。どこからどう手をつけたらいいのやら。まず頭を悩ますのは、犯人の不可思議な能力です。なにしろ壁を通り抜け、足跡を残さずに歩くことができるんですから。そういやあなたは、この種の問題には大変お詳しいとか。でもこんな奇々怪々な謎、ぼくにはとうてい歯が立ちません。不可能犯罪を扱った小説は、何冊か読んだことがあります。見事な謎解きの手腕には、正直とても魅せられました。でも、小説に出てくるような奇怪な事件が現実にあるものか、疑問に思ってました」

ツイスト博士は鷹揚に微笑んだ。

「今回の事件が、そのいい例じゃないか。しかしミステリ小説の作者はたいてい、大部分の殺人犯より豊かな想像力を発揮している。さいわいなことにね。さもなければ、どこにでもあるような平凡な事件で、どうやって読者を魅了できるって言うんだ……」

「でも本格ミステリは、戦前にくらべて読まれなくなっているのでは？」

「昔ながらの論争を、蒸し返そうっていうのかね。だが本格ミステリは死に絶えちゃいないとも。そう簡単に絶滅はできない。現代の高名な批評家たちのなかには、そんなことをたくらんでいる連中がいるようだが。

いやはや、本格ミステリの話題が出たら、笑って聞き流すのがよしとされている。昔はもてたと自慢する若作りの老人の話を、眉に唾して聞くみたいにね。新たな規範に与《くみ》しないのは少数派、下手をしたら反抗者扱いだ。とんでもない変わり者だって。そうとも、文学の世界で受けるのは、女を赤裸々に描くことだ。あるいはミステリ小説を通じて、なにか《メッセージ》を伝えようとする者もいる。人間のありかたを追究するような、哲学的なメッセージを。今、流行りの潮流は、悪徳警官や、運命に翻弄された哀れな殺人者の物語だ。犯人の正体を突き止めるまでのサスペンスなど、まったく求められていない。大事なのはつねに《社会》なんだ。みんなそうやって、安穏と幻想に浸っているだけさ。聖ゲオルギウス（イギリスの守護聖人で、ドラゴン退治をしたとされる）を気取るためにドラゴンをでっちあげ、偶像破壊者たちを《芸術家》と崇め奉っている。自由の名のもとにジャングルの掟、弱肉強食の論理をまたぞろ持ち出し……

いや、すっかり脱線してしまったが、何の話だったかな。そうそう。ミステリ作家の想像力についてだった。彼らは読者の興味をつなぎとめるため、必死に知恵を絞っている。言うなれば犯罪者たちだけが持っている、狡猾な知恵をね。それが証拠にミステリ作家は、実際にあった驚くべき事件をヒントにしているくらいだ。例えば理屈では説明できない謎を演出して事件を混迷させようとする、巧みな手腕を取りあげてみればいい。ここはひとつ、密室の謎に限定してみよう。ベルリンで実際にあった事件だが、自らの手で惨殺した家族を自殺に見せかけるため、犯人の男はドアの差し錠を巧みに外からかけ、完全な密室状態になった部屋に被害者を残していったんだ。細紐と蠟、ペンキを使ったトリックでね。ミステリ小説のなかだったら、陳腐なトリックだと馬鹿にされるのがおちだが。ルイーズ・ドーミエ事件もある。彼女は内側から差し錠のかかった部屋で、カーテンレールに吊るされ死んでいた。けれども体に残っていた不可解な傷痕から見て、自殺の可能性はありえなかった。パリの地下鉄ポルト＝ドレ駅の事件も、自殺では片づけられないだろう。若い女が電車のなかで刺し殺されたのだ。けれどもその車輛に乗っていたのは彼女ひとりで、近寄った者は誰もいなかった……おや、何を笑っているんだね？」

「実はちょっと思い出したことが……議論をふっかけるつもりはありませんが、それっていわゆる密室ミステリの話ですよね。批評家のなかには、こう言っているひともいます。ただでさえ狭い本格ミステリの世界でも、とりわけありふれていて時代遅れで荒唐無稽なのが、密室をテーマにした話だって」

「たしかにそう言われているとも。しかもひどいことに、差別はそれにとどまらない。密室ミステリの限られたファンのなかでも、多数派はいわゆる《非技巧的》解決の支持者たちなんだ。彼らはことあるごとに、手の込んだテクニックを駆使することを厭わない作家たちを、痛烈に批判する」

「すみません、博士、ぼくはもう話についていけそうもありません……」

「それじゃあ、わかりやすいよう、手短に説明しよう。まず密室ミステリは、大きく二つのカテゴリーに分けられる。ひとつは、実際に密室で殺人が行われたのではない場合。部屋はたしかに密室状態だったが、犯人は壁を通り抜けるみたいに、そこから忽然と姿を消したのではない。もともとその場に、犯人はいなかったんだ。例えば本当は自殺だったのに、本人がなんらかの理由で他殺に見せかけようとしたとか、被害者が犯人を庇うため、息を引き取る直前に自分で部屋を密室にしたとか。あるいは男が部屋を閉めきり、机にうつぶして眠っていたとしよう。みんなはそれを見て、死んでいるものと思いこんだ。そこで犯人は隙をうかがい、男の背中にナイフを突き立てたとか。もちろん、可能性はほかにも山ほどあるが、どんなものかはこれでわかっただろう。さまざまなヴァリエーションはどれも巧みなものばかりで、密室ミステリのうち九割がこのカテゴリーに入る。

第二のカテゴリーは、一見信じがたいことながら、実際犯人が犯行現場に入り、また出ていった場合だ。それを《純粋な密室》と名づけよう。結局はなかに出入りできたのだから、《純粋》というのは言葉の綾だがね。まあ、細かいことにこだわるまい。そこにはさらに、《遠隔殺人》というサブカテゴリーがある。第二のカテゴリーと共通しているのは、犯人が推定犯行時刻に、実際に殺人を犯しているという点だ。まるで魔法のように不可思議な方法でね。例えば鍵穴から被害者の心臓に、小さな氷の塊を撃ちこむというような。氷が溶けてしまえば、なんの痕跡も残らないというわけだ。おや、笑ってるね。たしかに今出した例は、いささか滑稽だが。でもそれは、わざとしたことなんだ。密室ミステリの傑作を取りあげて、トリックを明かすわけにはいかないからね。きっときみもいつか、わたしに感謝するだろうよ。そして最後に、わたしが密室ミステリの極みと目するものがある。犯人が編み出した術策により、被害者は完璧な密室のなかに残される。壁にも床にも天井にも、わずかな隙間ひとつなく、ドアも窓も内側からしっかり閉じられている。どんなに調べてもわからない、鉄壁の術策だ……ところで、紙はあるかね？」

「何ですって？」ここまでずっと博士の話に聞き入っていたネヴィルは、当惑したように口ごもった。

「ちょっと紙に書いておきたいんで……いや、なに、今の話とは関係ないんだが」

ネヴィルは上着のポケットに手を突っこみ、手帳を取り出した。そしてページを一枚破り、ツイスト博士に渡した。博士は紙を受け取ると、話を続けた。

「巧妙で悪辣な策略の話だが、よく用いられるのは糸や針金で差し錠や窓を《外から》閉める方法だ。しかしこのトリックは、使い古されてきているな。捜査員もたいてい、まずその可能性を検討するくらいだ。一見すると《ア・プリオリ》、密室というテーマはほかにくらべてヴァリエーションに乏しいように思える。だからといって、すっかり探求し尽くされたわけじゃない」

「でも、今博士が列挙した以外の謎解きは思いつきませんが。もちろん、壁や暖炉、天井に秘密の抜け穴があったなんていうのは別にして」

ツイスト博士は静かに笑った。

「そりゃ素人考えだな。だが、無理もない。大方の例に漏れず、きみも人間の知謀を過小評価している。ひとが新たな策略で同胞を騙す能力には、限りがないんだ。ひとつ例を挙げよう。ただし謎解きは言わないでおく。今度その本を貸してあげるから、楽しみを取っておけるようにね。知性に挑む傑作だとも。ドアや窓を内側から紙テープで目張りした部屋から、死体が見つかるんだ。目張りは完璧で、ほんのわずかな隙間もない。死因は窒息死だが、いくつかの理由から自殺とは考えられない。こんな状況ではどう考えても、部屋から誰も抜け出せたはずはないのに……（ジョン・ディクスン・カー『爬虫類館の殺人』〔カーター・ディクスン名義〕参照）ほら、これを見て」

ネヴィルはそう言われてはっとし、ツイスト博士がひと言なぐり書きをした紙を受け取った。そして、ますます不可解そうに博士を見つめた。

「どうしてまた、この人物の名前を？」

「それがジョン・パクストンとウォルター・リンチを殺した犯人だからさ。もうすぐここに、そっとやって来るだろうから、われわれ二人で見張っていよう」

「でも……」

「なにも言わんでいい。まあ、黙って待ちたまえ。そのあいだに、話の続きをしておこう。つまるところ《密室》というのは、犯行が不可能だと思える状況のことだ。例えば積もった雪の——あるいは泥だらけの地面でもいいが——真ん中に、刺し殺された男の死体が横たわっている。ところがそのまわりに、犯人の足跡は残っていない。雪や雨は、犯行時刻の前に降り止んでいたはずなのに。それなら犯人は、どうやって被害者を襲うことができたのか？」

「なるほど……」とネヴィルはつぶやいた。「ルイス・フィディモントの家のことを、おっしゃっているんですね。一面積もった埃のうえには、ひとつの足跡もなかった。それも同じ状況だと」

「そのとおり。何年も前から、誰も家のなかを歩いたはずがないのに、最近そこに遺体が運びこまれた」

「つまり博士は、こう考えているんですか？一見、ありえないことだけれど、遺体を運び入れた人物は、家の床に《足をつけた》はずだって」

「そう、犯人は悪魔のような奸計で、われわれの目を欺いている。たしかに埃のうえを《歩いた》んだ。足跡を残さずにね。目の前に手がかりがあるはずなのに、悲しいかなそれに気づかない。犯人の巧みな術策で、目をくらまされている。たったひとつ、見逃していたことが、九分九厘正解なんだ」

「それに犯人は、どうやって家から出たのか。それも問題でしたよね」

　ツイスト博士は感嘆したように目を輝かせ、パイプに火をつけた。

「それもなかなかの芸当さ。犯人は完全な密室を残して、家をあとにしたのだから。こんな二重の策略を前にしたら、どんな名探偵だって戦意を喪失するだろうよ。そのときが来たら、トリックの種明かしを実演してみせよう。いくら声高に説明したところで、容易に信じてはもらえんだろうからね。ほら、気をつけて。あそこに、裏口のドアをじっと見つめている客がいるぞ……」

「八時五十五分だ」とハースト警部も、冷たく薄暗い部屋でつぶやいたところだった「まだ、誰もあらわれない……」

「あと五分あります」と部下のひとりが言った。「それに殺人犯はたいてい、時間に正確ですから」

「生意気な口をきくな。ともかくさっさとやって来て、言い合いでもなんでも始めて欲しいね」

「ほら」ともうひとりの部下が、細目にあけたドアの隙間に顔を近づけて言った。「廊下の端に光が。階段で明かりをつけたんです」

「大声を出すな」とハースト警部がうなった。「気をつけろ。感づかれたいのか」

「物音が聞こえた。誰かが階段をのぼってきます……」

ツイスト博士は奥のドアを見つめていた。一分ほど前、そのむこうに男がひとり姿を消したのだ。博士はネヴィルにたずねた。

「さっきの男を見ただろ?」

「ええ、ちらりと。緑のレインコートを着て、チロリアンハットを目深にかぶった男ですね?」

「ああ……」

「でも、目当ての男じゃなさそうでしたが」

「わたしもそう思う。それにしても妙だな。あいつはしばらくカウンターの近くで、奥にある二つのドアを眺めていた。どちらに行けばいいのか、迷っているみたいに。そして階段に続くドアを抜けていった」

「どうしましょう?」とネヴィルは震え声でたずねた。「追いかけますか?」

ツイスト博士はためらいの表情を浮かべ、腕時計にちらりと目をやった。

「八時五十七分か。もう少し待ってみよう……」

三人の警察官は、細目にあけたドアのうしろでじっと息を潜め、近くに立ち止まった人影を薄明かりごしに見つめた。妙な形の帽子をかぶっているのはわかるが、顔つきまでは判然としない。あたりを包むまったき静寂を破って、ウィンズロウがいる部屋のドアをノックする音が三回、太鼓のように響いた。《どうぞ》というウィンズロウの押し殺した声が聞こえ、ドアがひらく。一瞬、光が溢れ出たかと思うと、ドアはすぐにまた閉まった。会話が始まったものの、ほとんど聞き取れないまますぐに止んでしまった。ハースト警部は汗びっしょりだった。銃を握ったまま苛立たしげに部下を押しのけ、ドアの隙間を広げようとして手を止める。殺人があった部屋のドアが、再びあいたからだ。暗闇に四角く浮かびあがる光のなかに、二人の男が見えた。部屋から出てきたのはさっきの男だと、帽子で見分けがついた。その背後にすっくと立って動いている人影は、ウィンズロウだろう。ドアが再び閉まり、見知らぬ男の足音が廊下のむこうに遠ざかっても、ハースト警部はなおしばらく心身ともに固まりついていた。今、目の前で起きたことは、まったく想定外だったから。

紫煙が立ちこめ、がやがやと騒がしい《バード・イン・ハンド》の店内で、ネヴィルは裏口のドアがあいたのに真っ先に気づいた。ほんの五分前、ドアのむこうに姿を消した見知らぬ男が戻ってくる。彼もツイスト博士も呆気に取られ、男がすたすたと店内を通り抜け、正面の口から出ていくのを眺めていた。

「もう片づいたんだろうか？」とネヴィルは叫んだ。

「でも……おかしいですよ。誰もあとを追ってこないし。どういうことなんでしょう？」

「わたしにも、わけがわからない」とツイスト博士はつぶやいた。目には激しい不安の色が浮かんでいる。

「追いかけなくては。きっとあいつは、うえのみんなを殺してしまったんだ」

「こんな短時間で、音も立てずに？　いや、ありえない……そもそもあれは、さっきと同じ男だろうか。顔はよく見えなかったが、歩き方が……」

「そういや、杖を持っていた！」とネヴィルは叫んだ。「出ていくときは杖を持っていたけれど、来たときは手ぶらだったはずです」


ハースト警部はどうしたものか決心がつかないまま三分間待った末、とうとう耐えきれなくなって隣の部屋に飛びこんだ。ところが驚いたことに、そこにいたのはウィンズロウではなく、四十歳くらいの見知らぬ男だった。警部がどたどたと駆けこんできたのを見て、男は明らかに怯えていた。

「誰だ、おまえは？」と警部はがなり立てた。「この部屋にいた男はどこに行った？」

「たった今、出ていきました」と男は口ごもるように答えた。「でもおれは、なにも悪いことはしちゃいない……警察沙汰になるとわかっていたら……」

「出ていったって？　でも、おまえの帽子をかぶっていたぞ！」

「ええ、おれの帽子をかぶり、コートを着ていきました。そうすることになっていたんです。代わりに十ポンドもらいましたが、やめときゃよかったですよ……」

「たしかに杖を持っていた」とツイスト博士は言って立ちあがった。「なるほど、そういうことか。今、出ていった男はウィンズロウだったんだ。ああ、ハースト警部が来た」

警部は客たちのあいだを遠慮会釈なく掻き分け、ツイスト博士に近づいた。

「まんまと一杯食わされましたよ、博士。たしかに男がひとり、うえにやって来ましたが、そいつはただの連絡係でした。あずかってきたメッセージを渡す代わりに、自分のコートと帽子を身につけるようウィンズロウに言ったんです。これから徹底的に締めあげてやりますが、どうせ大したことは知らないでしょう。近くのパブで、犯人に雇われたんです。彼が出ていくのを見ましたよね？　ええ、ウィンズロウのことです。彼は自ら進んで、虎穴に飛びこもうとしているんだ。きっとメッセージには、新たな待ち合わせ場所が指定してあったのでしょう。おい、リチャードソン君、どこへ行くんだ？」

　ネヴィル・リチャードソンはロング・エイカー通りを必死に走った。ハースト警部の説明を聞き終えるまでもなく、状況は理解できた。今ならまだ、チャールズ・ウィンズロウに追いつけるかもしれない。まったくこの事件には、追いかけっこがつきものみたいだな。そう思いながら、彼はポーチから出てきた立派な紳士をかろうじてよけた。ローラ・テイルフォードのあとを追ったあの晩と同じく、ツキに恵まれるだろうか？ネヴィルはあてずっぽうにキング・ストリートにむかった。ベッドフォード・コートに入ったところで、叫び声が聞こえた。東側だ。彼は全速力で駆け出した。裏通りのでこぼこした石畳を走り抜け、右に曲がってグッドウィンズ・コートで立ち止まる。誰かのあわただしい足音が、通りに響くのが聞こえた。ネヴィルは気力を奮い立たせ、薄暗がりのなかを十メートルほど疾走した。アーチ型の屋根がついた路地の入口で、地面に横たわる体につまずきかけた。チャールズ・ウィンズロウだ、とすぐにわかった。通りの隅に立つ街灯の青白い光が、ぼんやりとあたりを照らしている。ウィンズロウは顔を歪め、口もとを引きつらせて痙攣しながら、抜きかけた仕込み杖の柄を右手で力なく握っていた。

「不意を襲われてしまった……」とウィンズロウは小さな声で言った。「急げ。やつを捕まえるんだ……」

　薄暗がりのせいで、ネヴィルは元警部の胸のあたりに広がる黒ずんだ染みに気づかなかった。ウィンズロウは死にかけているかもしれない。そう思ったときにはもう、路地を出かかっていた。肺が燃えるように熱い。道を引き返そうとしたとき、またしてもあわただしい足音が聞こえた。激しい追跡劇が、セント・マーティンズ・レーンで始まった。通りの端まで来たとき、前を走る人影がようやく見えた。二人を隔てる距離は、そこからぐんぐんと縮まった。逃げる男に飛びかかろうとした瞬間、きらりと光る鋼が宙を切った。ネヴィルは喉もとにむかってくる短刀の切っ先を、危ういところでよけた。彼は続けざまに二発、男の鼻とあごに力いっぱいアッパーカットを喰らわせた。男は殴られた衝撃で、人形みたいに崩れ落ちた。ネヴィルも勢い余って倒れこんだ。彼は息を切らしてうずくまったまま、男のひしゃげた顔をしばらくじっと見つめていた。さっきツイスト博士が紙に名前を書いた男、歴史教師アーサー・テイルフォードの顔を。

43

「あっ、気をつけて……靴が！」

ネヴィルはふり返った。玄関に入るとき、たしかに小さな物音が聞こえた。抱えている荷物——少し重いが大事な荷物だ——の端がどこかにぶつかったのだろう。もっとゆっくりのぼらなくては。もういい歳なんだから、子供みたいな真似をせず、責任ある行動を心がけねば。しかし気が急いていたのには、情状酌量の余地もある。二時間以上も前からずっと、飲めや歌えに興じている連中のもとをそっと離れ、早くここへ避難したいと——もちろん、件《くだん》の重荷とともに——思っていたのだから。ネヴィル自身、ことさら節度を保っているふうはなかったが、飲みすぎないよう注意していた。今日はいつもと違う、特別な日なのだ。この日付は記憶のなかにも、金の結婚指輪にも、しっかり刻みこまれている。

ネヴィルは注意をうながされてふり返ったものの、勢い余って――急ぎすぎたとは言わないが――カーペットにつまずき、よろけてしまった。あとに続いたのは、あっという小さな叫びと、咎めるような笑い声だった。それがペチコートのさらさらという衣ずれの音と混ざり合っている。

「昔から続くこの習わしだけは、どうしても守りたかったんだ」ネヴィルはもごもごとそう言いながら、顔にかぶさった白い絹のドレスやベールを払いのけようとした。「ちょっと動かないで……どうしたんだ？」

「ほらみて、足が真っ青。こんな靴を何時間も無理やりはいてたから、痛くてたまらないわ。だってわたしの足より、ひとつか二つサイズが下なのよ。あの店員、覚えてらっしゃい。さあ、明かりをつけて」

ネヴィルはひと苦労の末、ようやくスイッチを見つけた。ぱっとあたりが明るくなると、少し乱れていたけれどすばらしいウェディングドレス姿のブライディが照らし出された。午前三時。彼女は十五時間前から、リチャードソン夫人だった。

さっきまで――これも昔からの習わしだからしかたないが――ネヴィルは招待客たちから必死に花嫁を守っていた。男連中は最初のワルツしか花婿に踊らせず、あとは競って新婦をダンスに誘った。秘密の脱出作戦は、大成功をおさめた。新婚初夜は近くのホテルですごすという噂を、あらかじめふりまいておいた。もちろんそれは、煙幕にすぎない。本当は、ブライディが伯父さんから相続したピッチフォード村の家に避難したなんて、誰にも見抜けやしないだろう。ロンドンから距離もあることだし、新郎新婦に悪戯を仕掛けようとたくらんでいたやつらも、これなら手も足もでない。

花嫁を腕に抱いて家の敷居をまたぐ伝統を、ネヴィルは名誉にかけて守った。《すべて完璧にはいかないさ》と彼はおかしそうに言って、ドアの脇に落ちた白いサテンの靴を見つめた。さっきブライディがドア枠に足をぶつけたとき、片方脱げてしまったのだ。ふとまた別のことが脳裏に浮かび、ネヴィルは一瞬立ち止まったが、なりたてほやほやのリチャードソン夫人がすぐに彼をもの思いから覚まさせた。

ご推察のとおり、《靴の怪事件》が決着を見て一年以上になるが、その余波はまだ残っていた。地面に靴が片方落ちていれば、誰もがすぐにあの事件を思い出した。もちろん、ネヴィルやブライディはなおさらだ。なぜならチャールズ伯父さんは、犯人に襲われたあとほどなく息を引き取ったのだから。

新婚初夜の翌朝、ネヴィルはチャールズ・ウィンズロウの作業部屋のドアを、間違えてあけてしまった。するとそこには、テンプル・バーと付近の家々の模型を覗きこんでいるブライディの姿があった。

「みんな、そのままにしてあるの……」と彼女は魅了されたようにつぶやいた。「チャールズ伯父さんはとっても指先が器用だったわ」

「それは誰もが認めるところさ……」

「これには絶対に手を触れないでね。いい？ 約束よ。かわいそうなチャールズ伯父さん。でも二人でいっしょに、穏やかな夜をいく晩もすごした。伯父さんは模型を作って、わたしは暖炉の脇で本を読んで……あのころは、死ぬほど退屈だと思ったけれど、今になると懐かしいわ。伯父さんはわたしをとても愛してた。それは間違いないけれど、当時はあんまりわたしに気をつかわず……」

「……いろいろ、忙しかったからさ。きみも自分で、何度もそう言ってたじゃないか」

ブライディは怒ったようにネヴィルをにらみつけた。

「でもわたしたちが出会ったのは、伯父さんのおかげだわ」

ネヴィルはブライディに近寄り、そっと抱きしめた。

「たしかにウィンズロウさんは、あの事件に関わっていたからね。無視できない大きな役割を演じたと言ってもいいくらいだ」

《靴の怪事件》の物語は、ここで終わりとなる。最後に事件とは直接関係のないエピソードを語ったのは、えてしてこうした物語では、登場人物たちが舞台から突然姿を消してしまうからである。まるで初めから、彼らが存在しなかったかのように。あるいは彼らの人生が、例えばハースト警部や友人のツイスト博士の人生ほど波瀾万丈でないゆえに、興味に値しないとでもいうように。

ブライディとネヴィルの恋物語が迎えた幸福な結末は、健全な精神を持った慧眼の読者にとって、驚くべきものではなかっただろう。美しきテイルフォード夫人は、とても軽微な刑ですんだ。それは彼女の魅力のおかげだ、と言う新聞記者もいた。《隣の国ならいざ知らず、英仏海峡のこちら側ではめったにないことながら》と彼らは皮肉交じりに書き立てた。けれどもそこには被告の美貌より、ツイスト博士とハースト警部の尽力のほうが大きく関わっていたとは想像もしていなかった。結局、彼女はピッチフォード村を離れた。マカリスター大佐も友人のウィンズロウがいなくなってがっくりと老けこみ、孤独をひしひしと感じるようになってロンドンに戻った。ピッチフォード村は彼にとって、もうなんの魅力もなくなってしまった。リンチ夫人は未亡人になってもさほど悲しんでいるようすはなかったが、夫の死後すぐに兄のリチャード・フィディモントと争いになったときは落ちこんでいた。仲たがいの原因はわからなかったが、ピッチフォード村の人々はそこに金の臭いを嗅ぎつけた。ちょうどリチャードの会社が、傾き始めたときだったから。建物の基礎工事を急ぎすぎたせいで、手が入るほど大きな裂け目ができてしまったのだ。しかもそれは、まだ序のロにすぎなかった。やがて不動産開発事業は行きづまり、彼はイギリスを離れてアメリカに渡った。ツイスト博士が言うには、《彼が作る未来派的な家も、むこうではもっと受ける》らしい。

《イギリスにとってはめでたい日だ》とツイスト博士はつけ加えた。《第三帝国が崩壊した日に、ほとんど匹敵するくらいだとも。ゲーリングのせいでわれらが古都は、どれほどの艱難《かんなん》辛苦を味わったことか。それは決して許さないさ……》

その日、博士のまわりに集まった人々は――クレマチスの新種発見を祝して催されたカクテルパーティの席だった――彼の言葉にうなずいたものの、大方が欲求不満に陥っていた。というのも、《靴の怪事件》に関する新聞報道はどれも曖昧なものだったし、もっと詳しく教えて欲しいといくら博士にせがんでも、巧みにはぐらかすばかりだったから。

しかしご安心あれ。読者諸氏をがっかりさせるつもりはない。みなさんは事件の真相を知ることのできる、数少ないひとりである。

44

犯人逮捕の一報に春の微風《そよかぜ》も相まって、ピッチフォード村に平穏が戻った。冬の暗く冷たい日々は、もう過去のもの。太陽は輝き、森には小鳥の心地よいさえずりが戻った。ツイスト博士と仲間たちはそんなうららかな一日を選んで、ピッチフォード村を望む小さな丘のふもとへピクニックに出かけた。マカリスター大佐やブライディ、ネヴィルにとっては、いささか特別なピクニックだった。というのもツイスト博士はそれを口実に、事件の最終的な謎解きを披露するつもりだったから。

もちろんツイスト博士のことだから、食事中はもったいをつけてその話題には触れず、ありきたりの世間話に興じながら旺盛な食欲を発揮した。マカリスター大佐は木の切り株に腰かけ、黙って話を聞いている。ネヴィルは陽光を受けてきらきらと輝くブライディの金髪を、飽かず愛おしそうに眺めていた。ブライディは何度かツイスト博士の言葉を遮ろうとしたものの、うまくいかなかった。ハースト警部はと言えば、最低の気分だった。愛車のタルボが、まずは新たな心配の種だった。車は二度にわたり機関車みたいに煙を吐き出し、警部は停車を余儀なくされたが、はっきりとした原因はわからなかった。それに天気の急変も耐え難い。まるでサウナ風呂にいるみたいじゃないか。もう、汗びっしょりだ。額からも、ぽたぽた滴り落ちてくる。けれども苛立ちの原因は、暑さばかりではなかった。ツイスト博士はこれからみんなの前で、お得意の謎解きを披露しようとしている。それが警部の神経を逆なでするのだ。博士の声が、早くも頭のなかに聞こえてきた。事件によって話す《内容》は変わっても、《形式》はいつも同じだとよくわかっていた。警部に言わせればこの最後の謎解きは、つまるところ頭のよさを誇示するための口実にすぎない。とりわけわざとらしい謙遜の仮面をかぶっているときは、いっそう鼻持ちならない。だから友人がとても控えめに話を切り出したのには、びっくり仰天した。

「……ええ、正直わたしはこの事件で、頭の冴えを発揮できませんでした。暗中模索とまでは言わないまでも、なかなか事件の輪郭をつかめずにいたのです。それだけではありません。わたしは推理の方向性を、見誤ってしまいました。わたしがまず考えたのは、たしかに重要ではあるけれど、最優先すべきことでなかったのです。亡きルイス・フィディモントの人となり。より正確には、《どうして》彼は突然家に靴を集め始めたのか。つまりは、そこです。なるほどルイス・フィディモントは、いささか頭がおかしくなっていたのでしょう。けれども知ってのとおり、狂気のなかにも論理はあります。たとえ特異な原理に基づいているにせよ、興味深い論理が。わたしはその点に拘泥し、ほかの多くの問題をあとまわしにしてしまいました。それが捜査上の過ちだったことは、認めざるを得ません」

　ハースト警部の驚きは、ことここに至って最高潮に達した。なんという謙虚さだ。自らの判断ミスを、こんなにきっぱりと潔く認めるとは、これが本当にツイスト博士の言葉だろうか？　けれども驚愕は、長続きしなかった。

「……しかし誰もが知るとおり、全体は部分の総体からなっています。部分は建物を形作る石のひとつであるだけでなく、基礎でもあります。もっとも重要な部分、と言ってもいいでしょう。そしてこの事件には、つねに靴が関わっていました。だとしたら、フィディモント老人が集めた靴こそが、そもそもの出発点だと言えないでしょうか？

わたしは昔から、デカルトの方法論をわがものとしてきました。それは友人のハースト君も認めてくれるはずです。次々押し寄せる奇々怪々な出来事――靴、盗み、殺人、雨樋、墓から掘り返された死体、まっさらな埃、墓の下から聞こえてくる声、密室、しゃがれ声の男、謎の窃盗団、気のふれた老人などなど――を前にしたとき、デカルトが『方法序説』で言っているように、《泥土や砂を払い除けて、岩や粘土を見つける》ことが、これまで以上に求められました。そしてわたしは、ようやく《岩や粘土》を見つけたのです。しばらくは泥水のなかを必死に歩き、遙か遠くまで探しに行かねばなりませんでしたが。はっきり言えば、ある出来事が起きるまで待たねばならなかったのです。そう、ウォルター・リンチが殺されるまで。そのあとからです、謎の窃盗団など存在しないのではないかと、われわれが真剣に疑い始めたのは。はっきりとした証拠はないものの、テイルフォード夫人は怪しげな策略の犠牲者だったに違いありません。こうして事件の相貌は一変しました。誰が、何のために、こんな大芝居を打ったのか？　誰を陥れようとしているのか？　もちろん、ローラ・テイルフォードを狙ったのは間違いない。しかしそれだけでは、どうして犯人がこんな手の込んだことをしてまで、彼女を事件に巻きこんだのか理解に苦しみます。彼女が警察に捕まるようしむけるだけなら、盗みを密告する匿名の手紙でも書けばいいのですから。ジョン・パクストンが狙いだったとも思えません。彼はほんの脇役で、邪魔な証人を片づけるためのだけに殺されたようです。そしてとうとう、ウォルター・リンチの事件へと至りました。ようやく歯車が嚙み合ったのです。なんと彼はテイルフォード夫人の愛人でした。彼が殺された真の動機、それは嫉妬だったのです。天地開闢《かいびゃく》のときから連綿と続く、殺人の動機と言ってもいいでしょう。そして使われた方法も、昔ながらのものでした。木は森に隠せ、というやつですよ。

大がかりな作戦はすべて、ウォルター・リンチ殺しの動機を紛らわすためにほかなりませんでした。もし犯人の計画どおりにことが進んでいたら、彼の術策に気づけなかったでしょう。少なくとも、もっと手間取ったことは間違いありません。けれども、緻密な作戦を妨げる砂のひと粒がそこに紛れこみました。ウィンズロウという名の砂粒が。それについては、またあとで触れることにしましょう。

すでに本人が自白しているとおり、テイルフォードは一見仲のいい昔からの同僚どうしを装いながら、ウォルター・リンチに対して苛立ちと反感をつのらせていました。専門的な論争も重なるにつれ、反感はさらに陰険な恨みへと変わっていきました。日ごろは抑えこまれているだけに、いっそう激しい恨みです」

「たしかにそうだわ」とブライディが、彼女には珍しくもったいぶった口調で言った。「よく知られているように、歴史論争ほど質《たち》の悪いものはないもの」

ツイスト博士は愉快そうにうなずくと、カスタードプリンの残りにひかれて飛んできた蜜蜂を追い払い、話を続けた。

「友人でもある同僚と妻が自分を裏切っていると知ったとき、抑えつけていた潜在的な憎悪が殺意に変わりました。妻の行状についてはそれまでも怪しんでいたけれど、ずっと目をつぶって、研究に没頭する穏やかな歴史家を――実際、そのとおりなのだけれど――演じてきました。しかし相手がウォルター・リンチとなると、見て見ぬふりをしてすませてはおけません。テイルフォードは愚直で世間知らずの学者を演じ続けながら、ライヴァルをきっぱりこの世から消し去ってやると心に決めたのです。

数年前、ルイス・フィディモントの靴は宝石の隠し場所だったという説を唱えたのはアーサー・テイルフォードでしたが、だからといって彼がとりわけ怪しいとは、わたしには思えませんでした。重要なのは、その思いつき自体です。事件の出発点は、そこにあったに違いありません。テイルフォードは妻が不倫だけでなく盗みにも手を染めていると知り、自分が唱えた説のことを思い出したのでしょう。かくしてこの奸計が、彼の脳裏に芽生え始めました。ついでながら、ローラの窃盗症を嗅ぎつけるのに、彼ほどうってつけの人間はほかにいないでしょうね。

作戦は決まりました。ウォルターには消えてもらう。ローラには事件の片棒をかつがせ、犯罪者の汚名を着せてやればいい。あとはいつ放り出してもかまわない。テイルフォード自身には、なんの危険もありません。もしローラまで殺してしまったら、疑いの目が自分にむく可能性がありますが」

「ひとを見下し、馬鹿にしてるのね。まったくいけ好かない男だわ」とブライディは、憤慨したように言った。

「そうとも言えますね……ローラの声が独特なのも、夫のアーサーだからこそ気づいたことでしょう。彼はローラのかすれた笑い声を聞いて、《しゃがれ声の男》を思いついたのです。この仮装芝居のいきさつは、みなさんもよく知ってのとおりです。きっとアーサーは、かしこまっている妻の前で恐ろしげなボスを演じながら、ひそかに笑っていたことでしょうね。ローラに集めさせた《歩き屋》のことも、馬鹿にしていたはずです。彼らに支払う数ポンドの給料など、作戦にかかる費用と考えれば安いものです。彼自身は危険を冒さず、陰に隠れてローラに命令するだけ。しかもたいていは、手紙で連絡していたのでしょう。ローラも変装をしていたとはいえ、彼よりずっと事件の前面に立たされました。妻がしょっちゅう外出していれば、そのぶん夫はある種心理的なアリバイが得られる点も、忘れてはなりません。妻は家を空けていた。それなら夫は家で、妻の帰りをじっと待っていたのだろう。つい、そう思ってしまうわけです。実際には夫のほうも、その間《かん》自由に行動できたのに。彼の計画はまず、謎の宝石窃盗団がロンドンやその周辺を荒らしまわっているように見せかけることでした。次に《歩き屋》のひとりが奇妙な仕事に疑問を抱き、警察に通報するようしむけます。警察はジョン・パクストンの死体の脇にあった靴に注目し、さまざまな手がかりをつき合わせるでしょう。そうすれば、宝石盗難事件と、一日中歩きまわって靴底をすり減らす仕事を結びつける慧眼の持ち主もあらわれるはずです（ハースト警部はそこで、小さな唸り声をあげた）。こうしてすべてが整ったところで、ウォルター・リンチの死体が役立つというわけです。もちろん、脇に置かれた靴も。それこそが、アーサー・テイルフォードの作戦でした」

　そこでツイスト博士は言葉を切り、目の前をしつこく飛びまわる蜜蜂を払って話を続けた。

「そんなとき、《しゃがれ声》の人物から警視庁に電話があり、ルイス・フィディモントの家を調べてみるようにと言いました。しかしその人物は、テイルフォード夫人ではありませんでした。彼女はすべてを告白しましたから、今さらそんな些細なところで嘘をつく必要はないはずです。すると事件の背後には、もうひとり別の人間が潜んでいるのでしょうか？　考えれば考えるほど、そう思われます。幽霊屋敷、墓地から響く声、墓を抜け出して壁をすり抜け、積もった埃に足跡を残さずに歩く死体。それらは、事件のほかの要素と明らかに異質です。共通点はと言えば、どちらにも靴が絡んでいるというだけで。しかし声を変えて警視庁に電話してきた人物は、《しゃがれ声の男》の存在を知っていたはずです。つまりその人物は、架空の《窃盗団》について通じていて、なんらかの理由でその奇妙な策略に警察の注意を引きつけようとしたのです……たしかに、確たる根拠のない憶測にすぎませんが、そう考えればとりあえず筋はとおります。はっきりとした答えが出ないまま、《なぜ》と考え続けたあと、ようやく今度は《誰が》と思い始めました。そしてひとりの人物を疑うようになりました。それについてはまたあとにも触れますが、不可思議な心霊現象を可能にしたトリックは、あらゆる点ですぐれた能力の持ち主にしかなしえない芸当です。手先も器用なら、動作も機敏で身のこなしも軽い。そしてもちろん、脳細胞の働きも秀でている。そのときはまだ、どんなトリックが使われていたのかわかりませんでしたが、自分の推理に間違いないと、ほとんど確信していました。そんな能力をすべて充分に兼ね備えている人物、それはウィンズロウしかいません」

　マカリスター大佐は遠い目をし、哀惜のこもった声で言った。

「たしかに彼は、人並はずれて敏捷でしなやかな体をしていた。フェンシングの腕前も、大したものだった。今の若者にだって、あれほどの使い手は珍しいだろう」

「わたしが驚いたのは」とブライディも誇らしげに続けた。「伯父様の模型作りね。とても忍耐強く、とても巧みで。あのボトルシップなんて、本当にすばらしいわ」

　そのとおりとばかりにツイスト博士はうなずいた。

「テンプル・バーを緻密に再現した模型を見て、わたしもあらためて彼の能力には舌を巻いたものです。警視庁時代は危険な作戦の多くに参加し、その冷静沈着で巧みな仕事ぶりは、昔から誰もが賞賛していました。だからこそわたしは、彼こそ容疑者にもっともふさわしいと考えたのです。しかし、はっきりとそう思い始めたのは、ティルフォード夫人が彼に打ち明け話をしたとわかったときからでした。それなのにウィンズロウは、わたしたちになにも言わずにいたんですから。しかも《幽霊》事件が持ちあがったのは、彼が打ち明け話を聞いた数日後でした。これらを考え合わせれば、もう疑問の余地はありません。機械仕掛けの神《デウス・エクス・マキナ》はチャールズ・ウィンズロウです。どうして彼がそんなことをしたのか、正確な動機はまだわかりませんでしたが、窃盗団からテイルフォード夫人を守り、悪事を阻止するためでしょう。ほかにありえませんからね。たぶん彼も、窃盗団などまやかしだと感づいていたでしょうけど。当時、わたしがどんなに頭を働かせたか、こと細かに説明はしないでおきましょう。いささか時間がかかりそうですから」

「そうしていただけると、大変ありがたいですな」とハースト警部は、嫌味ったらしく言い返した。

ツイスト博士はちらりとブライディに目をやり、また話を続けた。

「チャールズ・ウィンズロウはテイルフォードに襲われ、話をする力も時間も残っていませんでした。それでも息を引き取る間際に、言い残しておきたいことをなんとかわたしに伝えました。しかし、結局は……」

「伯父様がテイルフォード夫人と愛人関係だったかどうかはわからなかった。そういうこと？」とブライディはそっけなく遮った。

しばらく、気まずい沈黙が続いた。聞こえるのはただ、蜜蜂がぶんぶんと飛ぶ音だけ。蜂はツイスト博士のことがよほど気に入ったらしい。

「伯父様は年齢のわりに、まだとても元気だったけど……」と彼女はつけ加えた。

「ともかく」とツイスト博士は、咳払いをしてから続けた。「ウィンズロウはテイルフォード夫人を守ろうと決心しました。彼女が陰謀の犠牲になっていると、われわれ同様気づいていたからです。それどころか、彼には犯人の意図もわかっていました。事件の登場人物たちのことを、われわれよりよく知っていたので、そのぶん有利だったのです。犯人の計画は、最終的な殺人に至る道筋を攪乱することにあるのだろう。誰が犯人で、誰が殺されるのかも、おおよそ予想がつく。

けれどもそこで、問題が生じました。犯人と被害者の役割を、夫と愛人のどちらに振り分けるか、まだ決め手に欠いていたのです。テイルフォード夫人は愛人のリンチと別れたばかりでした。リンチはプライドを傷つけられ、不満を募らせていることでしょう。それもこれも夫のせいだ、夫のアーサーが妻を取り返したのだと逆恨みをしているかもしれません。つまりリンチのほうが、恨みを晴らすためにそんな殺人計画を立てたのかもしれないのです。時系列を考えれば、この推理にはいささか無理があるでしょう。テイルフォード夫人がリンチと別れる二か月前から、すでに作戦は始まっていたからです。けれどもリンチはそのときすでに、破局が訪れるのを予感していたのかもしれません。他方、夫のほうが、友人の裏切り行為に復讐しようとしているのかもしれません。二人が別れたことを知らずに。もちろんこちらの可能性のほうがずっと高いし、実際そうだったのですが、ウィンズロウはどちらかはっきり見きわめようと決意しました。

こうしてウィンズロウは、別の目的から長年温めていた計画を実行に移しました。それについてはまたあとで触れますが、ピッチフォード村に警察の注目が集まり、犯人が不意打ちを喰らうような計画です。テイルフォードはさぞかしあわてふためいたことでしょう。あわてたなんてものじゃない、うろたえ、逆上していたかもしれません。今やピッチフォード村に、疑いの目がいっきに集まっているのですから。どんな状況か、想像に難くありません。ところがなんと、ここまでウィンズロウが発揮してきた眼力に、突然曇りが生じ始めます。夫と愛人のどちらが犯人でどちらが被害者か、なかなかはっきりと見きわめられないのです。これで間違いないと確信したのは、リンチが殺されたと知ってからでした。ほら、覚えていますよね、事件があった翌日、午後のこと。ロンドン警視庁に連れていかれたテイルフォード夫人が、夕方遅く、自宅に戻ってきました。そのときみなさんは、アーサー・テイルフォードといっしょにいました。チャールズ・ウィンズロウはテイルフォード夫人のようすを見て、彼女が訊問に抗しきれず、すべて白状したのだと察しました。そのあとわれわれは、リンチ夫人のところへ話を聞きに行きました。いずれ盗品の隠し場所が――それはウィンズロウも知っていました――調べられるでしょう。墓地で幽霊を演じるのに使った雨樋を、あの物置小屋に隠すなら今しかない。あそこから雨樋が見つかれば、テイルフォードに疑いの目がむくはずだ。ウィンズロウは焦るあまりに、そう思ってしまったのです。けれどもそれは早計だったと、彼自身も認めていました。雨樋によって疑われるのは、テイルフォードだけではありません。彼の妻も同じですから。とっさの計画も、結局うまくいきませんでした。だからこそウィンズロウは、なんとしてでも自分の力で犯人を捕まえてやると、名誉にかけて心に誓ったのです。もちろん彼ほど経験豊かなら、われわれが仕掛けた罠に協力するのに、ほとんど危険はなかったはずです。けれども犯人はチロリアンハットの男を使って、新たな待ち合わせを持ちかけてきました。言われたとおりに服を交換してわれわれの目を欺き、約束の場所へ出むくのは危険だ、自ら虎穴に入るようなものだと自覚していたはずです。それでも彼は躊躇しませんでした」

「チャールズ伯父様は、思いきって賭けに出ようとしたんでしょう」とブライディは涙声で言った。「見事犯人を捕まえれば、不名誉な憶測を多少なりとも払いのけることができると思ったんです。そんな生き恥を、決してさらしたくなかったのにと……」

「おっしゃるとおりです」と言ってツイスト博士はうなずいた。鼻眼鏡のうしろで輝く目には、やさしさと共感が満ちている。「これ以上、説明すべきことはありませんが、あとひと言つけ加えておきましょう。フィディモント老人の家で起きた幽霊騒ぎに、犯人は面食らいました。おまけに警察まで、どかどかと乗りこんできます。それでも彼は、計画の最終段階を実行に移そうと決意しました。犯行現場に《友人》をおびきよせるのには、なんの苦労もなかったでしょう。適当な口実をもうけて、堂々と連れていったに違いありません。遺体のポケットから見つかった真珠は、リンチも窃盗団の一員だったと思わせるために入れておいたのです。もしかしたら、彼がボスだったかもしれない。けれども仲間割れの末に、殺されたのだろうと。その後、窃盗団の噂が聞かれなくなっても、そう考えれば説明がつきます」

「話はそれだけ？」少し間《ま》があったあと、ネヴィルが声をあげた。「でもまだ、肝心な点が残ってますよ。どうやってウィンズロウは、フィディモントの家に入ったんです？　どうやって埃のうえに足跡を残さず、奥の部屋まで行くことができたんですか？」

ツイスト博士はしつこい蜜蜂に苛立って、カスタードプリンの残りを遠くの茂みに放り投げた。自分で食べたほうがよかったと、すぐに後悔したけれど。

「腹を空かせると、誰しも攻撃的になるものだ」と博士は言った。「蜂だって例外じゃありません。さて、マカリスターさん、一同をコーヒーに招待してくださいませんか。奇跡の種明かしを、実演してみせたいんでね。それには、鍵とドアが必要になります」

エピローグ

ツイスト博士はマカリスター大佐に手渡された鍵を検分した。

「けっこう。これなら実演するのにぴったりです。それにフィディモントの家の鍵ともよく似ていますし。あとは細くて丈夫な糸があれば……しかし、あらかじめ断っておきますが、チャールズ・ウィンズロウはこのトリックの仕掛けについて、説明する間《ま》がありませんでした。わたしは哲学的な思考をもとに、答えを見つけたのです。けれども間違ってはいないと、確信しています。ほかに可能性はありえないと、断言してもいいでしょう」

「哲学的な思考をもとにですって？」ハースト警部は息を詰まらさんばかりだった。それでなくとも帰り道、気まぐれなタルボがまたしても二度止まったせいで、頭に血がのぼっていた。「博士は哲学でもって、この謎を解いたっていうんですか？　いやはやなんとも、呆れたものだ」

ツイストは鼻眼鏡を押し下げ、ちらりと警部を見やると、悠然と答えた。

「ああ、哲学で。たしかにそう言ったとも。プラトンやアリストテレスにとって、哲学の源泉は驚きにほかならない。哲学とはなにか理解しがたいもの、尋常ならざる現象を前にして立ち止まり、目を見張ることなんだ。わたしもそのとおりだと思うね。さらにつけ加えるなら、そのときひとはただ芸術に対する愛のため、未知の現象を解き明かす喜びのため、哲学に没頭している。きみもよくわかっているはずじゃないか、アーチボルド、わたしが長年、そうした観点から哲学を実践し続けているって。徹底的に追究することによって、初めて謎を解明できる。そんな努力が必要なんだ、覚えておきたまえ」

　ハースト警部はなにか言い返そうとしたが、ブライディに先を越されてしまった。彼女は今のやりとりに、さして興味はなさそうだった。

「チャールズ伯父様には別の目的があったと、先ほどおっしゃいましたよね。そこのところがよくわからないのですが……」

　ツイスト博士はにっこりした。

「ああ、そう……さっきも言ったように、《幽霊作戦》の目的は犯人に揺さぶりをかけることでした。けれどもその準備は、何年も前から整えられていた。夜、フィディモントの家に明かりを灯したり、墓場に死者の不気味な声を響かせたりと。だとしたら《靴の怪事件》は、そのときからすでに始まっていたのでしょうか。わたしは困惑してしまいました。実のところチャールズ・ウィンズロウは、一石二鳥を狙ったのです。どのみちフィディモントの家に、近々死体を運びこむ予定だったのですから。ここでもまた、そもそもの始まりはフィディモント老人です。甥のリチャードと姪のエマが彼のことをほとんど気にかけていなかったのは、みんなが気づいていたとおりです。二人は叔父の写真一枚、持っていませんでしたからね。フィディモント老人も、彼らが自分に冷淡だと感じていました。だからこそ、二人に財産を相続させまいとして、あんな奇妙な遺言書を残したのです。公証人の証言によると、当初の予定では相続人にとってもっと不利な内容だったといいます。しかし、ことはそう簡単ではありません。ルイス・フィディモントは正気をなくしていると、そのときすでに噂されていたからです。相続人になにも残さないなどという、あまりに極端な内容では、異議申し立てがなされるに違いありません。そうなると、相続人が望みのものを手に入れる公算が高いでしょう。公証人はそう言って、フィディモント老人を説得したのだと思います。けれども、リチャードソン夫人、あなたの伯父上は、友人だったルイス・フィディモントの考えを断固支持しました。孤独な老人の姿に心を痛め、甥や姪の態度に腹を据えかねていたのです。しかし、それだけではありません。彼は不動産開発業者のリチャード・フィディモントに対して、敵意を募らせていました。まずは人間として不快なだけでなく、あの手の輩が許せませんでした。無教養でがさつで、緑豊かなイギリスの田園地帯を荒らす、忌まわしい獣。田舎の美しい村々の魅力と魂を、コンクリートで破壊することしか考えていない悪党だと思っていたのです。たしかに、相容れない二人ですよね。ウィンズロウは何時間もかけて昔の街並みを再現していたのに対し、リチャード・フィディモントはまだ残っている建物を、せっせと取り払っているのですから」

ツイスト博士の青い目に憎しみの表情が浮かぶことはめったにない。しかしそのとき、博士の目に輝いた奇妙な光には、憎しみが感じられた。そもそも博士は、素直に感情を外にあらわすタイプだった。

「えてして殺人事件の犯人は、必ずしもひとが思うような人物ではありません。この事件でも陰で糸を引いていた二人に、わたしはとてもいい印象を受けました。もちろん、テイルフォードがしたことは、とうてい許されるものではありません。しかしそれを別にすれば、彼は学識が深くて人あたりがよく、とてもさっぱりした男です。リチャード・フィディモントはそれとは大違いで、わたしに言わせれば、月にでも追い払うべき人間です。点々と広がるクレーターを、思う存分眺めていればいいでしょう。いくら彼でも、クレーターには手を出せないでしょうから（ツイスト博士は咳払いをした）。それはともかく、チャールズ・ウィンズロウが今の状況をどうとらえていたか、おわかりいただけたでしょう。フィディモント老人の家は、彼にとってひとつのシンボルでした。それが《破壊者》の手に落ちるのを阻止するため、できる限りのことをするつもりでした。あの古家に五年間、誰も立ち入れないようにしたのは、彼の思いつきだったに違いありません。彼がルイス・フィディモントに忠告して、遺言書にそう書かせたのです。彼の目的は、もう明らかでしょう。あの家には、頭のいかれたフィディモント老人の霊が取り憑いていると、みんなに信じこませようとした。老人の霊は遺言書のなかでほのめかしていたように、何度でも家に戻ってくるだろうと。そうすればリチャード・フィディモントが家の跡地に建てようとしているマンションは、買い手がつかなくなるかもしれない。うまくすればリチャードは、収益があがらないと判断して、建て替え計画をあきらめるかもしれない。ウィンズロウはそう考えたのです。彼は五年間の猶予期間を得て、少しずつ計画を進めていきました。それについてはすでに、よく知ってのとおりです。そして最後の仕上げが、ピッチフォードの村中を震撼させたあの驚くべき演出です」

「たしかに」とマカリスターは、あいかわらず棚のなかを漁りながら重々しく言った。「友人だった男の死体を墓から掘り出し……」

ツイスト博士はうなずいた。

「初めからあの家にフィディモント老人の死体を運びこむつもりだったのかどうかはわかりませんが、ともかくなにかあっと驚くようなことが必要でした。できるだけ気味の悪い、異様な出来事がいい。そのぶんリチャード・フィディモントの利害にも、大きく影響しますからね。いえ、べつにウィンズロウを庇うつもりはありません。ただ状況を、ありのままに説明しているだけです。それではここで、問題の技術的な側面を見ていくことにしましょう。

玄関前の廊下を抜けて奥の部屋まで、埃のうえに足跡を残さず歩く方法があることに、わたしはまず気づきました。だとすればウィンズロウは、玄関から家のなかに入ったはずです。そこで問題になるのが、玄関の鍵が内側から鍵穴に挿しこまれていたことです。しかも鍵には、外からペンチでまわしたような跡はついていませんでした。だとすると、問題は次のように要約できます。玄関のドアは、外から合鍵で閉められた。フィディモント老人の死後数日のうちに、本物の鍵の型を取っておけば、合鍵は簡単に作れる。外から鍵をかけたら、あとは《本物の》鍵を内側から鍵穴に挿しこむだけ。ただしその操作を、外側からしなければならない。難しいのはそこだ。糸を使って鍵を引っぱればいいのでは、とわたしは思いました。それには家の内側、鍵穴のすぐ近くに、支点となるようなリングが必要です。探してみると、ちゃんとありました。もちろんひと目でわかるリングではありませんが、同じ機能を果たすものが。階段下の物置についている差し錠です。しかも玄関ドアの鍵穴から、二メートルと離れていません。ほら、思い出してください。物置の小さな扉が、玄関に入ってすぐ左にありましたよね。突き出た差し錠の受け座がリング状になっていて、丈夫な糸を通せば……そうそう、ちょうどこんな糸です。どうもありがとう、大佐……」

　ツイスト博士は何度かやり直しながら、鍵の両端に糸を縛りつけた。片方は刻み目のついた先端、もう片方は輪になった頭部に。

「糸を結ぶのは苦手ですが、これで大丈夫でしょう。見てください。両側の糸を引っぱると、こんなふうに糸と鍵が一直線になります。引っぱり具合は、わざと加減しています。もう少し強く引っぱって、いっきに糸を緊張させると、ほら、こうなります」

　片方の結び目がほどけ、鍵は残った糸の端にぶらさがった。

「仮結びだ……」とネヴィルがつぶやいた。

「そのとおり。もう片側もほどいてみるかね。わたしが鉤を持っているから、さっきやったみたいに糸を勢いよく引くんだ」

　実験は成功し、鍵は両端とも糸からはずれた。

「見てのとおり、跡はまったく残りません」とツイスト博士は嬉しそうに言った。ハースト警部は見るからに憮然としている。「それじゃあ、もう一度結びなおして、実演を始めましょう」

　一同は裏口にまわった。博士が手にしているのは、裏口の鍵だった。ネヴィルひとりだけがなかに残り、ほかのみんなは外に出た。ネヴィルは博士の指示で小さなフックを持ち、ドアから一メートルほど離れた位置に立った。

「これで準備完了だ」とツイスト博士は言った。「鍵の両端には、二本の糸を縛りなおしました。リチャードソン君が持っているフックは、物置の差し錠代わりです。さあ、そこでじっとしていてくれたまえよ……けっこう。それじゃあ死体を奥の部屋に運び終え、引きあげるところだとしましょう。鍵の頭部の輪に縛りつけた糸を、まずフックにまわします。そのまま糸を床にたらし、ドアの下を通して外まで延ばしておきます。鍵の先端に縛りつけた糸の先は、半開きにしたドアの鍵穴に挿しこみ、外から充分な長さだけ引っ張り出します。けれどもまだ、糸をぴんと張った状態ではありません。見てのとおり、鍵はリチャードソン君の足もとの床にあります。おそらくウィンズロウは、少し離れた靴拭きマットに鍵を置いたのでしょう。あとから家に入る者がいれば、どうしても靴拭きマットを踏んでしまいますからね。埃のうえについた鍵の跡が、うまく紛れるでしょう。ここまで終えたら外に出て、前もって用意した合鍵でドアに鍵をかけます。鍵穴に通した糸は細いので、鍵をかけるのに支障はありません。そして鍵穴から出ている糸と、ドアの下から出ている糸をつかみ、ぴんと張るまで同時にゆっくりと引きます。さっき見たように、あまり緊張させすぎないようにします。こちらからはなにも見えませんが、リチャードソン君は特等席にいる。ドアの下から伸びた糸が、約四十五度の角度でフックへ至り、そのまままっすぐ鍵穴に続くのが見えているはずです。糸の半ばあたりに縛りつけられた鍵も、同じ方向をむいていることでしょう。違うかね、リチャードソン君？」

「そのとおりです」とネヴィルが叫んだ。「もうわかりましたよ、博士。鍵穴から出ている糸をゆっくりと引っぱりながら、ドアの下の糸を緩めていくんですね。そうすれば、最後には鍵が鍵穴に入ります」

ツイスト博士は、子供みたいに嬉しそうな顔をしてうなずいた。

「単純な仕掛けですよ」と博士は、実演を始めながら言った。「糸がぴんと伸びないと、鍵は鍵穴にまっすぐ水平にむかわず、うまくいかないでしょう。鍵は鍵穴の入口でつかえたまま、なかに入ってくれません。けれどもこんなふうに、鍵の先に縛りつけた糸を操作すれば……ついでに言うなら、鍵の重みでうまくバランスが取れます。そのおかげで斜めにならず、鍵が正しい方向をむくのです。もちろん、糸を的確に結べばですが……鍵が鍵穴の前まで来たら、糸を操作してむきを調整します。鍵と鍵穴がぴったり合致するようにね」

そのとき、かしゃっという金属音が聞こえ、ドアのむこうから《すごいぞ、うまく行きました！》という叫び声がした。博士は満足げにうなずいた。

「あとは糸を二回、軽く引いて、結び目をほどくだけです。気をつけて、リチャードソン君。引っぱるから、フックをしっかり押さえておくんだ」

そう言うが早いか、博士はすぐさま実行に移した。そして二本の糸を回収し、丸めてポケットにしまった。

「これでよし。痕跡はなにも残っていません。フィディモントの家の鍵穴に挿さっていたのは、何年も前からほかの鍵といっしょに物置の扉に掛けてあった鍵です。それをウィンズロウは巧みな指さばきで、今見たとおりのトリックに使ったのです」

全員が居間に引き返した。ツイスト博士の証明は完璧だったので、誰ひとり否を唱える者はいなかった。博士はすぐさま、話の続きに入った。

「これが第一の謎の種明かしです。いや、第二というべきでしょうか。わたしはその前に、いかにして《重力の法則に従わずに歩く》かという謎の答えも、首尾よく見つけていたからです。それがわかればもう、疑いの余地はありません。ウィンズロウが策略の首謀者なのは明らかでした。どこをどう調べればいいかも、容易に見当がつきます。そこで思い出したのが、かつてロンドン警視庁の頭を悩ませた怪盗がいたことです。彼がどうやって警報装置の裏をかき、盗品をごっそり持ち去ることができたのか、誰にもわかりませんでした。そんな難問を、ついにウィンズロウは鋭い洞察力で解決したのです。わたしの不確かな記憶を補ってくれたのは、例によってわれらが友人ブリッグス警部でした。彼はいつものように記録的な速さで、事件の調書を見つけ出してくれました。それはライト事件と呼ばれるものでした。わたしがウィンズロウの前でその名前を出すと、彼はトリックが見抜かれたことをすぐに察しました。

　警報装置が床いっぱいに仕掛けられた長い廊下を、怪盗はどうやって通り抜けたのか？　ほんの一、二歩歩いただけでも、たちまち警報が鳴り響いてしまうはずなのに。彼は断面が縦四センチ、横六センチで、長さ二メートルほどの角材を二本用意しました。両端にはそれぞれ長い釘を二本、上から下に突き抜けるように打ちこんであります。これを床に置けば、四本の釘が脚になって、角材を支えるかっこうになります。つまり幅六センチの細長い通路ができるわけです。角材の適度な硬さと柔軟性をもってすれば、そのうえを歩くことも可能です。仕掛けはもうおわかりでしょう。まずは一本目の角材を床に置き、二本目の角材を持ってそこを渡ります。なんなら二本目の角材で、バランスを取ることもできるでしょう。二メートル歩いて端まで来たら、二本目の角材を置いて注意深くそちらに渡り、今度は一本目の角材を取りあげます。あとはこれを繰り返して、目的地まで行くわけです。もちろんこの場合、釘の先が警報装置のひとつに触れてしまう危険はあります。けれどもその可能性は、とても低いでしょう。それが証拠に、盗みは実際成功していますからね。そう簡単にできることじゃないと、おっしゃるかもしれません。たしかに、まずは足腰をしっかり鍛えておかねばなりません。とはいえ、ひととおりのトレーニングで充分です。六センチ幅のうえを歩くのは、至難の業というほどではありませんから。細いロープのうえを歩く、綱渡り芸人だっているくらいですからね」

「実に説得力のある推理ですな」とマカリスター大佐が、静かな口調で言った。「しかし、たしか埃のうえにはほんのわずかな跡も残っていなかったはずでは？　釘の先端がいくら細くても、跡がつけば捜査員が見逃すはずないと思うが」

「そのとおり、床にはほんの小さな跡もありませんでした」

「靴のうえにも？」

「ええ。でも正解まで、あとひと息です、大佐」

「靴の内側、つまり足を入れる部分にも跡はなかったと言いましたよね？」

「そう、そのとおりです。でも、まったくというわけではありません。十足のうち九足までは、どこにも跡など残っていませんでした。それらはすべて、底敷きがつるっとして平らな普通の革靴でした。けれどもなかには、裏地のついた靴やスリッパ状の靴もありました。その場合、底敷きの面はふんわりと毛ばだっています。そのうえに積もった埃に釘の先を押しつけても、ほとんど跡がつかないんです。もちろん、丹念に調べましたよ。でも靴の内側をひとつずつ、顕微鏡で確認するわけにもいきませんからね。実に巧妙な策略です。支点の役をする裏起毛の靴は、ほかのたくさんの靴に紛れて目立たず、ただばらばらに並んでいるようにしか見えません。けれども本当は、規則的に置かれていたのです。ウィンズロウは角材の長さに合わせ、壁沿いや廊下の両側に裏起毛の靴を一足ずつ並べて、肘掛け椅子までずっと支点になるよう準備しておきました。目の前に手がかりがずらりと並んでいたのに、われわれにはそれが見えていなかったのです。さらには靴が持つ謎めいたシンボリックな役割にも、目をくらまされていました……」

マカリスター大佐は悲しげな笑みを浮かべてうなずいた。

「ああ、それくらいのことは、ウィンズロウならやってのけるだろうな。でも彼は、腕に重荷を抱えていたはずでは？」

「せいぜい二十キロですよ。たぶん、即席のリュックサックにでも詰めこんだのでしょう。しっかり固定すれば、死体を運ぶのにさほど苦労はありません。わたしが思うに難しいのは、バランスを崩さずに死体を肘掛け椅子にすわらせることです。いちばん最後の支点になるスリッパは、暖炉の脇にありました。ということは、肘掛け椅子からゆうに一メートルも離れているのですから」

「いや、まったく信じがたいな」とネヴィルが、心配そうにブライディを見ながら言った。「そんなことまでして……」

「ウィンズロウはそういう連中を、生涯かけて捕まえてきたんだ。目的達成のためなら、思いもつかないような策略を駆使する連中を」とマカリスター大佐は重々しく言った。「つまりは彼もまた、ひと並はずれた策略家だったってことだ」

「この話は、もう終わりにしましょうよ」ブライディが見るからに居心地悪そうに、おずおずと口を挟んだ。

「いや、あともうひとつだけ」とツイスト博士は言い、彼女のほうを見て取り繕うように微笑んだ。「ルイス・フィディモントの靴、その謎が残っています。けれどもご心配なく。長くはかかりませんから。こんな話題はあなたにとって、とてもつらいものでしょう。どうして老人は突然、あれほどたくさんの靴を自宅に集め始めたのか？　さっきも言ったように、わたしはそれが気になるあまり、ほかの重要な事柄を二の次にしてしまいました。つまり《哲学者》としてのわたしが、探偵役に勝ってしまったのです。難解なだけに挑戦心を掻き立てられるこんな突拍子もない問題に、わたしは魅了されてしまいました。それは狂気のなかにある論理なのですから。まずは問題の要素、つまりフィディモントの《狂気》を列挙してみましょう。きちんと秩序立てて整理すれば、その要素が自ずと答えを導いてくれるはずです。

一　ルイス・フィディモントは教会の近くに立って、司祭の手伝いをしている女の顔面に雪の玉を投げつけ、嬉しそうに笑いながら逃げ出した。

二　彼は氷のうえを滑って遊んでいる少年を押してあげようとした。

三　彼はもの陰に隠れ、街角で行われた人形芝居を初めから終わりまで見ていた。

四　おもちゃ屋のシムズ氏が言うには、彼はよくショーウィンドウに顔を近づけ、色とりどりのおもちゃを楽しそうに覗きこんでいた。わたしもついこのあいだ、同じことをしたばかりですが。

　これらをすべて考え合わせてみると、こんな悲しい結論が導き出せます。ルイス・フィディモント老人は、子供に返っていたのだと。彼の子供時代は、さぞかし悲しいものだったでしょう。彼は孤児で、愛情に恵まれない人生を送りました。晩年には甥や姪もつれなくそっけない態度で、彼をいっそう悲しい気持ちにさせました。けれども、とりわけそれを気づかせてくれたのは、シムズさんの話です。わたしは子供時代の自分とルイス・フィディモントを、くらべずにはおれませんでした。わたしは光り輝く美しいショーウィンドウの前で、子供時代のすばらしいクリスマスを懐かしく思い出しているのにと。哀れなフィディモント老人のように、そんな喜びを味わうことができない子供にとって、このショーウィンドウはとても悲しいものだったに違いありません。《彼の表情は、悲しみと喜びがない交ぜになっているようでした》とシムズさんはつけ加えました。老人のつらい胸の内で何が起きていたのか、これでもうおわかりになったことでしょう。彼は失われた年月を、取り戻そうとしたのです。そしてこう思いました……サンタクロースにプレゼントをいっぱい、持ってきてもらおう。暖炉の脇に、靴を一足置けばいいって？　だめだ、それじゃ足りない。もっと何足も何足も、家中に靴を並べるんだ。いろんな靴を。そうすればサンタクロースは、たくさんひとがいると思い、みんなにおもちゃを持ってきてくれるだろうって。

解説

作家　法月綸太郎

十二年のブランクを経て、名探偵アラン・ツイスト博士が帰ってきた！

一九四〇年代末のひんやりした四月の夜、冒険に憧れる法学士ネヴィル・リチャードソンは、ロンドン中心街のパブで見かけた美女と暗号じみた会話をし、彼女に危険が迫っているのを嗅ぎつける。その翌日、ロンドン警視庁のハースト警部とツイスト博士のもとに失業中の船員がやってきて、不審な手紙の配達人として雇われたいきさつを相談。あくる週、思い詰めたネヴィル青年の話を聞いたツイスト博士は、いずれの出来事にも《しゃがれ声の男》が登場することに気づく。

一方、英国諜報部の元大佐とロンドン警視庁の元主任警部が隠居生活を送るピッチフォード村にも不穏な空気が漂っていた。二人が所属する《古きロンドン友の会》の周辺で盗難事件が頻発し、靴に取り憑かれた故フィディモント老人の屋敷には幽霊が出るという噂が……。得体の知れない《靴の怪事件》の手がかりを得るため、ツイスト博士は《秘密諜報員》としてネヴィルを村へ派遣する。

「フランスのディクスン・カー」として知られるポール・アルテは、一九八七年のデビュー以来、二人のシリーズ名探偵を生み出している。本家カーのギデオン・フェル博士をモデルにした犯罪学者アラン・ツイスト博士と、オスカー・ワイルドがモデルの美術評論家オーウェン・バーンズだ。

ハヤカワ・ミステリの読者には、ツイスト博士がおなじみだろう。二〇〇二年『第四の扉』で初めて日本の読者の前に姿を見せてから、ほぼ毎年一冊のペースでシリーズ長篇が訳されてきたけれども、残念なことに二〇〇九年の『虎の首』を最後に邦訳が途絶えてしまった（二〇一〇年の『殺す手紙』はノンシリーズ作品）。二〇一八年に『あやかしの裏通り』が行舟文化から出て以降、アルテの翻訳がオーウェン・バーンズ・シリーズに軸足を移したことは、熱心なファンならよくご存じのはずである。

とはいえ、キャリア的にもまた作品数から見ても、アルテの看板探偵にはツイスト博士がふさわしい。これまでに訳されたツイスト博士の長篇は、シリーズ全体の半分にも満たないのである。今後もアルテ作品の翻訳がコンスタントに続くことを願いつつ、まずはアラン・ツイスト博士の十二年ぶりの復活を盛大に祝おうではないか！

『一角獣殺人事件』のケン・ブレイクとイヴリン・チェインの再会場面を思わせる魅力的な冒頭から、

「赤毛連盟」さながらの奇妙な仕事、靴だらけの密室に出現した《靴収集狂》の死体に加えて、若い男女のラブロマンスと「密室講義」、さらに『エドマンド・ゴドフリー卿殺害事件』の後日談に当たる「ライハウス陰謀事件」——と並べるだけでも、カー／アルテのファンならよだれの出そうな要素満載の長篇だが、誰よりも本書の邦訳が出るのを心待ちにしていた人がいる。ミステリとＳＦの手法をクロスオーバーした名探偵・石動戯作シリーズで読者のハートをつかみ、現在も根強いファンに支持されているメフィスト賞作家・殊能将之氏のことだ。

　殊能氏が二〇〇一年から翌年にかけて未訳のアルテ作品（仏語）を読破し、「ポール・アルテ私設応援団長」と称して、その魅力を自らのブログ等で精力的にＰＲしたことは、今でも海外本格ミステリファンの語りぐさになっている。殊能氏のホームページMercy Snow Official Homepageに掲載されたreadingの記事を書籍化した『殊能将之読書日記　２０００―２００９』（講談社）巻末の人名索引を見れば、アルテへの言及が突出して多いのが一目瞭然だ。江戸川乱歩の「カー問答」に匹敵する影響力、といったら大げさかもしれないが、ポール・アルテの布教にもっとも貢献した作家であることはまちがいない。

　殊能氏が読んでいたのは、三巻の合本に収録された九〇年代半ばまでの長篇だったようだが（オーウェン・バーンズ第一作『混沌の王』を含む）、中でも『狂人の部屋』と『死まで１３９歩』を高く評価していた。二〇〇二年の春、『第四の扉』がアルテの最初の邦訳になると知った際に「日本上陸の試金石としては、おそらくベストの選択」と断ったうえで、「このあと『狂人の部屋』と『死まで

１３９歩』が出れば、アルテがどういう作家かは１００％わかり、中毒者が続出することでしょう」と述べている。

『狂人の部屋』がアルテの最高傑作だという意見には私も賛成。同書を読んだとき、アルテの小説に風格みたいなものを初めて感じたほどである。だから殊能氏がベタぼめしている『死まで１３９歩』が訳されるのをずっと楽しみにしていたのだが、先に記したように『虎の首』を最後にツイスト博士シリーズの紹介は中断してしまった。よほど心残りだったにちがいない、後に殊能氏はTwitterでこうつぶやいている。

> ポール・アルテの紹介は途絶えてるみたいね。傑作『死まで１３９歩』は出ずじまいか。残念だねえ／アルテって「天然」なんだよね。ものすごくバカげたネタを書くんだけど、本人はマジなの。わたしなんかはそこが最も好きなんだけど、全然ほめているように聞こえないから、いままで黙ってましたw／『死まで１３９歩』はそんなアルテの天然（別名フランス人の勘違い）が炸裂していて、わたしは大好きなのよ。２作ほど飛ばしてすぐ邦訳すればいいのに（二〇一三年一月十一日の連続ツイートより抜粋）

これほど惚れ込んだ作品なのだから、本来ならこの解説も殊能氏が書くべきなのだが、読者もご存じのように、氏は右のツイートの一ヵ月後、二〇一三年二月に鬼籍に入られた。これはほとんど遺言のようなものだし、私が解説の代打を引き受けたのも、故人への追悼文に「あと早川書房は、殊能さんのイチ押しだったポール・アルテ『死まで１３９歩』を訳して、墓前に捧げてほしい」と書いたことがあるからだ。ルイス・フィディモント老人は生前の望みを果たすまで五年の歳月を要したけれども、殊能将之氏はそれより長く、本書が出るまで九年近くも待たねばならなかったわけである。

ちなみに殊能氏が「2作ほど飛ばして」と書いているのは、ツイスト博士シリーズの『ダートムアの悪魔』（未訳）とオーウェン・バーンズの第一作『混沌の王』（行舟文化）のこと。『混沌の王』と『死まで１３９歩』は同じ一九九四年に発表された長篇で、主要なモチーフを共有しながら、謎解き小説としてのアプローチにはずいぶん隔たりがある。殊能氏は『混沌の王』に対してわりと辛口の評価をしているが、『死まで１３９歩』への賛辞と並べるとその評価ポイントがよくわかる。本国で同年に発表された二長篇が、今年相次いで訳されたのも何かの縁だろう。この二冊を読み比べれば、なぜアルテが新しい名探偵のシリーズをスタートしたかも見えてくるのではないか。

それにしても『死まで１３９歩』への殊能氏の惚れ込みようは尋常ではない。たとえば『殊能将之読書日記』から、二〇〇二年一月二十八日の記述。

あと、こんな動機でこんなことをする人は**絶対にいない**と断言できるが、ここまですごすぎると「**愛の力は偉大だ**」と感動するしかないでしょう。この動機の設定は明らかに〝フランス人の勘違

> い″の産物なのだけれども、勘違いを通り越して、すでに異次元の世界に突き抜けてしまっているから許す。

これは原書を読んだ直後の感想と思われる。「前半だけなら最高傑作かも」というコメントもあるが、本書の存在感は日を追ってどんどん大きくなっていったようだ。同年五月十九日の記述では「アルテの独自性」として、(1)シリアルキラー趣味と(2)フランス人の勘違い、をあげたうえで、後者について次のように評している。

> なんやかんや言ってもムッシュー・アルテはフランス人なので、あのフランスミステリ特有の、明らかに何か勘違いしているとしか思えない点がときどき見られる。少々勘違いしている程度なら違和感しか感じないのだが、信じられないほど壮大な勘違いの場合は、あまりのすごさに冗談抜きで感動してしまう。
>
> こういう意味で最もすばらしいのは『死まで139歩』である。この作品は傑作なのだが、同時に**完全に勘違いしている。**「こんな動機でこんなことをするやつがいるわけがない！」と茫然自失状態になるほどすごい。一瞬、これはギャグなのではないかと思うほどだけれども、アルテはあくまで大真面目である。何をどう勘違いしているのかはひと言で説明できるのだが、これまた翻訳されることを信じて、いまは口をつぐんでおこう。

念のため補足すると「こんな動機で〜」というのは、殊能氏の決まり文句で、

・「ただ、ちょっと気になるのが動機で、いくらなんでも、こういう動機でこんなことをする人はいないだろう」（『カーテンの陰の死』／二〇〇一年十月六日）

・「たぶん、こんな動機でこんなことをする人はあまりいないと思うが、『カーテンの向こうの死』ほどは気にならなかった」（『虎の首』／二〇〇一年十一月十五日）

といった具合にアルテ評のお約束になっているのだが、同じ言い回しだからこそ一線を越えた本書のすごさが伝わってくる。この二作と読み比べれば、殊能氏がどの部分に心を打たれたのか見えてくるはずなので、私も口をつぐんでおこう。

ただ、こうやって煽るだけでは不親切だろう。アルテの「天然」というのは取扱注意というか、かなりヤバいところに足を突っ込んでいて、アルテのファンでも本書を読んで首をかしげる人がいるかもしれない。作者なりに読者へのサービスを心がけているのはわかるけれども、本書に関してはそういう問題ではないのだ。

これは個人的な感想だが、本書が殊能氏の琴線に触れたのは、マイクル・イネスの荒唐無稽なセンスと近いものがあったからではないか。『殊能将之読書日記』を読んでいるとしばしばアルテからイネスに、イネスからアルテに話題がシフトする。単にお気に入りの作家だからかもしれないが、妙に

シンクロニシティっぽい連想の癖を感じるのだ。

もちろんアルテとイネスでは、作家のタイプが違う。アルテが天然だとすれば、イネスは狙ってふざけているわけで、そもそも小説の質感や文体に大きな開きがある。にもかかわらず、本格ミステリ作家としてのマレビト感にはどこか通じるものがあって、特に本書の突き抜けっぷりは『ストップ・プレス』や『陰謀の島（水仙号事件）』の冗談みたいな「奇想」と区別がつかない。こういうタイプの「奇想」はマニアックな自家中毒、ミスディレクションとホワイダニットの技法をこじらせたものだとしても、その「奇想」をガチのストレート勝負に投入するか、あくまでも冗談として搦め手から攻めていくかで、小説の印象はがらりと変わってしまう。

アルテの「天然」が侮れないのは、『死まで１３９歩』という小説を普通の作家が書いたら空中分解してしまうこと必至なのに、なぜか玉砕を免れていることだ。こんな無茶なプロットが長篇本格ミステリとしてギリギリ成立しているのは、何度読んでも謎である。小説の建てつけは『虎の首』のカットバック方式の発展型といえようが、ロンドンとピッチフォード村の事件をつなぐ蝶番《ヒンジ》に当たる部分がねじれて《クルックド》いて、アルテ作品の中でも異例の仕上がりになっている。「壮大な勘違い」といっても、一発ネタのバカミスではなく、洗練された不条理コントみたいな独特の境地に達しているのだ。

そうした雰囲気を象徴するのが28章、事件が膠着状態に陥り、親友ハースト警部の鈍感さにウンザリしたツイスト博士が、ひとりでピッチフォード村を散策する場面だろう。このシーンではG・K・チェスタトンが愛したおとぎ話のような英国の田園風景が描かれ、真相解明に至る霊感がもたらされる。村はずれの丘のピクニックで真相が語られるところも、どことなくチェスタトン風の幕切れだ。

「でも本格ミステリは、戦前にくらべて読まれなくなっているのでは？」

「昔ながらの論争を、蒸し返そうっていうのかね。だが本格ミステリは死に絶えちゃいないとも。そう簡単に絶滅はできない。現代の高名な批評家たちのなかには、そんなことをたくらんでいる連中がいるようだが」

アルテの大真面目な本気ぶりは、右の会話に続いて、ツイスト博士が「密室講義」を披露する42章からも見て取れる。トリック講義としてはだいぶあっさり風味で、かつ偏っているのだが、実はこのくだり、アルテは読者に対してフェアな手がかりを提示するつもりで書いているのではないか。エピローグのトリック解明場面と合わせて読めば、いっけん雑に見える説明がその前振りになっていることがわかるからだ。限られた密室マニアの多数派がことあるごとに批判する「手の込んだテクニックを駆使することを厭わない作家」とは、ほかならぬアルテ自身のことらしい。

さらにツイスト博士は解決篇で、デカルトの『方法序説』を引き合いに出し、「哲学的な思考をもとに」トリックの答えを見つけたとのたまう。半分はハッタリだとしても、アルテにとってカーの「密室講義」は、プラトンやアリストテレス、あるいは『方法序説』といった哲学書と同じカテゴリーに入っているのではないか。「どうして探偵小説を論じるのか？」われわれは探偵小説のなかにいるからだ」――有名なフェル博士のメタ発言（『三つの棺』）も、「われ思う故にわれ在り《コギト・エルゴ・スム》」の本格ミステリ版みたいなものだと考えているのかもしれない。

二〇二一年十一月

HAYAKAWA POCKET MYSTERY BOOKS No. 1974

平《ひら》岡《おか》　敦《あつし》

1955年生，早稲田大学文学部卒
中央大学大学院修了
フランス文学翻訳家，中央大学講師
訳書
『第四の扉』『狂人の部屋』ポール・アルテ
『われらが痛みの鏡』ピエール・ルメートル
『ブラック・ハンター』ジャン＝クリストフ・グランジェ
（以上早川書房刊）他多数

この本の型は、縦18.4センチ、横10.6センチのポケット・ブック判です。

〔死《し》まで139歩《ほ》〕

2021年12月10日印刷　　2021年12月15日発行

著　者　ポール・アルテ
訳　者　平岡　敦
発行者　早川　浩
印刷所　星野精版印刷株式会社
表紙印刷　株式会社文化カラー印刷
製本所　株式会社川島製本所

発行所　株式会社　**早川書房**
東京都千代田区神田多町2－2
電話　03-3252-3111
振替　00160-3-47799
https://www.hayakawa-online.co.jp

（乱丁・落丁本は小社制作部宛お送り下さい
送料小社負担にてお取りかえいたします）

ISBN978-4-15-001974-7 C0297
Printed and bound in Japan

ハヤカワ・ミステリ〈話題作〉

1963
マイ・シスター、シリアルキラー
オインカン・ブレイスウェイト
粟飯原文子訳

〈全英図書賞ほか四冠受賞〉次々と彼氏を殺す妹。姉は犯行の隠蔽に奔走するが……。数々の賞を受賞したナイジェリアの新星の傑作

1964
白が5なら、黒は3
ジョン・ヴァーチャー
関麻衣子訳

黒人の血が流れていることを隠し白人として生きる青年が、あるヘイトクライムに巻き込まれ――。人種問題の核に迫るクライム・ノヴェル

1965
マハラジャの葬列
アビール・ムカジー
田村義進訳

〈ウィルバー・スミス冒険小説賞受賞〉藩王国の王太子暗殺事件の真相とは？『カルカッタの殺人』に続くミステリシリーズ第二弾

1966
続・用心棒
デイヴィッド・ゴードン
青木千鶴訳

裏社会のボスたちは、異色の経歴の用心棒ジョーに新たな任務を与える。テロ組織の資金源を断て！ 待望の犯罪小説シリーズ第二弾

1967
帰らざる故郷
ジョン・ハート
東野さやか訳

出所した元軍人の兄にかかる殺人の疑惑。エドガー賞受賞の巨匠が、ヴェトナム戦争時のアメリカを舞台に壊れゆく家族を描く最新作

ハヤカワ・ミステリ〈話題作〉

1968
寒《かん》慄《りつ》
アリー・レナルズ
国弘喜美代訳

アルプス山中のホステルに閉じ込められた男女。かつてこの地で起きたスノーボーダーの失踪事件との関係が？　緊迫のサスペンス！

1969
評決の代償
グレアム・ムーア
吉野弘人訳

十年前の誘拐殺人。その裁判の陪審員たちが、ドキュメンタリー番組収録のため集まるが……意外な展開に満ちたリーガル・ミステリ

1970
階上の妻
レイチェル・ホーキンズ
竹内要江訳

冴えないジェーンが惹かれた裕福な美男子には不審死した前妻の影が……南部ゴシック風サスペンス、現代版『ジェーン・エア』登場

1971
木曜殺人クラブ
リチャード・オスマン
羽田詩津子訳

謎解きを楽しむ老人たちの集い〈木曜殺人クラブ〉が、施設で起きた殺人事件の真相解明に乗り出す。英国で激賞されたベストセラー

1972
女たちが死んだ街で
アイヴィ・ポコーダ
高山真由美訳

未解決となった連続殺人事件から十五年後、またしても同じ手口の殺人が起こる。女たちの目線から社会の暗部を描き出すサスペンス